T0246852

UN NUEVO ENGAÑO

UN NUEVO ENGAÑO

Jen DeLuca

Traducción de Xavier Beltrán

TITANIA

Argentina • Chile • Colombia • España
Estados Unidos • México • Perú • Uruguay

Título original: *Well Matched*
Editor original: Penguin Random House LLC
Traducción: Xavier Beltrán

1.ª edición Enero 2024

ISBN: 978-84-19131-32-4
E-ISBN: 978-84-19699-54-1
Depósito legal: M-31.041-2023

Fotocomposición: Ediciones Urano, S.A.U.
Impreso por Romanyà Valls, S.A. – Verdaguer, 1 – 08786 Capellades (Barcelona)

Impreso en España – *Printed in Spain*

Para Ian Barnes.
Sin ti, Falditas no existiría.

UNO

La tarjeta no era para mí.

Apoyé el codo en la barra y bebí un sorbo de sidra. Era la «hora feliz» en el bar Jackson's, pero yo no me sentía feliz. No estaba feliz en absoluto. Y esa copa no cambiaba nada. La tarjeta seguía en la barra. Todavía era para mi hija, Caitlin, y todavía era de su padre. El hombre que no había querido saber nada de ella desde el día en que nació... ni en ninguno de los dieciocho años posteriores. Costaba creer que, incluso después de todo ese tiempo, su letra pudiera removerme las entrañas de aquella manera. En su momento, aquella letra había llenado páginas y páginas de cartas de amor. O notitas que nos dejábamos pegadas en el espejo del baño o cerca de la cafetera.

Luego nos falló el método anticonceptivo cuando apenas llevábamos un año casados. El matrimonio se rompió no mucho después. La última vez que había visto la letra de Robert fue cuando firmó el acuerdo de divorcio con el que puso fin a sus derechos como padre. Derechos que cedió libremente y casi entusiasmado.

¿Por qué diablos le escribía ahora a Caitlin?

Como si hurgara en la herida, abrí la tarjeta de nuevo.

Caitlin:

Sé que he estado ausente todos estos años. Pero quiero que sepas lo orgulloso que estoy de ti. Terminar el instituto es un logro muy importante en la vida. Ahora que empiezas a descubrir cosas nuevas, quiero que sepas que si alguna vez necesitas algo de mí solo tienes que pedírmelo.

De tu padre con amor,
Robert Daugherty

Casi me dio la risa. «Si alguna vez necesitas algo de mí...». ¿Qué tal dieciocho años de manutención? Para empezar no estaría nada mal. Ni siquiera había sido capaz de meter en el sobrecito un miserable billete de veinte dólares.

Nuestra hija se había convertido en una persona maravillosa, y no gracias a él. Caitlin era una joven educada, inteligente y divertida, y yo no podría estar más orgullosa de ella. Pero eso no tenía absolutamente nada que ver con Robert, que a fin de cuentas había sido poco más que un donante de esperma. ¿En qué demonios estaba pensando al ponerse en contacto ahora e intentar colgarse la medallita de padre? Ni hablar. Que se fuese a la mierda.

Me quedé mirando su nombre, deseando que mis ojos pudieran quemar un agujero en aquella tarjeta barata. Yo había sido April Daugherty durante aproximadamente un año y medio de mis cuarenta años. Y, si hubiéramos seguido casados, mi hija habría sido Caitlin Daugherty en lugar de Caitlin Parker. No era la primera vez que pensaba en esas dos hipotéticas mujeres Daugherty y en la vida que habrían llevado.

¿Habría tenido las cosas más fáciles Caitlin Daugherty? ¿Se habrían preocupado un poco menos April D. y Caitlin D. por los gastos de la universidad y habrían necesitado menos becas y subvenciones? Me quedé muchas noches con Caitlin P., con nuestros portátiles en la mesa del salón, codo con codo, rellenando formularios hasta altas horas de la noche. Por aquel entonces, la forma en la que habíamos pasado la mayor parte de nuestra vida juntas me parecía muy feminista, muy «nosotras contra el mundo». Pero Caitlin Daugherty habría tenido la aportación de un padre. Quizá habría tenido que pelear un poco menos. Tal vez...

—¿Qué bebes?

¡Ah! Levanté la vista y miré hacia la derecha con los ojos entornados; había un chico vestido con un traje gris que se había apropiado del taburete que tenía al lado. No me resultaba familiar y en un pueblo como Willow Creek, en Maryland, todo el mundo, al menos, resulta familiar. Probablemente, iba de camino a Washington D. C., porque tenía pinta de político: pelo canoso con un corte caro, ojos claros, sonrisa amable. Por supuesto, el punto negativo era que acababa de intentar ligar con una desconocida en un bar.

Le devolví una sonrisa amistosa, pero no demasiado.

—No quiero otra copa, gracias. —Eso es. Amable, pero sin darle pie a nada.

No lo captó.

—No, en serio. —Acercó el taburete al mío, sin invadir mi espacio personal, pero lo bastante cerca. Metí la tarjeta dentro del sobre y la dejé al otro lado. Miró mi bebida—. ¿Qué es? ¿Cerveza? Seguro que es *light*, ¿no? Creo que me apunto. —Hizo señas para llamar a la camarera. No soy una persona que salga mucho de bares, pero iba bastante a ese como para saber que la camarera se llamaba Nikki y para que ella supiera que me gustaba la sidra de barril.

—No es cerveza —dije.

No me escuchaba.

—Otra para la señorita. Una cerveza *light*. Yo también tomaré una. —Esa voz autoritaria era insoportable. A lo mejor resultaba imponente en un edificio del gobierno en Washington, pero en un sitio como este parecía un auténtico cretino.

Nikki me miró con las cejas enarcadas y yo negué con la cabeza mientras tapaba el vaso con la mano.

—Yo no quiero nada más. Pero él que beba lo que quiera. —Quizá tendría que haberme sentido halagada. No estaba mal para alguien que acababa de cumplir cuarenta, ¿no? Pero quería estar sola. Quería volver a mi madriguera, sumida en mis pensamientos, y no tener que esquivar los intentos de aquí don Trajeado.

Nikki le sirvió la bebida y él la levantó hacia mí, expectante. ¡Qué demonios...! Levanté la mía también y chocamos los vasos en un brindis sin demasiado entusiasmo.

—Bueno, entonces dime... —Se acercó, y yo hice un gran esfuerzo por no echarme hacia atrás. Había puesto mi cara de pocos amigos, pero aquel tipo no captaba la indirecta—. Seguro que este no es tu típico viernes por la noche. ¿Tú sola, en un bar así?

Empezar una conversación con él era una mala idea, lo sabía, pero no se marchaba.

—No hay nada de malo en un bar así.

—Ya, claro, pero seguro que hay otras cosas que preferirías estar haciendo, ¿no? —Alzó una ceja con aire provocativo y yo apreté los labios. Por Dios, ese hombre era insufrible.

—¡Hola, April! ¡Aquí estás! —Otra voz, profunda y masculina, surgió de mi izquierda, pero esa vez mi enfado desapareció. Conocía esa voz. Todo el mundo en Jackson's la conocía. Mitch Malone era una institución, no solo en el bar, sino en todo el pueblo. Los chicos del instituto de Willow Creek, donde impartía gimnasia y entrenaba prácticamente todo, lo adoraban, y era alguien querido por la mayoría de los adultos, que disfrutaban viéndolo en falda escocesa cada verano en la feria medieval de Willow Creek. Mitch era un buen amigo de mi hermana pequeña, Emily, así que, por defecto, se había convertido también en amigo mío.

—Mitch, hola... —No me había girado del todo hacia él cuando me agarró por la cintura, acercándome a él y haciendo que dejara medio taburete libre.

—¿Qué pasa, bombón? ¿Todavía no me has pedido la cerveza? —Siguió la pregunta con un beso en algún lugar entre la mejilla y la sien, y yo no sabía a qué responder primero: si al beso o al hecho de que me hubiera llamado «bombón». Levanté la mirada, con los ojos entornados, a punto de insultarlo por al menos una de esas dos cosas, cuando sus ojos se cruzaron con los míos, entrecerró uno de ellos y lo guiñó de una forma casi imperceptible. ¡Ah! Vale, sí, le seguiría el juego.

—No sabía cuándo llegarías, «cariño». —Puse énfasis en esa última palabra al tiempo que dejaba caer la mano sobre su mejilla, con más fuerza de lo estrictamente necesario. No fue una bofetada, pero sí una advertencia. «Mantén las manos donde pueda verlas, señorito»—. Se habría calentado, y sé el asco que te da la cerveza caliente.

—Eres demasiado buena para mí, ¿lo sabías? —Los ojos azules de Mitch brillaban con un aire burlón, y la sensación de la comisura de su sonrisa bajo la mano era muy agradable. Bajo mi pulgar apareció incluso un hoyuelo, y aparté la mano rápidamente, pero sin que fuera demasiado evidente. Estuve a un suspiro de acariciar ese hoyuelo, pero habría sido meterse demasiado en el papel.

—Mucho más de lo que te mereces. Lo sé. —Nuestras sonrisas estaban llenas de falso afecto, pero, aun así, todo era muy... cómodo. Algo muy distinto a como era con don Trajeado.

Mitch se acercó a mí, apoyando su cuerpo en el mío, y miró a don Trajeado como si acabara de percatarse de su presencia.

—¿Qué tal? ¿Necesitas algo? —Su voz era suave, pero el brazo con el que me agarraba de la cintura era un claro mensaje para el tipo: «Aléjate».

Don Trajeado captó el mensaje.

—No, esto..., estaba... Bueno, que paséis una buena noche. —Rebuscó en la cartera y se dirigió al final de la barra, donde Nikki esperaba para cobrarle. Ella nos miró y negó con la cabeza. La entendía. Yo también negaba mucho con la cabeza cuando tenía que vérmelas con Mitch.

Hablando de eso, ahora que estábamos solos, me zafé de su abrazo.

—¿Qué ha sido todo esto?

—¿Qué? —Agarró mi vaso, lo olió y lo dejó poniendo una mueca—. Te estaba ayudando. Ese tipo te estaba babeando la camiseta.

Resoplé.

—Lo tenía controlado. No necesito tu ayuda.

—No es cuestión de necesitarla. —Se encogió de hombros—. Necesitar y querer son dos cosas distintas, ¿sabes? Puedes querer algo y no necesitarlo.

—Vale. —Eché la cabeza hacia atrás para apurar la sidra—. A lo mejor tampoco la quería.

Mitch me miró a través de las pestañas, y por una fracción de segundo se me olvidó respirar. Mierda. ¿Era eso lo que veían las mujeres cuando él se interesaba de verdad por ellas? Yo no pensaba en él de aquella manera. A ver, era guapo, claro. Medía más de un metro ochenta, por su físico estaba claro que se empleaba a fondo en el gimnasio, y con ese pelo rubio dorado y sus impresionantes ojos azules parecía alguien al que le había tocado la lotería de la genética. Tenía una sonrisa seductora y una mandíbula que invitaba a acariciarla para comprobar que estuviera tan cincelada como parecía.

Supongo que me vio algo en la cara, porque le cambió la expresión. Enarcó una ceja, nada que ver con cómo lo había hecho don Trajeado un rato antes. Me mordí el labio inferior y se le ensombrecieron los ojos.

—Mentirosa —dijo, pero no le había oído usar un tono tan grave y rasgado en la vida. El ambiente estaba cargado de electricidad y, durante unos segundos, no pude respirar. Peor aún: no quise. Me mordí el labio inferior con más fuerza para no acabar haciendo alguna estupidez. Como morderle el labio inferior a él.

Entonces, simulé una carcajada y el hechizo se rompió.

—Vale, lo que tú digas. —Agarré el vaso y... ¡mierda! Estaba vacío. Lo dejé de nuevo en la barra.

—De todas formas, ¿qué haces aquí? —Apoyó un codo en la barra—. No eres el tipo de persona que bebe sola en bares.

—¿Cómo sabes qué tipo de persona soy? —Pero se limitó a mirarme con ambas cejas enarcadas y tuve que reconocer que tenía razón. No era ese tipo de persona. Coloqué la mano sobre la tarjeta y, tras un profundo suspiro, la deslicé a través de la barra hacia él. La abrió, y se le fue ensombreciendo el rostro conforme la leía.

—¿Su padre? —La cerró y me la devolvió—. No sabía que estaba presente.

—Y no lo está. —Metí la tarjeta en el bolso; ya había tenido bastante de Robert por una noche.

—Pero él quiere, ¿no? —Me dirigió una mirada interrogante—. ¿Qué piensa Caitlin de todo esto?

—No lo sé —dije sin energía—. Se lo está pensando. Por eso me ha enseñado la tarjeta, creo que quiere mi opinión. —Él asintió, y me molestó ver ese brillo de compasión en su mirada. No quería darle pena—. Voy a pedirte esa cerveza. —Me incliné sobre la barra intentando captar la atención de Nikki para pedirle una cerveza a él y una segunda sidra para mí—. Es lo menos que puedo hacer por librarme de ese baboso.

Mitch aceptó la cerveza con una expresión pensativa.

—Mira, si me quieres devolver el favor, me podrías ayudar con una cosa.

—¿Ah, sí? —Levanté mi vaso de sidra. Ese primer sorbito helado siempre era el mejor—. ¿Con qué?

Evitó mirarme a los ojos.

—Sé mi novia.

El sorbo de sidra me salió disparado de la boca.

—¿Que sea tu qué? —Esperé a que rompiera esa expresión seria, que me sonriera y todo eso no fuera más que una especie de insinuación.

Sin embargo, se limitó a agarrar una carta del bar.

—Pidamos algo de comer. ¿Quieres una *pizza* u otra cosa? Yo invito.

Mi primera reacción fue decir que no. Llevaba una hora o así fuera y empezaba a tener ganas de estar en casa. Ya había sociabilizado bastante por una noche. No obstante, había algo en Mitch que hacía que quisiera quedarme. No estaba como de costumbre y no quería dejarlo solo.

—Venga —contesté—. Siempre y cuando no lleve piña.

Él resopló.

—Como si yo fuera a hacerle algo así a una *pizza*.

Sonreí y me incliné sobre su hombro para ver la carta que sostenía, en vez de agarrar otra para mí. Decidimos pedir una con mucha carne y nos cambiamos a una mesa con las bebidas. Nos quedamos sentados en silencio durante un momento, mientras le daba margen para que me detallara un poco más todo ese asunto de ser «su novia»; aun así, él no parecía muy dispuesto.

—Bueno... —dije.

—Bueno... —Dio un trago a la cerveza y luego carraspeó—. ¿Cómo va... tu pierna?

—¿Mi pierna? —Menudo cambio de tema. El accidente de coche había sido tres años antes; no lo había olvidado, claro, pero había pasado tiempo suficiente como para no tenerlo ya en la cabeza. En su momento, tuve la pierna casi destrozada. Por aquel entonces, me dolía un poco solo cuando iba a llover y ya.

—Bien —contesté al final—. Tuve que dejar de correr, pero ya estoy bien. Esto... ¿Por qué necesitas que sea tu novia? —Si él no se atrevía a arrancar la tirita, ya lo haría yo.

Mitch se rio mientras le daba otro sorbo a la cerveza.

—Me he expresado mal.

—Así que no quieres que sea tu novia.

—No, sí quiero. —Ladeó la cabeza, pensativo—. Es una larga historia.

—Bueno, la *pizza* no ha llegado aún, así que ¿por qué no empiezas?

Esbozó una sonrisa, pero no era la de siempre. Hasta en sus peores días, Mitch siempre estaba extremadamente alegre, pero la sonrisa de ese día era distinta. Era una sonrisa vacilante, no parecía él en absoluto. Y eso era lo que me mantenía sentada a la mesa.

—La cosa es... —dijo al fin—. Hay un... asuntillo.

Suspiré. Eso tenía más sentido.

—Vale...

—Mis abuelos. Va a haber una gran celebración familiar para el aniversario de mis abuelos.

—¡Ay! —Apenas podía contener el entusiasmo—. ¡Qué bonito, por favor! ¿Cuánto tiempo llevan casados? —Debía de ser un gran hito en la familia Malone para que organizaran una celebración semejante.

Pero Mitch entrecerró los ojos y torció la boca mientras pensaba.

—¿Cincuenta y... siete? ¿Cincuenta y seis? Por ahí. Pero esa no es la cuestión.

Ah. No era una cifra tan redonda, entonces.

—¿Cómo que esa no es la cuestión?

La *pizza* llegó, y él se encargó de servir una porción a cada uno antes de volver a la historia.

—La cuestión es que, en las últimas reuniones familiares, he tenido que soportar los típicos comentarios: «¿Cuándo vas a sentar la cabeza, casarte y tener hijos?». No era un problema grave al principio, pero parece que al superar los treinta empieza a cundir el pánico. Se convierte en un interrogatorio.

—¿Tienes más de treinta? —Las palabras me salieron de la boca sin querer. Siempre había asociado a las personas mayores de treinta con personas asentadas, incluso un poco aburridas. Pero, claro, por aquel entonces yo ya tenía una niña que iba a la escuela y un trabajo de oficina, así que tal vez estaba condicionada. Mitch, por el contrario, todavía se comportaba como un adolescente en un cuerpo musculado de hombre, por lo que pensaba que estaba en esa franja incierta de los veintitantos.

—Treinta y uno. —Puso los ojos en blanco—. Muy mayor, según ellos, lo que es una estupidez. Los hombres ni siquiera tenemos reloj biológico.

—Cierto. —Conseguí que no se me escapara una mueca. Si él era muy mayor, entonces yo era una vieja decrépita. Era bueno saberlo—. Entonces digamos que está cundiendo el pánico, ¿no?

—Sí. —Asintió con empatía mientras masticaba una porción grande de *pizza*—. Y he estado pensando que, si llevo a una novia a la fiesta, cerrarán la boca de una vez. Pero no tengo novia.

—Ya. Es una laguna en el plan, claro.

—Sí. —No pareció que le molestara mi comentario—. Tú serías perfecta. —Antes de que pudiera sentirme halagada por el cumplido, siguió hablando—: Ya sabes, eres mayor...

—¡Oye! —Me recosté en el sillón y me crucé de brazos.

—A ver, que estás muy bien para ser madre...

Negué con la cabeza.

—Así no lo estás arreglando. ¿Qué pasa? ¿Que en cuanto tienes hijos dejas de ser atractiva?

—No digo eso. Has oído hablar de las MILF *, ¿no? Significa...

Levanté las manos.

—¡Ya sé lo que significa MILF!

—Bueno, pues tú eres una MILF total.

—Eh... —No tenía ni idea de cómo tomarme eso. Supongo que se me reflejó en la cara, porque él suspiró.

—No me refería a eso. Es decir, eres..., pero yo no... —Resopló, exasperado—. Lo que quiero decir es que eres inteligente, madura. Si vinieras a la fiesta como mi novia, me harías parecer más maduro, ¿sabes? Y, así, a lo mejor me los quitaría de encima.

—Vale... —Entendía lo que quería decir. Acabábamos de fingir que éramos pareja delante de todo el bar, por lo que tenía las cualidades para ello. Pero eso había sido ¿qué? ¿Un minuto y medio? Lo que me proponía sería durante toda una velada, con su familia al completo. Eso era mucho tiempo para mantener un engaño.

Claro que... Eché una mirada al otro lado de la mesa, mientras Mitch hacía señales a Nikki para que nos trajera la cuenta. Llevaba una camiseta ajustada, y esos músculos eran un deleite para la vista.

---

* En inglés, el acrónimo MILF significa «mother I'd love to fuck», es decir, una madre o mujer madura a la que me gustaría..., en fin, eso. (Nota del T.)

Había formas mucho peores de pasar la tarde que fingiendo ser la novia del soltero más guapo de Willow Creek. Podría perder unas cuantas horas colgada de uno de esos bíceps. Además, Mitch era un buen chico que acababa de salvarme de un baboso con traje. A pesar de no haber pasado mucho tiempo a solas, cuando salíamos juntos nos lo pasábamos bien, siempre en una especie de tira y afloja. No era tontear exactamente, eran... unos piques divertidos. Mitch era bastante divertido. No había ningún motivo real para decirle que no.

Sin embargo, tampoco estaba preparada para decirle que sí. «Gran fiesta familiar», eso había dicho. Sonaba a que habría mucha gente. Y a mí no me hacían ninguna gracia las multitudes. Di otro trago a la sidra.

—¿Puedo pensarlo?

Le cambió el rostro, como si yo ya hubiera aceptado.

—¡Sí, claro! ¡Por supuesto! No es hasta el mes que viene. Hay mucho tiempo.

—De acuerdo —dije—. Lo pensaré. —Intenté pasarle mi tarjeta para pagar la *pizza*, pero la apartó con una mirada molesta.

—Corta el rollo, mami. Yo me encargo.

Lo dejé pagar, pero suspiré al oír el apodo. Todo el mundo tenía uno cuando estaba con Mitch. «Mami» me molestaba un pelín, la verdad, pero era mejor que MILF.

Me fui de Jackson's con la tarjeta de mi exmarido en el bolso y las palabras de Mitch resonando en mi cabeza. «Sé mi novia». Tenía mucho en lo que pensar.

DOS

—A ver, espera... —La cafetera silbó mientras mi hermana Emily espumaba la leche—. ¿Quiere que hagas... qué?

—Ya me has oído. —Me dejé caer en una de las sillas de la mesa más cercana a la barra. Me pasé por Lee & Calla, la librería que llevaba Emily, en cuanto abrió. No es que un sábado de mayo a las diez de la mañana hubiese mucha demanda de libros, así que tenía a Emily para mí sola. Le bastó con percatarse de mi expresión descafeinada para llevarme a la parte de la cafetería y preparar unos *lattes* de vainilla.

—Sí, te he oído. —Emily sirvió la leche en dos tazas con un amago de *art latte* bastante pobre. Se le daba fatal, pero el café en sí era perfecto, así que no importaba—. Pero creo que la máquina hacía demasiado ruido y no te he oído bien. Porque ha sonado a que Mitch quiere que hagas de su novia.

—Novia falsa —la corregí—. No creo que me esté proponiendo ser su novia de verdad. —Eso sí sería inaudito.

Emily salió de la barra con las tazas y me dio una antes de sentarse frente a mí en la mesa.

—Vas a tener que darme más detalles.

—Tampoco hay mucho más que contar. —Soplé el café—. Necesita una acompañante para una fiesta familiar y cree que soy mejor candidata que las que suele escoger. —Él no lo había dicho con esas palabras, pero yo sabía leer entre líneas.

—¿Y lo vas a hacer?

—Pues no lo sé. A ver, no sería tan terrible, ¿no? —Le di un sorbito al café con cuidado; todavía estaba caliente.

—No... —Emily se daba golpecitos en el labio superior con el índice mientras pensaba—. Pero bastante tienes tú ya. No quiero que te exijas demasiado.

—No es para tanto. De todos modos, la semana del baile de graduación ha terminado. —Eso había sido un calvario. Desde encontrar el vestido perfecto hasta estresarse por los planes, Caitlin había estado obsesionada con el dichoso baile durante la mayor parte de ese año. Su grupo de amigas se había puesto de acuerdo para no ir en pareja y alquilar una limusina entre todas, y al parecer la jugada les había salido fenomenal.

—Es verdad —dijo Emily con cierta sequedad—. Así que ahora solo quedan los exámenes finales y la graduación. Ah, y las pruebas para la feria medieval son dentro de unas semanas.

Gruñí.

—¿Ya tocan?

Emily asintió con la cabeza y una expresión a lo soldado cansado.

—Como cada año por estas fechas. Caitlin irá, ¿verdad? Me da que Simon cuenta con ella.

—No se lo perdería por nada. —Eso era quedarse muy corta. La feria medieval era una gran fiesta de recaudación de fondos del pueblo para las escuelas de la zona y había pasado de celebrarse en el campo de fútbol del instituto a ser un evento en el bosque que duraba varios fines de semana y en el que se celebraba hasta una justa en vivo y en directo con caballos y todo. A mí no me apasionaba, aunque había ido dos o tres veces.

Sin embargo, a mi hija le encantaba. Caitlin se había metido de lleno en cuanto terminó el primer año de instituto y arrastró a Emily consigo, ya que necesitaba carabina. De hecho, así fue como

Emily conoció a su marido: Simon era el que llevaba todo el asunto. Sinceramente, en ese momento agradecí lo del accidente de coche; si no hubiese sucedido, tendría que haber acompañado yo a Caitlin. Eso o decirle que no podría participar en la feria. Las dos opciones habrían sido horribles.

—Era un decir. —Emily hizo un gesto con la mano—. Por lo visto, en casa de los Parker hay mucho bullicio. Y es gracias a Cait. Y porque no nos hemos puesto a hablar de tu lista de cosas por hacer.

Volví a gruñir.

—Mira, no me lo recuerdes. —Tendría que haberlo dicho con más ímpetu. Al fin y al cabo, estaba a punto de conseguir mi tan ansiado plan: vender mi casa y salir pitando del pueblo.

Cait tenía seis años cuando compré la casa de tres habitaciones en Willow Creek. En aquel momento me dije que sería una inversión de futuro. Que cuando ella se fuese a la universidad yo ya tendría el patrimonio suficiente para venderla y, con suerte, mudarme a un pequeño piso en la ciudad con lo que sacara por ella. Era un sueño que salía a la superficie cada par de años, y cada par de años me decía a mí misma que sí, que eso era lo que quería hacer. Algún día.

Pero ese «algún día» estaba llegando ya. Caitlin empezaría la universidad en otoño y yo acabaría con el síndrome del nido vacío. No hacía mucho me había reunido con un agente inmobiliario: el primer paso de un largo camino para alcanzar mi sueño.

—Vale, tienes razón —le dije a Emily al final—. Están pasando muchas cosas. Pero lo de Mitch es solo una tarde. ¿Tan malo es?

—No lo sé, pero estamos hablando de Mitch, no te olvides. —Sonó la campanilla encima de la puerta de la tienda. Emily alzó la vista y suspiró—. Parece que hoy empezamos más temprano —dijo, ya levantada de la silla y a medio camino de la parte delantera de la tienda—. ¿Te quedas un rato? No hemos terminado de hablar.

—Vale. —Envolví la taza con las manos y paseé por la tienda mientras Emily hablaba con la clienta que había entrado a recoger un libro que había pedido. Después, entró una pareja, seguida de una familia, por lo que a la media hora ya estaba de vuelta en nuestra mesita con una novela de misterio empezada, mientras la mesa de al lado estaba ocupada por escritores y sus ordenadores portátiles. Emily iba de un lado a otro del mostrador, cobrando los libros y sirviendo a la vez en la barra como camarera. Era una pequeña librería independiente que funcionaba con un presupuesto reducido y un mínimo de empleados, pero incluso yo me daba cuenta de que Em estaba forzando la máquina. Se le había enfriado el *latte* y mi taza estaba vacía. Sin embargo, había ido suficientes sábados como para saber que era una casualidad, y como no tenía otros planes no me importaba esperar.

Me sonó el móvil y dejé el libro a un lado para mirar las notificaciones. Había un mensaje de Caitlin en el que me decía que se iba al centro comercial con sus amigas, quizá las mismas con las que había salido la noche anterior. Le respondí un «Muy bien», porque ¿qué otra cosa le iba a decir? Podía contar con un dedo de la mano las veces que se había saltado el toque de queda, y aquella vez había sido porque a una amiga suya se le había pinchado una rueda. No contaba.

Me guardé el teléfono en el bolsillo trasero de los vaqueros y llevé mi taza vacía y la de Emily al fregadero detrás de la barra justo cuando ella apareció de nuevo.

—¡Perdón! —Me quitó rápidamente las tazas de las manos, como si le hubiesen sorprendido haciendo algo malo—. No te preocupes, yo las lavo.

—Sé fregar una taza.

Esbozó una sonrisa.

—Ya, perdón. El instinto, ya sabes.

Sí que lo sabía, sí. Emily había llegado al pueblo justo después de mi accidente y se pasó varias semanas haciéndome de enfermera, porque yo estaba prácticamente inmovilizada. Nunca se quejó, ni siquiera cuando se juntaba el dolor con los narcóticos y me volvía la cabrona más contestona del año. Yo era doce años mayor que ella, pero tenía la sensación de que mi hermana seguía sintiendo la necesidad de cuidar de mí. Pero así era Em. Cuidaba de todo el mundo.

Ya en alto, dije:

—No pasa nada. ¿Vas bien?

—Ah. —Hizo un gesto con la mano como quitándole importancia a la situación, pero tenía una expresión agotada—. Sí. Un poco del ajetreo de sábado, nada más. ¿Querías irte? Porque quiero que me cuentes lo tuyo con Mitch.

Eso me hizo reír.

—No tengo nada con Mitch. Aun así, me puedo quedar. Cait ha salido con sus amigas, así que nadie me espera en casa.

—Vale, vuelvo en nada. Con más café, porque necesito cafeína.

Mientras Emily regresaba a la parte delantera de la tienda para dar la bienvenida a nuevos clientes y entablar una conversación cordial con todo aquel que entrase por la puerta, dejé en la estantería el libro que me estaba leyendo. Era demasiado obvio que la abuelita con cara dulce iba a ser la asesina. Tal vez debería leer una novela romántica. Me gustaban los finales felices. Deambulé por los pasillos, mirando entre los libros antiguos y oí la máquina de expreso. Anda, ¿habría terminado ya? Porque no le haría ascos a otro café.

Volví a nuestra mesa con varios libros bajo el brazo y vi a Emily pasarle una taza a uno de los escritores de antes, junto con un pastelito de limón envuelto en plástico. La dueña de la tienda, Chris, tenía una receta estrella que el invierno anterior por fin había decidido compartir con Emily. Y menos mal; Chris se pasaba los inviernos en Florida, por lo que no estaba para ocuparse de la repostería. Ahora que Emily conocía la receta, era ella quien se encargaba de los dulces a la vez que de la librería. Sus pastelitos eran casi tan buenos como los de Chris, pero no iguales. Aun así, yo nunca se lo había dicho.

Me apoyé en la estantería con el codo y vi cómo se giraba para darle el café a otro cliente que estaba esperando. Mi hermanita estaba en su salsa, rodeada de libros y café recién molido. Haber sufrido un accidente de coche no era bueno, pero me había traído a mi hermana. La había apartado de una mala situación y la había llevado hacia una nueva vida. Ahora dirigía una librería, era voluntaria en la feria medieval y el verano anterior se había casado con el amor de su vida. Willow Creek se había portado bien con mi hermana.

—*Latte* con sirope de avellana. —La mujer ni siquiera levantó la cabeza del teléfono al poner el dinero en el mostrador—. Para llevar.

—No podía verle cara, solo el pelo oscuro con canas, porque tenía la cabeza metida en el móvil.

—Ahora mismo, Carla. —Emily mantuvo una sonrisa alegre a pesar de que Carla no la veía. Le preparó la bebida, agarró el dinero y dejó el cambio en el mostrador junto con el café en un vaso de cartón—. ¡Aquí tienes! —Emily le dio la espalda y sacó dos tazas limpias de cerámica de la estantería para empezar a hacer nuestros cafés. ¡Yuju!

Volvía a estar en nuestra mesa, echándole un vistazo al primer capítulo de uno de los libros que había elegido, cuando me sobresaltó una voz estridente:

—¿Qué diablos es esto?

Levanté la mirada y vi a Carla, la última cliente, que dejaba el vaso de café en la barra con tanta fuerza que se derramó algo de líquido por el orificio para beber.

Emily se dio la vuelta desde la máquina de expreso con las cejas enarcadas.

—Es un *latte* con sirope de avellana, ¿hay algún probl...?

—He dicho sirope de vainilla. Quiero un *latte* con sirope de vainilla. ¿No me has escuchado o qué?

Emily pestañeó.

—Lo siento. Juraría que habías dicho avellana. Dame un segundo que te lo... —Alargó la mano para agarrar el vaso y Carla resopló.

—Es que alucino con que te hayas equivocado. —Cruzó los brazos—. Siempre pido un *latte* con sirope de vainilla. ¿Es que no te acuerdas? Vengo prácticamente todos los días. —Esa tipa tenía un guantazo con la mano abierta.

—Lo sé —dijo Emily con firmeza, imperturbable, mientras quitaba la tapa del café y lo tiraba por el fregadero—. Por eso me había parecido raro que lo pidieses con avellana.

Carla volvió a cruzar los brazos.

—¿Se puede saber qué demonios te pasa?

Mi paciencia tenía un límite y lo había rebasado con creces.

—Lo has pedido con avellana. —Dejé el libro en la mesa.

Carla se giró en mi dirección; echaba chispas por los ojos.

—¿Perdona? —Se hizo el silencio mientras ambas me miraban.

—He dicho que lo has pedido con avellana. —Me temblaban las manos al tiempo que me levantaba. No me gustaban nada las confrontaciones y prefería no decir nada. Sin embargo, aquella discusión era ridícula y esa asquerosa había estado muy cerca de insultar a mi hermana pequeña. No pensaba permitirlo—. Estabas con el teléfono y probablemente no sabías lo que estabas diciendo, pero yo estaba aquí y te he oído pedir avellana.

—Yo no... —Carla dejó de hablar. Se quedó con la boca abierta un segundo y vi el momento en que se dio cuenta de que estaba equivocada. El rubor le subió por la nuca y se le enfriaron las chispas de los ojos. Me miró fijamente y yo le devolví la mirada; dejábamos a Emily fuera de la conversación.

—¡No pasa nada! —exclamó Emily con voz alegre para cortar la tensión, y puso en la barra otro vaso para llevar—. Aquí tienes, un *latte* con sirope de vainilla. Y por las molestias, te he puesto el tamaño grande, gratis.

Carla se dio la vuelta y miró el café como si no hubiese visto uno nunca. Me observó una vez más y después otra vez el café. Resopló fuerte y agarró el vaso, sin mirar a Emily. Su «gracias» fue un murmullo y salió de la tienda casi a hurtadillas. Emily y yo nos quedamos solas. Por fin.

Solté un largo suspiro.

—¿Quién diablos era esa?

El suspiro de Emily se juntó con el mío.

—Carla tiene una tienda en el pueblo, vende joyas *kitsch*. Y es presidenta de la Cámara de Comercio. Muy divertido.

—Madre mía. Divertidísimo. —Me volví a sentar y enseguida se unió ella con otros dos cafés.

—No te preocupes. Carla es una vieja gruñona y a veces le gusta desquitarse con los demás.

—¿Y lo toleras? —Sacudí la cabeza.

Emily suspiró.

—Directora de la Cámara de Comercio —repitió—. Es una mierda, y ella es superirritante. Pero bueno... La mitad del tiempo paso de ella. Por cierto, gracias por apoyarme. La cara que ha puesto no tiene precio.

—Bueno... —Me encogí de hombros—. Defiendo a la gente a la que quiero. Ya lo sabes.

Ambas sonreímos. De pequeñas, la relación entre Emily y yo no siempre había sido fantástica, más por la diferencia de edad que por enemistad o cosas así. Pero habíamos estrechado lazos desde que llegó a Willow Creek, fue entonces cuando aprendí lo que era tener una hermana. Yo la quería, y ella lo sabía. Y eso era muchísimo más de lo que teníamos cinco años atrás.

—¿Y bien? —dijo—. Mitch.

Suspiré. Mierda. Vuelta al tema.

—Sí.

—¿En serio lo harás? —Sonrió—. Tendrás que decirme qué hay debajo de esa falda escocesa.

—Dios mío. —Me llevé una mano a la frente—. Primero, no me voy a meter debajo de nada.

—Pues es una pena. —Emily se rio mientras bebía café—. Seguro que es divertido.

Sacudí la cabeza con fuerza.

—No, gracias. Los guapos cabeza hueca no son mi tipo.

—Venga ya. Dale un poco de tregua, anda. Ese chico es mucho más que su físico.

—¿En serio? —Me quedé mirando a Emily—. Recuerdo que cierta persona babeaba por él cuando llegó al pueblo.

Levantó las manos en posición defensiva.

—Vale, *mea culpa*. Pensé que sería una buena distracción. Y aún lo pienso. Pero luego tuve la oportunidad de conocerlo y... —Se encogió de hombros—. Es un buen tipo. Es muy simpático y nada tonto, ¿sabes?

—No he dicho que lo fuese. —Ahora era yo quien se ponía a la defensiva.

Emily entrecerró los ojos.

—Creo que iba implícito en lo de «cabeza hueca».

Chasqueé la lengua.

—A ver, solo hay que verlo. Sus pasatiempos son beber y ligar. Y estoy bastante segura de que le gusta que la gente piense que es así.

—Puede —dijo, pensativa—, pero también ayuda a Simon a controlar a los críos todos los años en la feria e interpreta una escena de lucha muy difícil con él. Además, es profe a jornada completa y también entrena a niños. Solo digo que es más que sus músculos. —Le dio otro sorbo al café—. Aunque son buenos músculos...

—*Tch, tch*. Estás casada.

—Sí, pero no soy ciega.

No le hice ni caso.

—Vale, pero la falda solo se la pone para la feria, ¿no? Eso es en julio. Todo esto de la relación falsa se acabará mucho antes de eso.

—Ah. O sea, que lo vas a hacer —repuso con expresión pícara, y le dio otro sorbito al café.

Di un largo suspiro.

—Seguramente.

Negó con la cabeza.

—Eres demasiado amable.

Eso me sorprendió.

—¿Yo? —Era la primera vez que alguien me acusaba de ser amable... y más aún de ser *demasiado* amable. Me gustaba mi forma de ser y me gustaba mi pequeño círculo de amistades. Pero ya.

Emily sonrió.

—Sí, tú. Cuando llegué aquí, apenas hablabas con la gente. Ahora vas a dos clubes de lectura...

—Pero porque el club de lectura del barrio solo elige libros deprimentes. Los que se eligen en el club de esta librería son más divertidos.

—Leer dos libros al mes no me hacía amable, ¿no?

Pero Emily continuó como si yo no hubiese hablado.

—... y ahora vas a salir de tu zona de confort para ayudar a un amigo. Antes de que te des cuenta, harás de voluntaria en la feria medieval.

Solté una carcajada.

—Lo dudo mucho. No tengo suficientes tetas para un corsé.

—¿Y yo sí? —Enarcó las cejas. Ahí le había dado. Busqué otra razón, una más obvia.

—No soy de apuntarme a cosas, Em. Ya lo sabes.

Emily asintió sabiamente con la cabeza.

—Dos clubes de lectura.

Entrecerré los ojos mientras me terminaba el *latte*.

—Cállate.

Para mi sorpresa, Caitlin estaba en casa cuando llegué, sentada a la mesa del comedor con los libros de texto y el ordenador abiertos delante de ella.

—Pensaba que estabas en el centro comercial.

Caitlin apenas levantó la vista de los libros.

—Sí, bueno. Syd no se decidía y luego ha aparecido su novio, así que ha dejado de ser un día de chicas. No me apetecía ir de sujetavelas.

Chasqueé la lengua.

—¿Y has preferido volver a casa y hacer deberes? Pues sí que era mal plan.

—Eso digo yo. —Apretó los labios y pasó la página del libro con demasiado ímpetu. Había visto esa mirada antes, pero normalmente en mí misma. No me gustaba que mi hija fuera así de cínica con su edad.

Y eso me hizo recordar... Saqué el sobre azul del bolso.

—Te lo devuelvo. —Le pasé la postal a Caitlin por la mesa—. Querrás quedártela, ¿no?

—Supongo... —Caitlin agarró la postal por el sobre como si fuese plutonio y no llevase puesto el traje de protección.

Su tono de voz me hizo reflexionar.

—Oye. ¿En qué piensas?

—Pues... —Miró la postal de nuevo y después a mí antes de cerrar el ordenador y dejarlo a un lado—. ¿No es raro que me escriba ahora? No me había escrito nunca.

—Lo sé —dije con un tono de voz lo más neutral posible—. Algo raro sí es.

—No sé... ¿Es porque quiere algo? ¿Se supone que tengo que verlo? ¿Se va a convertir en una costumbre o algo? ¿Ahora de repente quiere ser mi padre?

Solté un suspiro ante tantas preguntas y me senté a su lado. No me gustaba nada verle esa mirada triste e insegura; quería ir a por Robert y darle una paliza por hacerle poner esa expresión. ¿Cómo se atrevía? ¿Cómo se atrevía ese cabronazo a hacerle esto a nuestra..., a mi hija?

—Bueno —dije con cautela—, depende de ti. Te ha mandado una postal y puedes contestarle si quieres. Si no quieres, también estará bien. Aparte de eso, no estoy segura de si quiere ser tu padre ahora, la verdad. —Lo dudaba mucho, pero no pensaba decírselo, porque seguía teniendo esa pizca de esperanza de que sí quisiera. Tal vez había mirado atrás en esos dieciocho años y deseara haber sido una mejor persona. Un mejor padre.

Sí, podría haber una pizca de esperanza, pero mi corazón cínico no se lo creía.

—Esto... —Cait daba golpecitos en el borde de la postal, pensativa—. Creo que quiero verlo. Conocerlo mejor, quizá. ¿Te parece bien?

—Pues claro... —comencé a decir, pero Caitlin no había terminado.

—Pero no quiero herir tus sentimientos. No quiero que pienses que no te tengo en cuenta o que...

—Ay, mi niña. —Me acerqué y le quité la postal de la mano, que dejé a un lado antes de darle unas palmaditas cariñosas en el brazo—. No. Mis sentimientos no tienen nada que ver con esto. Que no se te olvide, ¿vale? Habla con él o no hables con él..., haz lo que te parezca correcto a ti. No pienses en mí.

—Vale... —Pero seguía indecisa, y eso me desgarraba el corazón.

—Venga, va. —Le apreté la mano una vez más antes de levantarme—. Los deberes pueden esperar. Busquemos algo en la tele para no pensar mucho.

Caitlin inclinó la cabeza.

—¿Comemos palomitas?

—Pues vale —dije—. ¿Por qué no?

Me gané una sonrisa, escueta pero auténtica.

—¿Les echamos M&M a las palomitas?

Resoplé exageradamente.

—Como si no me conocieras ya...

Esa vez la sonrisa hizo que le brillaran los ojos, lo cual me hizo sentir mejor mientras iba a la cocina a por las palomitas.

Me quedé mirando el microondas como si tuviese que ver algo con todo este lío. «Joder, Robert. Te fuiste hace años. ¿No podrías haberte quedado al margen?». Sentía un nudo en el pecho que me decía que las cosas iban a cambiar drásticamente. No quería seguir pensando en mi exmarido y en lo que pretendía al ponerse en contacto con Caitlin después de tanto tiempo. Entonces, me dio por pensar en Mitch y en lo que quería de mí. Era algo mucho más sencillo, pero también más engañoso.

Volví a suspirar. Todos esos años habíamos sido Cait y yo; no habíamos tenido que preocuparnos sobre lo que quisiera ningún hombre. No me gustaba ese giro de los acontecimientos. No me gustaba ni un pelo.

TRES

Tenía muchas cosas rondándome la cabeza al mismo tiempo. Mi exmarido irrumpiendo en nuestras vidas tras años de silencio; Mitch pidiéndome que formara una parte más importante de su vida de repente, si bien por un engaño... Y, por supuesto, esa sempiterna lista de cosas que tenía que hacer, según la agente inmobiliaria, para modernizar la casa antes de venderla.

Me había dado una lista larga. Volver a pintar las paredes con un color neutro, lo cual era de esperar. Cambiar los suelos, que también me lo había figurado. Barnizar la terraza trasera, que no le vendría mal. Actualizar los electrodomésticos..., no. ¿Para qué? Si tenía que gastarme miles de dólares en cambiar los electrodomésticos, ya puestos me quedaba con la casa. La lista era interminable y me cansé solo de leerla. Tendría que contratar a un ejército de manitas para que me ayudaran a hacerlo todo.

Tenía todas esas cosas dando volteretas en la cabeza hasta que dos de ellas chocaron entre sí, en mitad de una cuenta de pérdidas y ganancias en el trabajo. Saqué el móvil del bolso y le envié un mensaje a Mitch.

¿Estás disponible esta noche?

Tengo entrenamiento de béisbol hasta las 6.
¿Me estás pidiendo salir, mami?

Por el amor de Dios.

No. Me pasaré por el instituto sobre las 18:15 si te parece bien.

¿Sabes dónde está el campo?

Vivo en este pueblo desde hace tiempo. Creo que lo encontraré.

Su única respuesta fue un emoticono de un pulgar hacia arriba y, aunque esperé unos minutos por si acaso, no me llegó nada más. Apagué el teléfono y volví a la hoja de cálculo.

Esa tarde me fui a casa en coche como siempre, pero cuando llegué a las afueras, miré el reloj y giré a la izquierda en dirección al instituto en lugar de seguir directo hasta casa. El sol había empezado a esconderse en el horizonte, pero aún había mucha luz. Había ido bien de tiempo; eran las seis y poco.

Cuando entré en el aparcamiento del instituto, el entrenamiento de béisbol acababa de terminar. Ni siquiera me hizo falta adentrarme en el campo. Los chicos deambulaban por el aparcamiento; algunos se dirigían a sus coches, sobre todo los de último año, mientras que los más jóvenes esperaban a que sus padres fueran a recogerlos. Mitch estaba hablando acaloradamente con uno de los alumnos. Cada uno tenía una pelota de béisbol en la mano, y Mitch le enseñaba las distintas maneras de agarrarla, que el chico que tenía al lado trataba de imitar. Por lo que alcancé a ver, tenía unos dedos largos y el agarre era bueno. Mitch asentía con satisfacción. Levantó la cabeza al acercarme yo.

—¡Hola, mami!

Puse los ojos en blanco y opté por no chocar el puño que me ofrecía.

—¿En serio? ¿Delante de los niños?

Él se encogió de hombros.

—No nos están escuchando. —Tenía razón; incluso el chico al que había estado enseñando a agarrar la pelota se había alejado. Los alumnos estaban enfrascados con el móvil mientras esperaban a sus padres y hablaban entre ellos en grupitos aquí y allá—. Bueno, ¿qué te cuentas?

—Esto..., he estado pensando en tu..., ya sabes, en ese asuntillo que me pediste que hiciera. —Dios, eso había sonado peor que soltarle el tema y ya.

—Ah, ¿el asuntillo? —Se le iluminaron los ojos y la alegría inundó su cara. Claro que su cara siempre se inundaba de alegría: Mitch era un tipo muy alegre—. ¿Te apuntas?

Suspiré.

—Sí, me apunto. Pero con una condición.

—¿Qué condición? —Frunció el ceño—. ¿Te refieres a la comida? ¿Eres alérgica a algo? Porque puedo averiguar lo que vamos a comer si eso es lo que...

Resoplé.

—No, digamos que es más bien un trueque. Algo del tipo: yo hago esto por ti y tú haces algo por mí.

—Ah. —Se le borró la confusión de la cara—. Claro. Dime, ¿qué necesitas? No te preocupes, seré el mejor novio que hayas tenido nunca. —Me guiñó el ojo y yo me reí, muy a mi pesar. Normalmente, intentaba no reírme cuando estaba con Mitch, porque eso le daba alas.

—Seguro que sí. —No es que tuviera mucho donde comparar, pero en ese momento era mejor no pensar en eso—. Necesito algo de ayuda.

Enarcó las cejas y me miró con aire picarón.

—¿Con qué?

¿Cómo? ¿Cómo había convertido esas dos palabras en una insinuación sexual?

—Con mi casa —respondí—. Necesito hacerle algunos cambios antes de ponerla a la venta, así que...

—Espera, ¿te mudas? —Se le ensombreció el rostro, y sentí su ceño fruncido como un golpe en el estómago. No se me había ocurrido que a alguien le importase un pimiento que tuviese pensado marcharme de Willow Creek. Mi propia hermana apenas había reaccionado cuando se lo dije la primera vez. ¿Por qué le importaba a Mitch?

Barrí mentalmente esa idea de mis pensamientos. Quizá le preocupara que me fuese antes de poder ayudarlo con ese asuntillo de la cena familiar.

—Todavía no. Pero si quieres que sea tu novia falsa, necesito que vengas a ayudarme a barnizar la terraza.

Él me miró con los ojos entornados y yo lo miré también sin pestañear; no pensaba perder ese duelo de miradas. Al final, asintió.

—Vale, me parece justo. —Volvió a entornar los ojos, esa vez pensativo—. ¿Es nueva?

Me reí de la sorpresa al imaginarme blandiendo un martillo y montando yo solita la terraza con su escalera.

—No, me la construyeron hace tiempo.

—Mmm. —Inclinó la cabeza y puso cara de estar calculando algo mentalmente—. Querrás limpiarla antes de barnizarla, entonces. ¿Tienes una hidrolimpiadora?

Parpadeé.

—Eh, no. —¿Debería tener algo así?—. ¿Puedo alquilar una?

Él agitó la mano.

—Tranqui, mi padre tiene una. Te la llevo mañana, y el próximo fin de semana barnizamos.

—El próximo fin de semana... Espera. ¿No son las pruebas para la feria medieval? ¿No tienes que ir? —Cuanto más se acercaba la feria, más ilusionada estaba Caitlin, así que la tenía en mente sí o sí. Mitch era otro en el pueblo de los que, como Simon, habían formado parte de la organización desde el principio. No me lo imaginaba perdiéndosela.

Pero él se encogió de hombros.

—Uf. Entre tú y yo, ya tengo un pie dentro. Dudo que a Simon le importe que me salte las pruebas.

Me dio la sensación de que a Simon le importaría y mucho, pero no iba a discutir con él sobre eso.

—Vale, muy bien. Pásate en algún momento de la mañana. Cuando tú quieras, me levanto temprano. Podemos hablar sobre la estrategia mientras trabajamos.

—¿Estrategia? ¿Qué clase de estrategia necesitamos para barnizar una terraza? Pues agarras un poco de barniz, se lo aplicamos a la madera y listo.

Puse los ojos en blanco tan fuerte que la cabeza se me echó hacia atrás.

—Para tu fiesta.

—Ah. —Parecía pensativo—. Cierto.

—No te preocupes —dije—. No te tendré en mi casa todo el día. Podrás salir de juerga el sábado por la noche.

Me miró confundido.

—¿El sábado? ¿Es que tengo planes de los que no sé nada?

Incliné la cabeza.

—¿No es el sábado tu mejor día para ligar?

—Qué graciosa. —Había empezado a mirar alrededor mientras hablábamos, escaneando con la mirada a los chicos que aún corrían por ahí. Me di cuenta tarde de que él estaba a cargo de todos ellos, de que se aseguraba de que sus padres los recogieran y llegaran a casa sin sobresaltos. Igual no debería haber ido a distraerlo, pero no parecía molesto. Sabía hacer varias cosas a la vez.

—¿Graciosa? —Apoyé la espalda contra la pared del edificio y aproveché para estirarla un poco. Me había pasado el día sentada, además del trayecto relativamente largo para ir y volver del trabajo. Mi SUV era cómodo, pero me pasaba la mayor parte del día sentada y me movía muy poco. Al final, acababa siempre con la espalda tiesa. Se me fue la mirada hacia la pista, a unos treinta metros a la derecha del edificio principal. A veces echaba de menos correr.

Me sacudí de encima ese pensamiento también. ¿Qué me pasaba últimamente con Mitch que me ponía tan pensativa?

—¿Por qué es gracioso? Te he visto en Jackson's un montón de veces. ¿No es eso lo que haces?

—Bah. —Se encogió de hombros, que se le veían enormes debajo de la camiseta—. La cosa está perdiendo su encanto, si te digo la verdad. Acabo allí muchas veces porque en este pueblo no hay muchas más opciones.

Debía reconocer que tenía razón.

—Bueno, vale. Podemos…

—No —repuso Mitch con dureza, tanto que me sobresalté al oírlo. ¿Cómo que «no»? Era él quien había propuesto quedar el sábado. Pero no estaba hablando conmigo. Había estirado el brazo hacia uno de los niños que pasaban por ahí y lo había enganchado por el cuello de la camiseta—. Repite lo que acabas de decir —le pidió al alumno.

El muchacho se quedó flácido bajo las manos de Mitch como un pez recién pescado.

—No, venga ya, entrenador. No quería…

—Re-pí-te-lo. —La voz de Mitch era grave y peligrosa, y no quise ni pensar en el escalofrío que me recorrió la espina dorsal por su tono. No había oído lo que había dicho el chico; el grupito había pasado por allí mientras nosotros hablábamos. Pero como ya he dicho, ese hombre sabía hacer varias cosas a la vez.

El alumno resopló y se apartó el flequillo rubio oscuro de los ojos.

—Hablaba de la fiesta de cumpleaños de mi hermano pequeño, que fue muy tonta. ¿Quién juega con pistolas láser a estas alturas? —Miró a Mitch como diciendo «¿Verdad?», pero la cara de este siguió imperturbable. Después de un duelo de miradas de diez segundos, el niño volvió a resoplar—. He dicho que fue muy gay —masculló.

—Sí —dijo Mitch, con voz y expresión igual de imperturbables—. Eso has dicho. —Soltó la camiseta del niño—. Ahora ve y corre un par de vueltas.

—¡Venga ya! Acabamos de entrenar y mi madre llegará dentro de cinco minutos.

Mitch se mostró indiferente.

—No es mi problema. Ya conoces las reglas. Eso es una falta de respeto. No se dicen ese tipo de cosas en mi equipo. Así que o corres o te quedas fuera del equipo. Tú decides. Le diré a tu madre dónde estás si llega antes de que termines.

—Uf... —Dejó caer la mochila del hombro y luego la lanzó de malas maneras contra la pared—. No le cuentes lo que he dicho, ¿vale?

—Vete. —Mitch señaló la pista que yo había estado mirando melancólicamente antes y el niño se alejó trotando hacia allí.

—Vaya —dije cuando el niño ya no podía oírnos y sus amigos se habían escabullido—. Eres un buen profe.

Mitch se encogió de hombros.

—No me gusta que la gente use una expresión como esa en plan peyorativo. —Se inclinó contra la pared, imitando mi postura desenfadada, pero tenía los hombros tensos—. Si los descubro diciéndola, los mando a correr mil metros por la pista. Ya conocen las reglas.

—No, eso está... está bien. —El mundo ya era bastante cruel, y si Mitch conseguía hacerlo un poquito más amable, niño a niño, bien por él.

—Bueno. —Se le suavizó la expresión, y dejó caer los hombros. Echó la cabeza hacia delante y oí un ligero *crac*. Siempre había pensado en Mitch como alguien sin ningún tipo de preocupación, pero sí que se preocupaba. Por muchas cosas. Mmm—. ¿El próximo sábado, pues?

—El próximo sábado —dije—. Quedamos así.

En efecto, cuando la noche siguiente volví del trabajo, había un artilugio extraño apoyado contra la puerta de mi casa. Me quedé sin palabras durante unos buenos treinta segundos hasta que recordé que Mitch me iba a prestar su hidrolimpiadora, o más bien la de su padre. Limpiar la terraza con ella fue una de las tareas más ruidosas, pero también satisfactorias, que he hecho nunca. Cuando acabé, estaba igual que cuando los constructores terminaron de montarla, y me planteé dejarla así y no molestarme en barnizarla.

Pero Mitch negó con la cabeza cuando yo le saqué el tema al llegar el sábado por la mañana.

—Está genial, pero es mejor barnizar. ¿Hace cuánto dices que la construyeron?

Dudé mientras trataba de recordar.

—Hará un par de años, creo. —Definitivamente había sido después del accidente; esa terracita había sido un autorregalo al cobrar por la sentencia del juicio que hubo tras el accidente. El constructor había sacado la ventana del comedor y la había convertido en unas ventanas francesas. Esa terraza era el lugar ideal donde disfrutar de un café los fines de semana.

—¿Un par de años? —Mitch sacudió la cabeza en señal de rechazo—. Tienes suerte de que no se haya agrietado la madera.

—¿Qué quieres decir? Es madera tratada a presión. —Puse énfasis en el «a presión» como si tuviera idea de lo que significaba. No la tenía. Pero el constructor lo había especificado cuando construyó la terraza y había impresionado a alguien como yo, que no sabía nada de carpintería.

—Que sea tratada a presión significa que no se va a pudrir, pero eso no impedirá que se agriete. Es mucho mejor barnizarla.

—Ah. —Examiné las tablas de la terraza, buscando algún signo de... ¿agrietamiento? ¿Era eso lo que había dicho? No era ninguna experta, así que ¿cómo iba a saber estas cosas?—. Pero si la barnizamos ahora, ¿quedará bien?

—Claro que sí. —Asintió enérgicamente—. Además, quedará mucho mejor que los tablones al natural.

En eso tenía razón. Siempre había querido barnizar la terraza cuando estuviese terminada, pero luego, como buena señora de la casa, nunca había sacado el tiempo para hacerlo.

Trabajamos en cordial silencio durante un rato hasta que me acordé de que teníamos que hablar sobre nuestra estrategia.

—Bueno... —Mojé la brocha en el barniz y lo esparcí por la barandilla—. Cuéntame más sobre este asuntillo de la cena familiar. Me dijiste que era por el aniversario de tus abuelos, ¿no? ¿El cincuenta y algo? ¿Por qué celebráis el cincuenta y algo? ¿El gran hito no son los cincuenta?

Él asintió.

—También lo celebramos. En el cincuenta, montamos un gran fiestón. En plan reunión familiar. Había Malone por todas partes.

—Madre mía —susurré hacia la barandilla del porche. Ya costaba lo suyo aguantar a Mitch, así que ¿Malone por todas partes? No sobreviviría a eso.

Por suerte, Mitch no me oyó.

—Estuvo genial. Vi a primos con los que no había hablado desde el instituto. Fue algo gordo, sí. Además, tuvimos la fiesta en paz, seguramente por primera vez en la historia. Y por eso ahora tenemos que hacerlo cada pocos años.

—Ah. Vaya. —Parpadeé. Eso era...

Mitch asintió, como si me leyese la mente.

—Es demasiado, sí. Pero mi abuela se puso tan contenta que insistió en que volviéramos a juntarnos todos al año siguiente, y eso hicimos. Y ahora se ha convertido en una tradición anual.

Sacudí la cabeza.

—¿Y no podéis juntaros en Navidad, como una familia normal?

Él resopló.

—No, eso sería demasiado fácil. —Se alejó un poco bajando la escalera con su brocha y su cubo de barniz—. Además, siempre hay alguien que no va por Navidad porque lo celebra con sus suegros y cuñados y tal. Así que ahora organizamos la reunión a principios de junio. Y si alguien dice que no puede venir..., bueno, la yaya se pone muy triste. —Sacudió la cabeza, pesaroso.

—Madre mía —repetí, esa vez de verdad—. Eso es horrible.

—Exacto —dijo Mitch—. Es una cuentista. —No era la respuesta que me esperaba y Mitch lo sabía; me miró y sonrió ante mi carcajada—. Tendrías que verla. Puras lágrimas de cocodrilo. Pero no se le puede decir que no.

—Claro que no —repuse yo—. Tengo entendido que decirles que no a las abuelas en algunos Estados es ilegal.

—Exacto. —Mitch colocó la brocha en su pequeño cubo de barniz y se incorporó para estirar la espalda. Había estado agachado sobre las escaleras durante un buen rato, y tengo que reconocer que disfruté de esa pequeña muestra de debilidad por su parte. Era la prueba de que era mortal. Además, era un bonito espectáculo: con las manos en las caderas y el pecho prácticamente al aire, con esos brazos cuyos bíceps eran casi como mi cabeza de grandes. Alcanzaba a ver el relieve de los músculos mientras se estiraba, como un modelo anatómico cubierto de piel morena y una camiseta ajustada. Le cayó un mechón de pelo rubio sobre la frente mientras se inclinaba hacia delante, y yo solté un largo suspiro.

Luego me incorporé yo también, y el crujido de las rodillas me recordó quién era yo y quién era él. Bromas sobre lo de MILF aparte, yo tenía al menos diez años más que cualquiera que pudiera gustarle. «Corta el rollo», me dije a mí misma. «Está siendo amable y te ayuda, y tú te lo estás comiendo con la vista mientras tanto».

Era de lo peorcito.

—¿Qué tal por ahí arriba?

Me sobresalté y me sentí culpable. Ay, Dios, ¿me había cazado observándolo? Sin embargo, tenía la cabeza ladeada con aire ingenuo mientras me miraba desde el jardín.

—Mmm... —Eché un vistazo a lo que había hecho—. No está mal, ¿no? —Me faltaban algunas tablas, pero casi había llegado a las ventanas francesas. Mi plan era pintar hacia atrás hasta llegar a la casa, pero entonces me di cuenta del fallo en el plan. Miré más allá de la plataforma barnizada casi en su totalidad, pasando por los peldaños de la escalera y Mitch—. Estás un pelín atrapado, ¿eh? —Mientras barnizábamos, había ido retrocediendo escaleras abajo hasta dejarlo prácticamente fuera de todo.

Él hizo un ademán como quitándole importancia al asunto.

—Doy la vuelta hasta la entrada principal y entro. —Encajó la tapa sobre el cubo de barniz y la presionó con la palma de la mano.

—Me parece bien. De todos modos, deberíamos tomarnos un descanso. —Me arrodillé de nuevo (con el consiguiente crujido de rodillas) y volví a aplicar barniz en los tablones. Terminé otro y justo oí que se abría y se cerraba la puerta rápidamente. Al cabo de unos instantes, sentí su presencia en el umbral detrás de mí. Traté de ignorarlo y concentrarme en terminar, apartando la brocha y el barniz y limpiándome las manos con un trapo antes de levantarme para mirarlo. Esa vez no me crujieron las rodillas: gracias por esta pequeña concesión—. ¿Quieres beber algo?

—Me encantaría. —Hizo un gesto, indicándome que entrara yo primero a la cocina. Me dirigí al fregadero para lavarme las manos y detrás de mí la nevera se abrió y se volvió a cerrar mientras soltaba un ruidito de desagrado.

—No hay cerveza, ¿eh?

—No. —Negué con la cabeza—. Ya sabes que bebo sidra. O vino, a veces. Pero no me va la cerveza.

Detrás de mí, Mitch soltó un profundo suspiro de exasperación, pero cuando miré por encima del hombro alcancé a ver su sonrisa, lo que me indicaba que estaba bromeando. Pues claro. ¿Se pondría serio alguna vez?

—Lo siento —le dije—. Tendría que haberte pedido que te trajeras la bebida.

—Para la próxima —contestó mientras agarraba dos botellas de agua de la nevera. Me ofreció una y nos apoyamos en la encimera en lados opuestos de la cocina. Traté de no fijarme en su garganta mientras tragaba. Pero no fijarse en Mitch cuando lo tenías delante costaba lo suyo.

—Volvamos a lo de tu familia... —dije, en un intento desesperado de encontrar algo inofensivo de que hablar—. ¿Es solo una cena? ¿Solo tengo que ser tu novia durante una velada?

—Vaya, gracias. No te entusiasmes tanto, ¿eh? —Intentó hacerse el ofendido—. Que sepas que soy un partidazo.

—¿Te dice eso tu mamá? —Enarqué una ceja.

—Todos los días. —Él también enarcó una ceja y me tuve que reír. Era fácil reírse cuando él estaba cerca. Sonrió en respuesta a mi carcajada, y su sonrisa se prolongó un poquito de más. Lo suficiente como para que se me subiesen los colores y me preguntase qué tenía que hacer para que siguiera mirándome así.

»Pues eso... —continuó, como si no se hubiera dado cuenta de que algo se me había removido por dentro—. A veces organizan una barbacoa por la tarde. Mi abuelo se compró un ahumador hace no mucho y le encanta ese trasto. Pero lo último que sé por mi madre es que saldremos a cenar a algún sitio. —Se encogió de hombros—. Así que en realidad serán solo unas horas. La puntita nada más, vaya. —Se tapó la boca con el puño para toser y estoy bastante segura de que, más que tos, dijo algo así como «o eso dijo él».

Fingí no haberlo oído.

—Vale —dije—. Parece factible. —Al menos, eso esperaba. «Malone por todas partes». Reprimí un escalofrío. ¿Podía estar alguien preparado para eso?

—Se agradecería un poco de entusiasmo, ¿eh? —Apuró el resto de la botella de agua y la dejó en la encimera.

—Lo sé —dije—, lo sé. Eres un partidazo. —Alargué la mano hacia la botella vacía para tirarla al cubo de reciclaje, acercándome a ese pecho que me había estado comiendo con los ojos antes.

—Lo soy. —No se movió, se me quedó mirando, casi desafiándome, mientras yo tragaba saliva con dificultad y me obligaba a mirarlo a los ojos. «No muestres miedo. O lo que sea que esté haciendo subir la temperatura de la habitación».

—Gracias por ayudarme con la terraza —dije al fin, con la voz más ronca de lo normal—. Habría sido un lío hacerlo yo sola.

—Sin problema. —No se había movido y yo tampoco, y de algún modo nuestra respiración se había sincronizado mientras nuestras miradas se cruzaban. El pecho le bajaba y subía al mismo tiempo que el mío y, santo Dios, ¿cómo tenía unos ojos tan azules?

—¿Cuándo tienes pensado, esto...? —titubeó en voz baja—. ¿Mudarte?

Mudarme. Cierto. Esa era una gran idea. Me aparté un poquito de él.

—Hasta el otoño nada, por lo menos. —Llevé las botellas hasta el cubo de reciclaje al otro lado de la cocina—. Caitlin tiene que graduarse del instituto y luego está lo del voluntariado en la feria medieval...

—Más le vale —me interrumpió—. Es una veterana. —El cariño en su voz al hablar de mi hija me hizo sentir un aleteo en el corazón.

—Lo sé. Es la cita de cada verano y tiene muchas ganas. Y yo tampoco quiero interferir en nada de eso. He pensado en ir haciendo todas estas cosas durante el verano y poner la casa en venta en otoño, cuando ella se marche.

—Se va a la uni, ¿no? —Asintió, y se le borró todo rastro de satisfacción, sustituida ahora por la preocupación—. Eso sí, se le hará raro no poder volver a casa durante las vacaciones.

Sentí una oleada de irritación. Eso no era asunto suyo. Había ido a ayudarme con la casa, no a criticar mi forma de educar.

—Tendré una habitación de invitados en mi nueva casa, no pienso abandonar a mi hija. Nos las arreglaremos. —Mi tono fue demasiado mordaz, más de lo que pretendía.

—Sí, claro. —Hizo un ademán con gesto apaciguador—. Tienes razón. Claro que sí. —Hubo un silencio un poco incómodo hasta que carraspeé, intentando salvar la conversación.

—Al menos solo te pido que me ayudes con la terraza. Me quedan muchas cosas que hacerle a la casa antes de ponerla en venta.

—¿Cómo qué? —Paseó la mirada por la cocina—. Tu casa está genial. Es muchísimo mejor que la mía.

—Pintar, lo primero —le dije—. La mayoría de las paredes de la casa.

—¿Qué? —Entró al salón y yo lo seguí, mirando cómo observaba detenidamente a su alrededor con el ceño fruncido—. ¿Qué les pasa a las paredes?

—El color. Tiene que ser todo neutro para ponerla en venta.

Cuando nos mudamos, habíamos pintado esa habitación de azul oscuro, el color del cielo crepuscular. Caitlin había elegido el tono; en aquel momento tenía seis años, y yo no estaba muy versada en la decoración de interiores. Sin embargo, compré la pintura de todos modos, porque esa casa era nuestra y podíamos pintar el salón del color que nos diese la real gana. Doce años más tarde, ya no me daba ni cuenta.

Pero la chica de la inmobiliaria sí. Cuando fue a echarle un vistazo a la casa, fue lo primero que dijo: hay que pintar las paredes del salón. Solo colores neutros. Me encantaba aquel azul. Taparlo con beis me parecía un sacrilegio.

Al parecer, Mitch se sentía igual que yo.

—Neutro. —Hizo una mueca de desagrado.

—Completamente de acuerdo. —Me giré hacia el pasillo y me dirigí hacia las habitaciones—. Venga, te enseño el resto.

CUATRO

El año anterior, Mitch había pasado mucho tiempo en mi casa. Durante unos meses, la mesa del comedor se había convertido en el centro de mando para planear tanto la feria medieval como la boda de mi hermana. Había desenterrado mis cacerolas gigantes, a las que Caitlin y yo no les dábamos mucho uso cuando estábamos solas, y había preparado toneladas de *ziti* al horno o algún otro guiso mientras me quejaba sin demasiado entusiasmo de toda esa gente que había en mi casa. El comedor había rebosado de vida y conversaciones, y Caitlin y yo habíamos pasado esas tardes con nuestros amigos alrededor de la gran mesa que nunca había presenciado cenas tan grandes.

Había suspirado de alivio cuando empezó el verano y todas esas noches de planificaciones llegaron a su fin, feliz de recuperar mi silenciosa casa. Aun así, a lo largo del invierno me sorprendí con ganas de hacer un pastel de carne gigante para que un grupo de personas lo devorara en cuestión de media hora. Echaba de menos ver a Mitch entrando por la puerta principal haciendo equilibrio con una absurda cantidad de *pizzas* en los brazos cuando le tocaba a él «cocinar».

Pero a pesar de todas las veces que Mitch había ido a mi casa durante el último año, lo único que había visto era el camino de la entrada principal a la mesa del comedor con alguna parada puntual en la cocina. Así que esa visita guiada improvisada parecía una gran idea hasta que llegamos a mi dormitorio.

Nunca había llevado a un hombre a esa habitación. A no ser que contara a los que me trajeron la cama *king size* con dosel, y yo no los contaba en absoluto. Al cruzar el umbral, me vino a la mente la imagen de aquella noche en Jackson's en la que Mitch me había hecho ojitos y me había dado un vuelco el estómago. Se me cortó la respiración por un momento y quise darme la vuelta y empujar a Mitch fuera de la habitación. Llevarlo de vuelta a la cocina, donde era más seguro. Pero me contuve. «Basta, Parker», me dije a mí misma. «No está aquí para eso».

—Esta es mi habitación. —Intenté sonar lo más natural posible, lo que significaba que parecía un manojo de nervios. Por Dios, era demasiado mayor para estar tan nerviosa cerca de un chico. Sobre todo de un chico que no tenía ningún interés en mí y que era casi una década más joven que yo. Estaba bien visto que los hombres salieran con mujeres más jóvenes que ellos, pero no al revés.

Sacudí la cabeza con fuerza. ¿Salir? ¿En qué estaba pensando? Tosí sobre el puño.

—No creo que necesite muchos arreglos. —Bien, de vuelta al tema.

Mitch negó con la cabeza, mientras recorría las paredes con la mirada.

—Te gusta el azul —dijo.

—¿Sí? —Eché un vistazo a la habitación como si la viera por primera vez. Nunca lo había pensado, pero tenía razón. El salón era azul, al igual que la habitación. Ahí el tono pastel trasmitía tranquilidad. Cuando me iba a dormir por las noches, sentía que me estaba quedando frita en un cielo azul acolchado con nubes.

—Sí. —Suspiré—. Supongo que tengo que pintarla, ¿no?

—Seguramente. —Asintió con gesto distraído mientras se adentraba más en la habitación y miré con pánico alrededor. Todo parecía estar en su sitio: no había ningún sujetador en la cama y la ropa sucia estaba en el cesto del armario, donde tenía que estar. No era una maniática de la limpieza, pero sí más o menos ordenada. Y en esos momentos me iba muy bien—. Tienes que pintar esta habitación, eso seguro —dijo—. Pero puedes dejar la moqueta.

—¿Tú crees? Porque eso estaría bien.

Se encogió de hombros.

—Bueno, no soy agente inmobiliario, pero yo lo veo así: si voy a vender mi camioneta, arreglaría los frenos o algo así, pero no cambiaría la transmisión ni le pondría una radio nueva siendo algo de lo que me voy a desprender. Lo que quiero decir es que puede que obtengas un precio un poco mejor, pero ¿valdrá la pena todo lo que te habrás gastado en los arreglos?

Eso... eso tenía mucho sentido.

—Está bien. Entonces, ¿qué crees que debería hacer?

Se apoyó en la pared con los brazos cruzados mientras pensaba, y era abrumadora la presencia que tenía en esa habitación. Todo el espacio que ocupaba en mi espacio.

—Píntalo todo —dijo—. También puedes reacondicionar las moquetas del salón y el comedor, ya sabes, las zonas de mayor tránsito. —Mientras hablaba, había estado mirando alrededor de la habitación de manera distraída, pero volvió a centrar la atención en mí—. Aunque en esta casa tampoco hay mucho tránsito, ¿no? Nunca has sido de las que hacen fiestas.

—Bueno, no. —Se me tensó la mandíbula de irritación. ¿Qué más le daba si hacía fiestas o no? Estaba bien con mi propia compañía, no me iba a disculpar por eso.

Seguro que me lo vio en la cara, porque levantó las manos en señal de defensa.

—Ey, no tiene nada malo —dijo—. Si quieres ser antisocial, adelante.

—Gracias —respondí con tono ácido, pero Mitch siguió hablando como si no le hubiera interrumpido.

—Quiero decir que, por un lado, creo que más gente tendría que poder probar tu comida. —Una sonrisa apareció en sus labios—. Sin embargo, por otro lado, eso significa que hay más para mí.

No pude reprimir la carcajada que se me escapó como un estornudo.

—Gracias —dije de nuevo, pero esa vez el ácido había desaparecido de mi voz. Él siempre sabía cómo hacerlo—. Bueno, eso es todo. —Le empujé ligeramente el brazo, en broma; alguien como Mitch solo se movía cuando quería. Aun así, me siguió la corriente, salió de la habitación y volvió al salón. Respiré más tranquila cuando se apartó de la puerta; su presencia en mi habitación había sido muy potente. No estaba preparada para eso.

La sincronización no podría haber sido mejor. Mitch se fue y me dirigí al patio trasero a limpiar las latas de barniz y a enjuagar los pinceles con la manguera. Acababa de abrir el grifo cuando oí el ruido inconfundible del todoterreno blanco de Emily aparcando en la entrada.

—¡Aquí atrás! —grité cuando oí el golpe de las puertas al cerrarse. Seguí limpiando las brochas y casi había terminado cuando Caitlin apareció en el patio, seguida de cerca por Emily—. ¿Cómo han ido las inscripciones? —les pregunté a ambas, sin importarme quién contestara. Levanté la vista, vi a Emily a punto de sentarse en las escaleras y dejé caer el pincel, extendiendo la mano—. ¡Sigue húmedo!

Sorprendida, Emily hizo aspavientos con los brazos hasta recuperar el equilibrio y se sentó en un trozo de césped que no estaba mojado.

—Bien —dijo en respuesta a mi pregunta.

—Sí. —Caitlin dejó caer la mochila junto a Emily y se sentó a su lado—. El entrenador Malone no estaba, así que creo que hará las inscripciones para la partida de ajedrez otro día. Pero de todas formas no voy a participar.

Me sentí culpable. Mitch había dicho que ese día no lo necesitaban en las pruebas, por eso había venido a ayudarme. ¿Tendría que haber estado allí? No me gustaba que se perdiera las cosas por mi culpa.

Pero cuando levanté la vista hacia ellas, Emily se encogió de hombros.

—Las pruebas para la partida de ajedrez son un poco más complicadas, ya que hay que luchar con armas y así. Mitch dijo que no podía hoy, pero creo que él y Simon quedarán esta semana.

No. Todavía me sentía culpable. Y aliviada por que Mitch ya se hubiera ido cuando las dos llegaron a casa. Eché un vistazo rápido alrededor buscando algo para cambiar de tema.

—¿Te vas a volver a apuntar? —Caitlin era una especie de aficionada a la feria. En su primer verano fue la dama de honor de la reina. Después, ayudó a Emily a representar escenas de Shakespeare y, el último anterior, participó en un grupo de cantantes de cinco chicas llamado las «Azucenas Doradas». Esperaba que dijera que ese año iba a luchar. Me imaginé a mi hija a caballo con una lanza y sonreí mientras sacudía el agua de los pinceles.

—Sí —dijo—. Syd quiere hacerlo otra vez y el verano pasado fue divertido. Dahlia no ha venido este año, así que el señor G. me pidió que lo ayudara a decidir el reparto. —Su voz estaba llena de orgullo, con razón. Había pasado de ser esa pequeña dama de honor de catorce años a formar parte del comité de reparto. Me alegraba por ella.

—Sabes que puedes llamarlo Simon. —Emily se inclinó y le dio un empujón en el hombro a Caitlin con el suyo—. Ahora es tu tío.

—Sí, ya lo sé. —Caitlin arrancó de manera distraída la hierba que tenía a los pies—. Pero aún a veces me parece raro.

—Es normal —dije. No había ningún libro de instrucciones para cuando un profesor de tu instituto se casaba con tu tía. No había nada de malo en dejar que Simon y ella gestionaran su relación de la forma que mejor les funcionara.

Los pinceles estaban limpios, así que los sacudí contra la barandilla para quitar el exceso de agua antes de dejarlos encima de los botes cerrados.

—Venga —le dije a Caitlin cuando Emily se fue a casa a comer—. Ayúdame a recoger todo esto. —Agarré los pinceles y los dos botes, casi vacíos, y le hice un gesto para que recogiera los trapos y otros residuos.

—¿Para qué es todo esto? —Caitlin me siguió al garaje, donde lo dejamos todo.

—Ah, he empezado con la lista de cosas que me recomendó la agente inmobiliaria. Ya sabes, pintar y todo lo que tengo que hacer antes de vender la casa.

Se hizo el silencio y al girarme vi cómo Caitlin me miraba perpleja y con la boca abierta.

—¿Vas a vender la casa?

—Cielo. —No entendía por qué parecía tan afectada—. Estabas aquí la noche que vino la agente. Ya hemos hablado de esto.

—Ya, lo sé, pero... —Pestañeó rápido unas cuantas veces y se me encogió el corazón—. Pensaba que solo estábamos hablando. No sabía que ibas a hacerlo de verdad.

—Pues sí, voy a hacerlo. —No se me ocurría una forma más agradable de decirlo. Creía que ya conocía mis planes—. Ya sabes que cuando te vayas a la universidad esta casa va a ser demasiado grande para mí sola.

Eso no hizo que pareciera más feliz.

—Pero es nuestro hogar. Y no me voy a ir para siempre. Volveré, ya sabes, para Navidad y así. ¿A dónde vas a...?, ¿a dónde voy a ir?

—Caitlin. —Alargué la mano para tocarla, pero la expresión de su rostro me decía que no sería buena idea—. No voy a desaparecer de la noche a la mañana sin una dirección de destino. Sabrás dónde estoy. Y siempre vas a tener un lugar donde sea que esté, pero es que... —«Odio los pueblos pequeños». No podía decir eso, no a mi hija. No podía decirle que la única razón de que hubiéramos vivido aquí tanto tiempo era porque ella estaba feliz aquí. No podía culpar así a una niña—. Me gustaría vivir más cerca del trabajo —dije al fin. Mejor.

Se le oscurecieron las facciones.

—Pues vale. Voy a comer algo. —Se apartó de mí y volvió dentro. Me dejó en la penumbra del garaje, con el primer proyecto de mejora de la casa terminado. Tendría que sentirme realizada: ya podía tachar algo de la lista. Pero tenía las tripas revueltas en direcciones contradictorias y no sabía qué iba a hacer falta para enderezarlas.

Caitlin no estaba para nada feliz.

Durante casi toda su vida habíamos sido nosotras dos contra el mundo, lo que hizo que toda la dinámica madre-hija fuera un poco más informal de lo que quizá debería haber sido. Me volvía autoritaria cuando era necesario, pero la mayor parte del tiempo vivíamos en un hogar en armonía. Dos muy buenas amigas con una significativa diferencia de edad, ingresos y autoridad.

Pero ese no era el caso. Ahora que Caitlin sabía que iba a seguir con la venta de la casa, se había vuelto retraída.

No se portaba mal ni se cabreaba. No, nuestros desacuerdos se producían en un silencio ensordecedor. Los deberes que solía hacer en la mesa del comedor mientras yo lavaba los platos por la noche, los hacía en su habitación con la puerta cerrada. A la hora de comer, las conversaciones se reducían al mínimo, sin los joviales comentarios de Caitlin sobre sus compañeros de clase y las cosas que habían pasado en el instituto o el pueblo. Pasados unos días, me di cuenta de que la echaba de menos, como si ya se hubiera ido a la universidad.

Lo afronté de la única manera que sabía: me metí de lleno en las renovaciones de la casa. El sábado siguiente por la tarde me acerqué a la ferretería familiar del centro, de las pocas que quedaban esos días. Si mi pequeño proyecto casero podía ayudar a mantener la economía de Willow Creek, aún mejor.

Después me pasé por la librería con un puñado de muestras de pintura para pedirle ayuda a mi hermana.

Emily miró todas las muestras esparcidas por la encimera y negó con la cabeza.

—Es una broma, ¿no? Son todas del mismo color.

—No. Esta es color cáscara de huevo. —Toqué con una uña la muestra de la izquierda—. Esta es color crudo y esta otra, vainilla.

Volvió a negar con la cabeza.

—Todas parecen..., no sé, blanquecinas.

—Exacto. —Asentí con fuerza—. Colores neutros.

—Sí... —Su asentimiento fue tan desganado como enérgico fue el mío. Ella suspiró y me miró—. ¿Así que vas a hacerlo de verdad?

—¿El qué? ¿Pintar la casa?

—No, tonta. Mudarte.

—Bueno, sí. —Me ardía la sangre de la irritación. ¿También tenía que escuchar esas mierdas por boca de Emily? ¿Por qué a todos les parecía tan difícil de creer?—. Llevo toda la vida pensando en esto.

—¿Cómo se lo está tomando Caitlin?

No me gustaba la respuesta a esa pregunta, pero Em sabía ver a través de cualquier mentira.

—No muy bien. —Eso era quedarse corta. Me había castigado con su silencio la mayor parte de la semana durante la cena, y el resto del tiempo había estado en su habitación.

—Me lo imagino. —Emily se mostró comprensiva, pero eso me puso de los nervios. ¿De qué lado estaba? ¿Y por qué había bandos, para empezar?

Reuní las muestras de pintura y les di golpecitos en la encimera, ordenando el montón, para tener algo que hacer con las manos.

—¿Qué quieres que haga? ¿Que espere a que se gradúe de la universidad? Solo vendrá durante las vacaciones y en verano, si tengo suerte. ¿Se supone que debo quedarme sentada en esta casa, en este pueblo, sola durante cuatro años más? —La mera idea era insoportable. Había puesto mi vida en espera desde el primer minuto en que me convertí en madre soltera. ¿Cuánto más iba a tener que esperar?

—No. Eh. No. —Emily estiró el brazo por encima del mostrador y puso una mano sobre la mía—. Abandonaste lo que querías hacer y cómo querías vivir para poner a tu hija primero. Lo sé. Te mereces empezar tu vida. No estoy diciendo que no debas. —Me sostuvo la mano, y le devolví el apretón antes de retirarla.

—Vale, el primer paso para hacer eso es pintar las paredes, y me va a costar una eternidad al hacerlo sola, así que debería decidir el color y empezar.

—¿Sola? —Emily ladeó la cabeza como un cachorro confundido—. No estás sola.

—Sí, ya lo sé, pero Caitlin apenas me habla ahora mismo. No pienso pedirle ayuda. No quiero que...

—No me refería a Caitlin. —Emily apretó los labios como si estuviera conteniendo una sonrisa—. Me refería a mí. ¿Cuándo quieres hacerlo? ¿Por las tardes? ¿Los fines de semana?

—¿Cualquiera? ¿Las dos? —Me encogí de hombros—. No creo que Cait se dé cuenta de todas formas. Últimamente pasa mucho tiempo en su habitación.

Emily suspiró.

—Compra la pintura y empezamos mañana por la tarde. Me pasaré cuando cierre la tienda.

El alivio me recorrió como una ola. Mi hermana estaba de mi parte después de todo. No estaba sola en eso.

—Me salvas la vida.

—Ya te digo —repuso con una sonrisa, y tuve que reírme.

—Hay cosas que nunca cambian. —Emily era una persona que lo solucionaba todo y durante los meses que pasó viviendo con Caitlin y conmigo se hizo cargo de las dos. Era una parte esencial de la personalidad de Emily: identificar qué necesitaba la gente para que sus vidas fueran mejores y después hacer todo lo que estuviera en su mano para conseguirlo.

Miré las muestras de pintura, barajándolas como si fueran cartas.

—Creo que me gusta el de cáscara de huevo —dije—. Es más cálido que los otros.

—Pues compra ese. —La campanilla de la puerta tintineó, y ella levantó la vista con una sonrisa de bienvenida. El cliente le hizo un gesto de «solo estoy mirando» y Emily volvió a prestarme atención—. Pero tómatelo con calma con Cait, ¿vale? Es un año importante para ella: el baile de fin de curso, la graduación, la universidad y todo eso. Se tiene que sentir abrumada a la fuerza, y que su madre hable de vender la casa la estará estresando.

Tenía razón. ¿Cómo se había dado cuenta ella y yo no?

—Maldita sea. —Me pasé la mano por la cara—. Supongo que ahora mismo eres mejor madre que yo.

—Qué va. —Emily negó con la cabeza—. Estoy casada con un profesor de instituto. En nuestra vida hay muchas hormonas adolescentes.

En eso no le faltaba razón.

—Se te da bastante bien esto de ser madre. ¿Te estás planteando serlo pronto?

—¿Ser madre? —Emily puso cara de espanto—. Por Dios, no.

—Aún no, ¿eh? —Tenía sentido. No llevaban casados ni un año. No todo el mundo tenía hijos tan rápido como yo.

—Quizá nunca. Quién sabe. —Se encogió de hombros—. Hemos hablado de ello una o dos veces, pero creo que Simon ya tiene suficiente con sus alumnos. Por no hablar de todos los chicos que participan en la feria medieval en verano. Creo que le gusta la tranquilidad de casa.

—¿Y a ti te parece bien? —No quería que mi hermana pequeña se amoldara a los deseos de Simon si no estaba de acuerdo.

Pero debería haberlo sabido, claro.

—*Buf*, sí —dijo—. Los chicos son maravillosos y tal, sobre todo tu hija, pero no sé si son lo mío. Aunque hemos hablado de adoptar un perro a finales de verano. Quizá después de la feria. El verano es muy ajetreado, creo que igual es mejor esperar al otoño. Nunca he tenido un perro y...

—Tuvimos un perro. —Parpadeé. ¿Cómo se había olvidado?

Emily cerró la boca de golpe, confundida.

—¿Sí?

—Sí. Rusty, ¿no te acuerdas? Nuestro *golden retriever.* —Ese perro había marcado mi infancia: corriendo por el patio trasero con Rusty como si fuera el hermano pequeño que nunca... Ah—. Espera. Lo adoptamos cuando yo era muy pequeña, y tenía catorce años cuando murió.

—Entonces, yo tenía ¿qué?, ¿dos? —Negó con la cabeza—. Creo que recuerdo haber visto fotos, pero...

—Mierda. Perdón. —Dejé caer los codos en el mostrador y me apoyé en ellos. Nuestra diferencia de edad siempre me había parecido un mero concepto abstracto, pero eso era más evidente. Mi infancia había estado marcada por una compañía canina que había muerto poco después de que Emily empezara a hablar. Mamá estaba desconsolada y papá nos había prohibido tener otra mascota. Normal que no se acordara—. Lo siento —repetí dándole un apretón en el brazo.

—No pasa nada. —Pero de todos modos se apoyó en mí—. Tú también podrías adoptar un perro para que te haga compañía cuando Caitlin se vaya a la universidad. Entonces podríamos..., no sé, llevarlos al parque de perros juntas o algo así.

Me reí, sin querer reconocer que aquella idea era bastante atractiva. Pero...

—No sé dónde voy a estar viviendo en otoño y mucho menos si admitirán mascotas. —Ignoré la parte en la que Emily parecía estar ofreciendo esa vida con un perro como una alternativa a irme de allí—. Deja que me instale primero en mi nuevo hogar.

Emily se tomó a buenas el rechazo.

—Parece lo más responsable. —Había vuelto su sonrisa—. En fin, estoy más emocionada por la posibilidad de tener un perro que de tener hijos. ¿No es triste?

—Para nada. —Puede que Emily estuviera haciendo lo correcto. Al fin y al cabo, yo tampoco era precisamente la mejor madre del mundo. ¿No acababa de demostrarlo?

Una cosa más que añadir a la lista de cosas por hacer: pintar la casa, reemplazar la moqueta, reparar la relación con mi hija.

CINCO

El problema era que no tenía ni idea de cómo arreglar las cosas con Caitlin. Puede que fuera positivo que empezase a reivindicar su independencia; nadie quiere que su hija de casi dieciocho años se deje pisotear. Aunque no fuese lo normal, siempre habíamos tenido una relación estrecha, pero siempre había quedado muy claro que no éramos amigas del alma. Éramos madre e hija, y siempre me escuchaba. Rara vez me llevaba la contraria.

Pero todo eso de la mudanza la había desconcertado. Por mi culpa. Debería habérselo dicho con más delicadeza. A lo mejor debería haberme preocupado más de que lo entendiese o podría haberme disculpado y haber escuchado lo que ella tuviera que decir. Pero era difícil hacer todo eso cuando no me dirigía la palabra. Seguía haciéndome el vacío y yo hacía todo lo que podía para no molestarla con la reforma de la casa.

El domingo por la tarde, vino mi hermana, tal como me había prometido. Llevaba puesta ropa vieja y traía un plato de pastelitos de limón.

—Son sobras de la cafetería —me dijo mientras dejaba el plato en la isla de la cocina—. Creo que Simon está saturado ya.

—Pues tráenoslos a nosotras. Ya sabes que a Caitlin le encantan.

—Lo sé. Bueno, ¿qué vamos a hacer? —Se ajustó la coleta y, una vez más, me pregunté cómo conseguía recogerse el pelo así. De pequeñas teníamos la misma melena de rizos castaños. Incluso Caitlin la había heredado. Pero, mientras que Emily sabía recogérselo y hacer que pareciese facilísimo, yo optaba por domarme los rizos con el secador y alisármelo.

Me pasé la mano por la coleta —no había ni rastro de los rizos rebeldes— y respondí:

—He pensado que podemos empezar por la habitación que fue tu dormitorio. Es la que menos usamos, así que no deberíamos molestar mucho.

—Estás intentando no molestar a Caitlin, ¿eh? —Estiró el cuello para echar un vistazo al pasillo antes de preguntar en voz baja—: ¿Está en casa?

Asentí con un suspiro.

—En su habitación. Como de costumbre. —Había salido para desayunar y más tarde para picar algo, pero, si no fuese por eso, se habría pasado el día encerrada.

—*Uf...* —Emily dejó escapar un largo suspiro—. Pues sí que está mal la cosa, ¿eh?

—Sí. Quién sabe. Quizá ayuden los pastelitos de limón.

—Nunca subestimes el poder de unos pastelitos. —Me siguió a la habitación de invitados y se detuvo en el umbral—. ¡Vaya! Qué raro es estar aquí ahora que ya no es mi habitación.

—¿En serio? —Me había costado más de un año dejar de pensar en esa habitación como el dormitorio de Emily. Cuando llegó por primera vez a casa, era prácticamente una desconocida para mí; pero, cuando se mudó, primero a su piso diminuto y finalmente a la casa que había comprado con Simon poco después de la boda, entonces ya era... era Emily. Mi hermana pequeña. Mi familia.

El tipo de familia que viene un domingo por la tarde a ayudarte con la reforma de la casa.

—Bueno, entonces, vamos a pintar, ¿no? —El entusiasmo que se percibía en su voz era alentador, en comparación con los monosílabos a modo de respuesta y los gestos inexpresivos que yo había estado recibiendo últimamente.

—Eso espero —dije—. Pero primero tenemos que quitar todo lo de las paredes y tapar los muebles. —Mi casa era bastante grande, pero no había ningún sitio donde dejar los muebles mientras pintábamos, así que tenía la esperanza de que bastara con juntar todo en el centro de la habitación y cubrirlo con sábanas viejas.

Y así fue. La cama y la cómoda no ocupaban mucho espacio juntas, y había quitado y guardado temporalmente en el armario la foto enmarcada de un paisaje de playa que había hecho en los Outer Banks. Solo quedaba el estante de las medallas al lado de la puerta.

—No recuerdo que eso estuviera ahí. —Emily ladeó la cabeza mientras miraba el estante de aluminio atornillado a la pared. Había un puñado de medallas, cada una colgada de un gancho. Las había ganado yo en carreras en las que había participado a lo largo de los años. Nunca había sido una corredora de élite ni nada por el estilo, pero me lo pasaba bien en las carreras.

—Lo puse en invierno. —Agarré tres de las medallas por las cintas y las metí en el primer cajón de la cómoda. Emily descolgó un par más.

—¡Estas son preciosas! —Me enseñó una que parecía un cangrejo—. ¿Desde cuándo corres?

—Desde antes de que tuviese el accidente de coche. —Le quité las medallas con más agresividad de la necesaria.

—¿Y ya no lo haces? Pensaba que a estas alturas ya te habrías recuperado lo suficiente como para...

—No, ya no —la interrumpí. Lo había intentado. Una vez. Más o menos un año después del accidente, me había puesto las zapatillas viejas e incluso había desenterrado y cargado el reloj con GPS. Pero, mientras que yo tenía ánimo, el cuerpo... no estaba nada en forma. Apenas había corrido un kilómetro cuando tuve que dar media vuelta y volver andando a casa. Me costaba respirar y mis piernas parecían de gelatina. No quedaba ni rastro de mi buena forma física. La parte racional del cerebro me decía que iba a tener que empezar de nuevo y que podía volver a como estaba antes con entrenamiento. Pero la parte emocional me hizo guardar las zapatillas en el fondo del armario y pensar que lo volvería a intentar en otro momento.

Ese momento nunca llegó. Pero las medallas eran bonitas, y estaba orgullosa de los buenos recuerdos que me traían: las carreras de 10 kilómetros y las medias maratones que había corrido. Me había parecido buena idea colgar las medallas, pero ahora que Emily las estaba toqueteando y estaba haciendo preguntas, solo quería volver a esconderlas.

—A ver, solo digo que —comentó Emily mientras quitaba de la pared el estante de las medallas con un destornillador—, si quisieses retomarlo, estoy segura de que Simon podría darte algunos consejos. Ha corrido toda la vida, creo.

—¿Ah, sí? —¿Y cómo no sabía yo nada de eso? Pues porque nunca había preguntado, por eso mismo. Simon me caía muy bien y formaba una pareja estupenda con Emily. Pero podía contar con los dedos de una mano las cosas que sabía de él. Y viceversa.

—Sí. Hay una de 5 kilómetros en la que participa siempre en Acción de Gracias. Es en el centro, creo.

—Lo sé. —Había participado una o dos veces en esa carrera. Era una manera divertida de empezar un día de fiesta, y más si se trataba de un día en el que te entraba sopor después de comer.

—¿Quieres que le pregunte cómo retomarlo y todo eso? Estoy segura de que tiene algún plan de entrenamiento que te podría...

—Da igual —la interrumpí. Le arrebaté el estante de las medallas y lo guardé en el primer cajón de la cómoda, junto a las medallas—. En otro momento, quizá. —Esa era mi forma de decirle «ni se te ocurra preguntárselo». Era una respuesta automática. Nunca me había gustado que la gente se enterase de mis asuntos. Ni siquiera mi hermana ni mi cuñado.

Emily me conocía lo bastante como para saber que era mejor dejar el tema ahí.

—Vale —dijo con calma—. Bueno, ¿ya es la hora de la cáscara de huevo?

—Es la hora de la cáscara de huevo —afirmé—. Pero antes hay que lijar las paredes y tapar los agujeros.

—*Uf* —dijo en plan dramático—. Hay mucho trabajo por hacer antes de lo divertido.

—No sé si hay algo divertido en todo esto. —Pero Emily me demostró lo equivocada que estaba. Al cabo de diez minutos, puso la radio del despertador que había en la mesilla y sintonizó una emisora de radio en la que estaban poniendo *rock* clásico—. ¡Dios! —Una sonrisa se dibujó en mi rostro al reconocerlo—. Papá escuchaba este álbum a todas horas.

—A todas horas —afirmó Emily. Sonreímos por lo raro que era que compartiésemos un recuerdo de la infancia. No habíamos crecido juntas, pero nuestros padres nos habían criado de la misma forma. Así que, mientras trabajábamos, estuvimos meneando los hombros y las caderas, y la tediosa tarea terminó convirtiéndose en un baile improvisado, algo que yo no hacía muy a menudo—. ¡Anda, estás aquí! —exclamó Emily. Me giré y vi a Caitlin apoyada en el marco de la puerta con un pastelito de limón en la mano.

—Hola, Em. —Mi hija no me saludó—. ¿Cuándo has llegado?

—Hace un rato. Ven a bailar con nosotras. —Emily extendió los brazos hacia su sobrina.

Caitlin negó con la cabeza y se rio mientras le daba un bocado al pastelito.

No sé si Emily percibió la tensión que había entre nosotras. Pero, si fue así, no dijo nada.

—Lo hiciste genial en el ensayo de ayer.

Caitlin suspiró y le dijo:

—¿Nos escuchaste? Madre mía, cantamos fatal. Este año en las Azucenas hay muchas chicas nuevas.

—Bueno, pero podría ser mucho peor. Podría seguir estando Dahlia.

Caitlin resopló. Eso la hizo sonar como una mezcla entre Emily y yo.

—Lo gracioso es que... —Le dio el último bocado al pastelito y se limpió las manos en los pantalones—. Ella era la que lo dirigía el verano pasado, y fue un desastre.

—Sí, me acuerdo del día que pasó de ir y os dejó tiradas...

Mientras hablaban de los cotilleos de la feria —sobre los que yo no tenía nada que decir—, me vibró el móvil en el bolsillo. ¿Quién diablos me estaba mandando mensajes? Las dos personas que más mensajes me mandaban estaban conmigo en la habitación.

Era Mitch.

¿Cómo va lo de la reforma?

Las chicas seguían hablando, así que pude contestarle con un mensaje rápido:

Poco a poco. Ahora estoy pintando y pronto me pondré con las moquetas.

Iba a tener que contratar a alguien para que se encargase de eso, pero la verdad era que no estaba con ánimos de hacerlo.

Las moquetas del cuarto de estar y del comedor, ¿no?

Vaya, menuda memoria.

Exacto. Y seguramente la del cuarto de invitados. Está bastante mal.

Si quieres que las quitemos el fin de semana que viene, puedo pasarme el sábado por la mañana. Acabarás antes si lo hacemos juntos.

—¿Cómo? —Uy, lo había dicho en voz alta.

—¿Qué pasa? —Emily me miró con las cejas alzadas.

—Nada... —Miré el teléfono y luego a las chicas—. Tenéis ensayos de lo de la feria todos los fines de semana, ¿no?

Emily asintió.

—Desde ahora hasta que abramos en julio. ¿Por? ¿Vas a participar?

Solté una carcajada que pareció más bien un ladrido.

—No. Te aseguro que nadie querría verme con un corsé. —Miré a Caitlin, que estaba reprimiendo una risotada. Sonreímos las dos y, en aquel momento, mi hija empezó a ser más agradable conmigo de lo que había sido en los últimos días. Agradecí mucho que Emily hubiese acudido. Era un pilar fundamental en mi vida y también en la de Cait. Su papel de intermediaria estaba ayudando mucho a calmar la tensión.

Reanudaron la conversación sobre los ensayos de la feria, y volví a mirar el teléfono. No estaba yo como para rechazar ayuda.

> Pues entonces nos vemos el sábado por la mañana. ¿Sobre las 10?

Hecho.

Bloqueé el teléfono y me lo guardé en el bolsillo. Era un plan perfecto. Cuanto más trabajo pudiese hacer cuando Caitlin no estuviera en casa, mejor. Y cuanta más ayuda gratis tuviera, mejor aún.

El sábado por la mañana, como de costumbre, Emily pasó a recoger a Caitlin para ir a los ensayos. Le rellené el termo de café a mi hermana y, cuando se marcharon, me serví una segunda taza. A las diez en punto, llamaron a la puerta.

—Puntualísimo —dije, mientras lo dejaba pasar—. ¿Quieres café?

—Vale, si tienes. —Entró y se detuvo con expresión de sorpresa—. ¿Qué huele tan bien?

—Ah. —La noche anterior, había puesto el cerdo en la olla de cocción lenta y, cuando me había levantado aquella mañana, había desengrasado el guiso para que pudiera seguir cocinándose. Todavía quedaban un par de horas para que estuviese listo, pero el olor delicioso ya había impregnado toda la casa. Yo casi no lo notaba porque me había acostumbrado, pero Mitch sí—. Vamos a cenar cerdo desmigado. Tarda un montón en cocinarse, así que solo lo preparo los fines de semana, cuando puedo echarle un vistazo mientras se guisa.

—Genial. ¿Y a qué hora es la cena? —Dio una palmada como si fuese obvio que estaba invitado.

Resoplé.

—Mucho después de que te hayas ido. ¿Quieres café?

Respondió a la negativa con una risita y negando con la cabeza. Me siguió a la cocina y, acto seguido, se puso a hurgar en los armarios en busca de una taza. Me apoyé en el marco de la puerta y le di un sorbo al café con una expresión divertida. La mayoría de las personas dejarían que su anfitrión lo hiciese todo o por lo menos preguntarían dónde están las cosas, pero Mitch tenía la costumbre de sentirse como en casa dondequiera que fuese.

Cuando terminó de servirse el café, se volvió hacia mí. Había estado contemplando cómo se le ceñían los vaqueros y ahora tenía una vista estupenda de su camiseta ajustada. ¿Este hombre se compraba todas las camisetas de una talla menos o qué?

—Bueno... Las moquetas, ¿no?

—Las moquetas —dije asintiendo. Antes de dejar la taza en la mesa del comedor, bebí otro trago, y el café me dio la fuerza que necesitaba. Mitch me siguió por el pasillo y nos detuvimos fuera de los dormitorios—. He pensado que podemos empezar por la habitación de invitados y, una vez terminada, seguir con el cuarto de estar y el comedor. —*Uf.* Al decirlo en voz alta, me había parecido un montón. Se había ofrecido a ayudar, pero no quería aprovecharme de él—. No digo que tengamos que dejarlo terminado hoy. Eso es dema...

—No —me interrumpió. Dio un sorbo al café con tranquilidad—. No hay problema.

—¿Seguro? —Eché un vistazo al cuarto de invitados. Estaba hecho un desastre por la fiesta que Emily y yo habíamos montado el fin de semana anterior mientras pintábamos. Durante la semana, Emily se había presentado un par de tardes para ayudarme a terminar de pintar la habitación, pero los muebles seguían en el medio, tapados con sábanas, y me acechaban como un monstruo que quiere devorarte mientras duermes.

Mitch se encogió de hombros.

—Sí. A ver, es bastante, pero, si quieres, podemos hacerlo hoy.

—¡Sí! Claro que quiero hacerlo. —Chasqueé la lengua cuando lo vi mirarme con las cejas enarcadas mientras le daba un sorbo al café. ¿Cómo era posible que Mitch tuviese una mente tan sucia?—. Las moquetas —dije—. Quiero darles un repaso a las moquetas. —Ahora que lo pensaba, tampoco era que eso sonara mucho mejor.

—Ajá. —Echó la cabeza hacia atrás para apurar el café y, mientras bebía, intenté no quedarme hipnotizada por los músculos de su cuello—. Bueno... —Se metió la mano en el bolsillo trasero y sacó dos cúteres grandes. Me dio uno y sujeté su taza vacía con la otra mano—. La forma más fácil de hacer esto es cortar la moqueta en tiras. Podemos ir moviendo los muebles por la habitación según vayamos necesitando, en lugar de sacarlos todos y volverlos a meter.

—Oye, pues es muy buena idea. —Dejé su taza encima de la cómoda de mi habitación y jugueteé con el cúter. Menos mal que se había anticipado y había llevado él los cúteres, porque yo solo tenía uno pequeño para abrir cajas que era la mitad del que tenía ahora en la mano.

Después de soltar la moqueta de los extremos de las paredes, agilizamos el ritmo. Movimos los muebles a un lado de la habitación y luego cortamos la moqueta en tiras largas. Después, enrollamos una de las tiras y la sacamos de la habitación. Una vez hecho esto, movimos los muebles al lado de la habitación en el que ahora se veía el hormigón y repetimos los pasos.

—Oye... —Me pasé el dorso de la mano por la frente, pero no conseguí secar el sudor que la había empezado a cubrir—. En los programas en los que la gente reforma su casa, cuando quitan la moqueta, debajo siempre hay un suelo de madera perfecto. Me siento estafada.

Mitch soltó una carcajada mientras me pasaba la cinta americana.

—Sí, bueno, en una zona residencial..., olvídate. Estas casas se construyeron en los ochenta.

—Ya. —Suspiré mientras iba rascando la cinta con la uña. Tiré de ella hasta que la pude despegar—. Pero ¿una no tiene derecho a soñar?

—Claro. —Sujetó la moqueta enrollada mientras yo la rodeaba con la cinta. Después, la metimos en la bolsa de basura como pudimos y la dejamos en el pasillo con el resto. Cuando empezásemos a deshacernos de todo eso, los vecinos iban a pensar que estaba sacando cadáveres—. La casa de mi abuela sí que es otra historia... Esa casa tiene por lo menos ciento cincuenta años.

Solté un silbido.

—Seguro que aparece cualquier cosa debajo de las moquetas.

—Ya te digo. Y pasadizos secretos en los armarios.

—¿En serio?

Mitch se encogió de hombros.

—Me dijeron que, cuando era pequeño e íbamos de visita, me pasaba el día entero buscándolos. —Se quedó callado durante unos instantes—. Ahora que lo pienso, tal vez solo querían librarse de mí.

—¿Y eso por qué?

—De pequeño tenía mucha energía.

—Mmm. —Tiré de la última tira de moqueta, pero no se despegaba. La agarré con firmeza y tiré con más fuerza. Pero nada—. Entonces, no has cambiado mucho, ¿no?

—No. —De repente, se arrodilló a mi lado. Agarró la moqueta con sus enormes manos y me ayudó a tirar. Nuestras manos se tocaron y, al inclinarse, su hombro quedó cerca del mío. Sentía su respiración en la coleta, pero intenté no pensar en eso. Al tirar los dos de ella, la moqueta se despegó fácilmente—. ¿Ves qué fácil? —Oír su voz tan cerca no debería hacerme sentir nada. Y no era eso lo que sucedía, pero era imposible no pensar en cómo se me removía algo por dentro cuando lo tenía tan cerca.

No quería pensar en eso.

—Oye, no pasará nada porque te hayas saltado el ensayo de hoy, ¿no? No quiero problemas con mi cuñado después.

Mitch negó con la cabeza y sonrió.

—No me necesitaban para nada de lo que iban a hacer hoy. Cuando empecemos con los ensayos de la lucha, ya será otro cantar.

—¿Ah, sí? Pero ¿no es la misma lucha que el año pasado? —Una vez más, estaba hablando sin saber. Estaba muy perdida con todo lo de la feria medieval.

Sin embargo, a Mitch no parecía importarle que hiciese esas preguntas tan básicas.

—Sí, estos últimos años ha sido la misma, pero Simon y yo queremos cambiarla un poco. Queremos que nos releven y que se encarguen otros de la gran lucha. Estaría muy bien, porque así no tendríamos que trabajar tanto en verano.

Asentí como si supiese perfectamente de lo que estaba hablando.

—¿Así que los de la gran lucha sois vosotros dos?

—Sí. Es como el clímax de la feria. Simon y yo luchamos con espadas un rato y luego nos damos puñetazos. Él me carga sobre el hombro, me hace dar una voltereta y...

—¡Venga ya! —Me puse en cuclillas y negué con la cabeza—. ¿Cómo va a hacerte Simon dar una voltereta sobre su hombro? Debes de medir un palmo más que él, ¿no?

Mitch copió mi postura. Se puso en cuclillas y apoyó las manos en las rodillas.

—¿Nunca nos has visto luchar? —preguntó con tono dolido.

—Eh... —Era difícil no estar avergonzada. Todo eso de la feria formaba parte de la vida de tanta gente de aquel lugar que daba vergüenza ser alguien que no participaba—. ¿Lo siento?

Se rio de mi intento de disculpa.

—Mira. —Se metió la mano en el bolsillo trasero, sacó el móvil y se sentó en el suelo con las piernas cruzadas. Me senté a su lado mientras él buscaba algo en el teléfono. Por lo visto, era la hora del descanso.

Un poco después, me pasó el móvil en horizontal.

—Mira —repitió—. Esta es la lucha que solemos hacer.

Toqué la pantalla para que se reprodujese el vídeo que había puesto. Se veía a dos hombres en medio de un forcejeo en la hierba. Reconocí a Mitch de inmediato. Llevaba una falda escocesa, unas botas hasta las rodillas y poco más. Sin embargo, a Simon me costó un poco más reconocerlo. Él llevaba unos pantalones de cuero, una camisa negra holgada y un chaleco color rojo. Lucharon durante un rato: se daban puñetazos y se movían en círculos con una expresión amenazante. Después, Simon detuvo uno de los puñetazos de Mitch atrapándolo con ambas manos. Eso hizo que el impulso de Mitch se volviese en su contra y, antes de que me diese cuenta de lo que estaba pasando, estaba en el aire dando una voltereta sobre el hombro de Simon. Fruncí el ceño y pausé el vídeo.

—Sigo sin entenderlo. ¿Cómo va la cosa?

—Es cuestión de palanca. —Mitch se acercó a mí y me agarró el móvil. Echó para atrás el vídeo quince segundos—. ¿Ves? Se inclina así, me coloca el hombro justo en el pecho, y yo salto encima de él. Es como hacer palanca, ¿entiendes?

—Mmm. Se me da fatal la física. —Volví a ver el vídeo, pero esa vez toda mi atención se fue a la falda de Mitch y a cómo ondeaba la tela cuando daba la voltereta sobre el hombro de Simon—. ¡Eh! —Pausé el vídeo con el ceño fruncido—. Llevas pantalones cortos. Debajo de la falda.

La risa de Mitch fue prácticamente una carcajada.

—Te has fijado, ¿eh?

—A ver... —Había dejado claro a qué le estaba prestando atención, ¿no? *Uf.* Eché para atrás el vídeo y lo volví a ver, esa vez desde el principio—. Sé que Simon insiste mucho en la precisión histórica. Me sorprende que te deje llevar pantalones debajo. —En la pantallita, cada uno se movía en círculos alrededor del otro. Blandían espadas que encajaban con sus físicos: la de Mitch era una enorme que tenía que asir con las dos manos, mientras que Simon sujetaba un estoque.

—Es una feria para todos los públicos. —Se inclinó sobre mi hombro mientras veíamos el vídeo. Habría sido lo más normal del mundo que me hubiese apoyado en él, pero me contuve. Y tuve que contenerme a conciencia—. Entiendo que estés decepcionada, pero dar la voltereta sin llevar nada debajo haría que el espectáculo fuese para un público muy adulto.

—No he dicho que esté decepcionada. —Volví a ver cómo Simon le hacía dar una voltereta en el aire, y esa vez me concentré en las piernas fuertes de Mitch y me fijé en sus músculos al caer de pie. Los mismos músculos que tenía justo a mi lado, debajo de los vaqueros. Se me secó la boca y tosí—. ¿Tienes sed? Porque yo sí. —Eso se quedaba cortísimo. Le devolví el teléfono antes de ponerme de pie. Tenía que alejarme de él. Y, mientras no fuese posible, lo menos que podía hacer era dejar de sentarme prácticamente en su regazo.

—Vale. —Se levantó con agilidad y, aunque iba vestido, yo no paraba de imaginarme las piernas del vídeo. Fuertes. Tonificadas. Apetecibles.

Sí. Tenía que beber algo pero ya. Agua muy muy fría.

SEIS

—Así que tu abuela... —dije de camino a la cocina—. ¿La de la casa vieja? ¿Es la que voy a conocer dentro de poco? ¿En la cena? —Abrí la nevera para agarrar un par de latas de refresco del alijo de Caitlin.

—*Uf,* ¿en serio? —Miró por encima de mi hombro hacia el interior de la nevera, muy cerca, pero sin avasallar—. ¿Tanto te costaría tener ahí unas cervezas?

Giré la cabeza y encontré su mirada. Enarqué una ceja y él resopló. No era exactamente una risa, pero tampoco era una expresión de fastidio.

—Da igual —dijo—. Ya las traeré yo la próxima vez.

—Dijiste lo mismo la última vez —le recordé. Le pasé una lata y cerré la puerta de la nevera con un golpe de cadera mientras él retrocedía—. Por dónde íbamos... ¿Tu abuela? —Abrí la lata.

—Ah, sí. La cena. Sobre eso... —Nunca había visto a nadie parecer tan sospechoso mientras bebía un refresco, pero Mitch lo había conseguido.

—¿Qué pasa? ¿Se cancela? —Una chispa de esperanza se me prendió en el pecho. Nada me gustaba más que se cancelaran planes.

—No —contestó—. No, para nada. Es... justo lo contrario.

—¿Lo contrario? —Traté de pensar en qué era lo contrario de cancelado. ¿Más cena? ¿Una cena... extrema?

—Sí. El chat grupal de la familia esta semana echa humo. Mi prima Lulu compartió una receta de guacamole que había encontrado por ahí y mi tía Cecilia le dijo que era una mierda porque llevaba mayonesa...

—¿Mayonesa? —Casi me atraganté—. ¿En el guacamole? —No pude disimular un escalofrío, y Mitch puso una mueca al verme.

—Eso mismo. Pues eso desató una enorme discusión sobre cuál era la «verdadera» receta del guacamole, y la cosa se puso fea. Se dijeron palabras muy duras.

Negué con la cabeza.

—No te sigo. ¿Qué tiene que ver eso con la cena de aniversario?

—Bueno, pues que al final de la noche decidieron no seguir adelante con la cena.

Esa chispita de esperanza acabó convirtiéndose en una llama, que me calentaba desde el interior. Se acabó la cena. Se acabó lo de hacerme pasar por su novia. Pero...

—¿La cena se ha cancelado por una discusión sobre el guacamole?

—Ah. No. —Le dio el último sorbo a la lata y la dejó en la encimera—. Ahora quieren hacer un concurso de degustación de guacamole, ya que nadie se pone de acuerdo sobre cómo se hace. Va a ser el viernes por la noche y nos reuniremos todos en casa de mis abuelos, en Virginia.

—¿El viernes por la noche? —Pensé rápidamente—. Vale, creo que puedo pedirme el día libre, si hay que pasar todo el día...

—Todo el fin de semana.

Eso me generó un cortocircuito en el cerebro.

—¿Cómo?

La llama de esperanza se esfumó tal como apareció. Se apagó en un visto y no visto.

—Todo el fin de semana —repitió Mitch. Lo había dicho como si tal cosa, pero al mirarlo a los ojos me percaté de su expresión cautelosa—. Ahora... Es que... ahora es un plan de finde y no solo una cena.

—¿Cómo? —Mi cerebro aletargado trató de arrancar, pero no pudo.

—Sí. Todo ese rollo del chat grupal que te he comentado... empezó con el guacamole, y luego todo el mundo dijo: «Ay, hace mucho que no nos juntamos todos, deberíamos hacer algo más que una cena...». —Meneó la cabeza con desazón—. A ver, la mayoría de nosotros ya nos juntamos en Navidad, pero en fin... Y luego alguien se lo mencionó a la abuela y...

—Ay, no. —Justo entonces caí en la cuenta. Ya me había contado lo del chantaje emocional de su abuela. Si se le metía en la cabeza que hacía falta una escapada familiar de fin de semana, no había forma de evitarlo.

—Ay, sí. —Apoyó la cadera en la encimera de la cocina y cruzó los brazos—. La cena familiar es ahora un largo fin de semana familiar.

—Dios. —Me llevé una mano al pecho; el corazón me había empezado a latir con fuerza, presa del pánico. No debería alarmarme tanto por eso. Ni que me hubieran pedido que diera un discurso; solo me habían invitado a pasar un fin de semana. Lo peor que me podría pasar era comer guacamole con mayonesa. Aun así, seguía siendo demasiado.

—Sí. Cenar con mi familia es una cosa, pero un fin de semana fuera de la ciudad es otra muy distinta. No es a lo que accediste, ya lo sé.

—La verdad es que no. —Apenas me oí decir las palabras. Estaba dándole demasiadas vueltas a todo. ¿Tan malo sería? Mitch era un tipo divertido. Me hacía reír, y ese par de veces que había ido a ayudarme con la casa habíamos trabajado bien juntos. Además, se había ofrecido a ayudarme con la moqueta sin ninguna razón, lo menos que podía hacer a cambio era...

Un momento. Entrecerré los ojos.

—Por eso has venido, ¿no?

—¿Eh? —Enarcó las cejas; la viva imagen de la inocencia.

—Por eso te has ofrecido a ayudarme con la moqueta. —Lo señalé con un dedo acusador—. Me estás haciendo la pelota. Así suavizas el porrazo para que me entre mejor ese finde fuera.

—Bueno... —Alargó la palabra y se encogió de hombros con el mismo aire inocente de antes—. Pensé que tampoco era tan grave.

Se me escapó una carcajada que salió de alrededor de mi martilleante corazón. El pánico empezó a menguar por la fuerza de la sonrisa de Mitch. Inspiré hondo.

—Por suerte para ti, tengo una receta fantástica para el guacamole.

Sonrió todavía más; era como el sol que salía tras una semana de lluvias.

—¿Sí?

—Sí. Y no lleva mayonesa, porque eso es una abominación.

Descruzó los brazos y vi cómo la tensión desaparecía de sus hombros. No me había dado cuenta de lo tenso que había estado durante toda la conversación hasta que se relajó.

—¿De verdad no te importa pasar todo el fin de semana conmigo? Estaba seguro de que te echarías atrás.

—Bueno, no justo ahora que me estás ayudando con la moqueta. —Me limpié las manos en los vaqueros y saqué del bolsillo el cúter para moquetas que me había prestado—. Pero voy a necesitar ayuda con la pintura de la casa. Hay que pintar mi habitación, la de Caitlin... —Hablar de dormitorios con él era peliagudo, pero estaba dispuesta a arriesgarme para ir tachando cosas de mi lista.

Mitch se rio por lo bajo.

—Me parece que pasaré bastante de mi tiempo libre aquí, entonces.

Me encogí de hombros.

—Si quieres tener novia, sí.

—Claro que la quiero. —Me quitó el cúter de la mano y lo dejó sobre la encimera, y a mí se me subió la sangre al captar el leve gruñido en su voz. «No te emociones, nena. Todo esto es mentira»—. Vamos a deshacernos de la moqueta que ya hemos desprendido y luego terminamos el salón. Tú procura apuntar los aguacates en la lista de la compra.

Efectivamente, para cuando Caitlin terminó con el ensayo, Mitch y yo habíamos arrancado la moqueta de la habitación de invitados, así como la del salón y la del comedor, y se había ido antes de que mi hija llegara a casa. Cait puso cara de sorpresa cuando entró por la puerta principal y me vio barriendo el suelo de hormigón del salón.

—Ya lo sé —le dije—. Lo sé. Ahora tiene un aspecto horrible, pero te prometo que pronto habrá un suelo de verdad. Muy muy pronto. —Por dentro estaba haciendo una mueca de dolor. Habíamos recorrido mucho camino últimamente y las cosas habían vuelto casi a la normalidad en casa. ¿Esa renovación tan descarada nos haría retroceder?

—Vale. —Hay que reconocerle que escondió su impresión y empleó un tono tranquilo, casi aburrido. Olisqueó el aire—. La carne de cerdo huele bien.

—Huele bien, sí. La cena de esta noche será sencilla. —Apoyé la escoba contra la pared y me senté en el sofá. Estaba agotada, sudorosa, y empezaba a dolerme todo. Mis planes para el resto de la tarde incluían un buen baño caliente, sales de Epsom y un libro. Y tacos para cenar. Qué rico—. ¿Cómo te ha ido en el ensayo? —Era una pregunta prudente.

—Bien. —Dejó la mochila junto a la puerta, casi bajo el gancho del que debía colgar, y se acercó también al sofá, aunque se sentó en la otra punta. Repitió mi postura cansada, con los pies apoyados en los extremos opuestos de la mesita—. Hoy no hemos hecho gran cosa. Todo muy básico. Pero creo que tengo un buen grupo de Azucenas.

—Anda, eso está muy bien. —Me tragué la sonrisa. Caitlin parecía un general hecho polvo tras una batalla y no una adolescente. Tenía mucha responsabilidad. Simon la había puesto a trabajar de lo lindo.

Mi agotado cerebro pasó de Simon a Mitch, y me alegré de que este último se hubiera marchado antes de que llegara Caitlin a casa. No sabía cómo iba a explicarle a mi hija la escapada de fin de semana con él. Que un profesor de inglés se hubiera casado con alguien de la familia era algo difícil, pero ¿irme de finde con el profe de Gimnasia? A ese paso, Caitlin tendría a la mitad del profesorado del instituto Willow Creek en su vida.

Además, no sabía cómo gestionar la situación. No solía irme de finde y menos sin mi hija…, y encima con un hombre. Estaba completamente perdida.

No me di cuenta de la solución hasta que estuve felizmente sumergida en la bañera, con la bomba de baño burbujeando a mi alrededor, convirtiendo el agua en un tono rosa neón. En cuanto salí de la bañera, le envié un mensaje a Emily:

> Me voy de finde con Mitch. NO PREGUNTES. ¿Puedes cuidar de Caitlin mientras no esté?

Su respuesta llegó casi al segundo, mientras desmenuzaba la carne de cerdo para la cena.

> ¿EL FINDE? ¡NO ME JODAS!

> Te he dicho que no preguntes.

Me respondió con emojis de risa:

> ¿En tu casa o en la mía? (¿Es eso lo que te ha dicho él?)

> Corta el rollo, anda.

Pero no pude contener la risa por su mensaje.

> A ver qué prefiere hacer Caitlin. Ya te voy diciendo.

Esa era la cuestión principal, ¿no? Últimamente le había impuesto muchos cambios a Caitlin, y no sabía cómo anunciarle otro más.

Pero a medida que pasaban las hojas del calendario y se acercaba el fin de semana que pasaría en Virginia con Mitch y el clan Malone, vi que no podía seguir rehuyendo lo inevitable.

—¿Qué te parecería si Emily viniera a pasar un fin de semana? —le pregunté una noche mientras cenábamos.

Caitlin se encogió de hombros, pero su expresión denotaba confusión.

—Genial, pero ¿por qué? ¿Pasa algo? —Abrió los ojos de par en par—. ¿Se han peleado ella y el señor G.?

—No, no. No es nada de eso —contesté mientras masticaba un poco de ensalada—. Tengo que salir de la ciudad el próximo finde y he pensado que podría venir a dormir contigo. Ya sabes. Echarle un ojo a todo...

—Echarme un ojo a mí, querrás decir. —Puso los ojos en blanco y me miró, asqueada—. Casi tengo dieciocho años, ¿sabes? Sé cuidarme yo solita.

—Ya lo sé. —No me gustaba nada parecer tan a la defensiva delante de mi propia hija—. Es solo...

—No necesito una niñera. —Arrojó el tenedor a la mesa y se reclinó en la silla cruzándose de brazos.

—Mira, ya está bien. —No. No pensaba defenderme. Seguía siendo su madre—. Si no necesitas una niñera, no te comportes como una niña pequeña.

Ella resopló.

—No me estoy comportando como...

—Sí, claro que sí. Esto es una pataleta. No es porque no sepas cuidarte sola, es porque me preocupo por ti mientras estoy fuera. —Me fulminó con la mirada y yo se la devolví. Me fastidiaba todo eso. Habíamos formado un equipo durante mucho tiempo, pero me daba en la nariz que esos días habían llegado a su fin. Señalé la mesa con la cabeza—. Agarra el tenedor y acábate la ensalada.

—No tengo hambre. —Caitlin se apartó de la mesa—. De todas maneras, tengo que terminar los deberes. —Se llevó los platos a la cocina y desapareció. Suspiré y le di otro bocado a la lechuga. Ya podía despedirme de una reconciliación. Otra noche de silencio ruidoso se extendía ante mí como una solitaria autopista.

Aquel jueves por la noche, Caroline llevó *cupcakes* al club de lectura del barrio.

—Mira qué bien —murmuró Marjorie desde donde estaba sentada a mi lado en el sofá—. Esta ha vuelto a echar un polvo.

Me reí con la nariz metida en la copa de vino. Marjorie no se equivocaba. Desde que Caroline se divorciara un año y medio atrás, se había vuelto... promiscua. Las noches que no asistía al club de lectura, se decía que su matrimonio llevaba muerto los cinco años anteriores y, con él, su vida sexual. Así que ahora que estaba soltera estaba recuperando el tiempo perdido. Y cada vez que lo hacía, llevaba *cupcakes* al club de lectura para celebrarlo.

No la juzgaba por ello, en absoluto. Más *cupcakes* gratis para mí. Puede que yo hubiera hecho lo mismo en su lugar. En realidad, cuando estuve en su pellejo unos diecisiete años antes, acababa de tener una hija, lo cual habría sido un impedimento para retozar con quien fuera. «Echa una canita al aire, Caroline, di que sí», pensaba yo. Tampoco me lo había preguntado nadie. Yo era la callada del grupo, y me parecía perfecto que fuese así.

A fin de cuentas, aún recordaba aquellos primeros días en Willow Creek, cuando compré la casa y me mudé con mi hija pequeña. Después de algunas preguntas con retintín del tipo «¿Y dónde está el señor Parker?», cerré las cortinas. Me encerré en mi casa. Me escondí y escondí a mi hija para mantenernos a salvo de los cotilleos de pueblo. Ya llevaba unos cuantos años soltera, pero la vergüenza, el escozor de haber sido rechazada por el hombre que me había prometido que me querría siempre, seguía ahí, como si lo llevara estampado en la frente para que lo viera todo el mundo. Era más fácil suponer lo peor de la gente que volver a sentirme así. Sin embargo, Marjorie me había ofrecido fumar la pipa de la paz, me invitó al club de lectura y me condujo al redil del vecindario. Normalmente era agradable, pero a veces me preguntaba qué decían de mí las noches que no iba.

—¿Cómo ha ido el mes, chicas? —Caroline puso el táper de sus *cupcakes* poscoitales en la mesita y quitó la tapa—. ¿Os habéis divertido?

—No tanto como tú. —Me incliné hacia delante y agarré un *cupcake* y una servilleta del montón que había al lado. *Red velvet*, toma ya. Nos miramos y nos sonreímos desde lados opuestos de la mesa en señal de solidaridad entre divorciadas.

—Tienes que salir, April —dijo Caroline—. Hay muchas cosas que hacer. Hay noches de chicas, quedadas... Deberías salir conmigo alguna vez. Y ganarte unos *cupcakes*.

—Pues lleva razón —dijo Marjorie. Agarró un *cupcake*, a pesar de que se había burlado hacía tan solo un minuto—. Caitlin se va pronto a la universidad, ¿verdad? Entonces podrás volver a dedicarte a ti.

—Estoy bien —contesté como si tal cosa mientras le quitaba el papel al *cupcake* y me lamía el glaseado del pulgar. Siempre hablaba así, despreocupada, porque era la forma más fácil de ir por la vida—. Tu idea de dedicarte a ti misma suena a salir... y a mucha gente. Cosas que implican ponerse pantalones. —Me estremecí—. ¿No puedo vivir indirectamente a través de ti y tus *cupcakes* sexuales?

Marjorie se atragantó con su trocito de magdalena y Caroline se encogió de hombros con un gesto de exagerada inocencia.

—Lo he intentado. Solo quiero verte feliz, nada más.

—Y lo soy. Mientras sigas trayendo *cupcakes* al club de lectura. —Me ventilé dicho *cupcake* y me hice con otro. No me acostaba con nadie, pero al menos me metía azúcar en las venas. Y más o menos era lo mismo, ¿no?

Mientras Marjorie desviaba la conversación sobre mi falta de vida sexual y volvía al libro que habíamos estado leyendo, pasé el dedo por el borde del segundo *cupcake*, para recoger el glaseado y metérmelo directamente en la boca sin necesidad de utilizar la magdalena como excusa. Durante una fracción de segundo, me imaginé contándole al grupo lo de Mitch. Explicándoles a todas que ese fin de semana había aceptado hacerme pasar por su novia. Pensé en la charla de chicas que vendría a continuación y, aunque una parte de mí ansiaba ese tipo de conexión con otras personas, sabía que me acobardaría con tanta atención, y no la quería. Que se la quedaran Caroline y sus *cupcakes*.

Además, todo eso entre Mitch y yo no contaba. No era real. Era una amiga ayudando a un amigo..., nada que conllevara *cupcakes* sexuales. Solo era un finde colgada de uno de los bíceps gigantes de Mitch Malone, empleándome a fondo para lanzarle suficientes miraditas de amor para engañar a toda su familia.

Dios mío, iba a ser un desastre.

SIETE

Caitlin apenas me dirigió la palabra el viernes por la mañana, antes de ir al instituto. Miró enfurruñada la maleta de Emily en el cuarto de huéspedes, me resopló un par de veces y se marchó. Yo podría haber hecho un drama del tema, pero mi mente ya estaba unas horas más adelante, cuando la gigantesca camioneta roja de Mitch aparcara en la entrada y empezara ese fin de semana que ya quería que terminara.

Se me aceleró el corazón cuando llegó, pero respiré hondo mientras recogía mis cosas y cerraba la puerta tras de mí. Todo iba a salir bien. Todo iba a salir bien.

—¿Todo listo, *cielo*? —Mitch hizo hincapié en la última palabra mientras levantaba mi maleta sin preguntar y la guardaba en la parte trasera del habitáculo extendido, junto a su bolsa de viaje de cuero con forma de saco. Ver nuestras maletas juntas de esa manera no alivió mi ansiedad. No era yo. Yo no me iba de finde con un hombre. ¿Qué estaba haciendo?

Respiré hondo para acabar con todo aquel nerviosismo. Era adulta. Podía hacerlo. Sonreí y puse los ojos en blanco; era el tipo de reacción a la que estaba acostumbrado de mi parte, y opuesta al terror.

—Vamos, cariño. —Me incorporé y me senté en el asiento del copiloto.

Esbozó una sonrisa mientras arrancaba el motor con un rugido.

—Toma. —Me dio su teléfono cuando me terminé de abrochar el cinturón de seguridad—. Lulu me ha enviado esta mañana toda la información sobre el hotel cuando estaba en el gimnasio. Está en la agenda, ¿puedes buscarla?

—Claro. —Tomé el teléfono desbloqueado y busqué la fecha de ese día. Efectivamente, había una entrada para las tres de la tarde, nuestra hora de registro, con la dirección, el teléfono y el número de confirmación de la reserva del hotel. Estaba a punto de pulsar cuando una entrada anterior, de aquella misma mañana, me llamó la atención: «06:00, Fran».

Qué raro. Miré a Mitch con cierto disimulo.

—¿Has dicho que esta mañana has ido al gimnasio?

—Sí. —Me miró por encima del hombro mientras salía a la carretera apoyando el brazo en el respaldo de mi asiento—. ¿Por?

—Por nada. —Miré el teléfono y luego volví a mirarlo—. Supongo que... que por eso llevas el pelo mojado.

Tenía el pelo húmedo; los restos de agua le daban un color rubio oscuro y olía a limpio, a jabón. Se había duchado antes de recogerme, pero ¿por qué mentía sobre lo de ir al gimnasio? No éramos pareja, pero sí amigos. Podía contarme que había echado un polvete antes de salir de la ciudad.

—Sí —dijo de nuevo como si tal cosa—. ¿Tienes la dirección?

—Ah. Sí. —La localicé y la introduje en el GPS de la camioneta. No podía resistirme a husmear en su agenda. Tendría que haberme resistido, sí, pero era superior a mí. Tenía la semana salpicada de citas e hice *clic* en ellas. El lunes decía Annie y el miércoles, Cindy. Ambas a las seis de la mañana, como la cita de esa mañana con Fran. Al parecer, le gustaba enrollarse a primera hora de la mañana. Era bueno saberlo.

No. No era bueno saberlo. No me hacía falta saber esas cosas. No tenía derecho ni motivo para saber ni para preocuparme de con quién quedaba y cuándo. Conecté su teléfono y lo guardé en la consola central, preparándome para el trayecto hasta Virginia. Además, quizá fuera bueno que se hubiera enrollado con alguien antes del viaje. Así no coquetearía tanto conmigo.

El inicio del viaje fue tenso, como suele ser un viaje por carretera que pasa por Washington D. C. Pero no tardamos mucho en salir de la locura del tráfico de la circunvalación y adentrarnos en las onduladas colinas del valle de Shenandoah. Para entonces, mi nerviosismo se había desvanecido, apaciguado por el paisaje y la emisora de *rock* clásico de la radio por satélite. Entonces, me di cuenta de algo que había dicho, mucho más tarde de lo que debería.

—Un momento... ¿Un hotel? Pero ¿no era una reunión familiar en casa de tus abuelos?

—Ah. Sí. —Bajó un poco la radio, de modo que eso iba a ser una conversación de verdad y no solo una respuesta rápida—. Lo siento, debería habértelo dicho. Este fin de semana viene un montón de gente y en la casa no hay tantas habitaciones. Lulu me envió un correo hace unos días para decirme que algunos nos alojaríamos en un hotel. No está lejos de la casa, como a diez minutos en coche. No es gran cosa.

—Ya.

Me volví hacia la ventanilla con el ceño fruncido. De repente, el fin de semana auguraba algo muy distinto. Ya era bastante malo cuando pensaba que iba a pasar un fin de semana familiar: tres días de actividad social, pero al menos había un dormitorio donde poder esconderme. Pero me habían quitado hasta eso. No lo había pensado con suficiente cabeza. ¿Qué esperaba? Le había dicho a su familia que éramos pareja. Las posibilidades de que me dieran una habitación para mí sola eran escasas, tanto en un hotel como en la casa. Pasara lo que pasase, iba a compartir habitación con Mitch.

Eso pintaba mal, pero no me percaté de lo malo que sería hasta que llegamos al hotel. Todo estaba a nombre de Mitch, así que él se registró mientras yo intentaba estirar y aliviar un poco la espalda —por no hablar de la pierna— en el aparcamiento. Había sido un viaje relativamente corto y su camioneta era tan grande que era como haberme pasado el trayecto sentada en un sofá. Sin embargo, hasta un sofá acaba siendo incómodo si te pasas atrincherada ahí horas y horas. Cuando me puse las manos en las caderas y me incliné hacia atrás, oí y sentí un crujido gratificante de alguna parte de la baja espalda. Me enderecé justo cuando Mitch volvía a la camioneta y me entregaba una llave en forma de tarjeta.

—¿Lista?

Se colgó la bolsa al hombro y tiró de mi maleta con ruedas, de nuevo sin preguntar; yo lo seguí con el bolso y una bolsa más pequeña. Era raro no tener que cargar con mis cosas. Puede que las mujeres con pareja recibieran ese tipo de ayuda todo el tiempo, pero a mí no me entraba en la cabeza. Siempre llevaba mis bártulos y la mitad de los de Caitlin por lo menos.

—¿Qué hay ahí dentro? —Mitch señaló la bolsa nevera que llevaba, y yo la miré.

—Cosas para preparar el guacamole. Esta noche es el concurso, ¿no?

Se le iluminaron los ojos.

—¡Pues claro! Pero no quería presionarte.

La tarjeta pitó y la luz de la cerradura se puso verde cuando abrió la puerta de la habitación.

—Presión ninguna —contesté mientras entraba a la habitación detrás de él—. Le envié un correo a mi compañera de cuarto de la universidad, Hope, esta semana. Es de Austin, y si hay algo que saben los de Texas es de preparar guacamole. Quien no arriesga no... —Dejé la frase a medias cuando encendió las luces y ambos nos detuvimos frente a la cama.

«La» cama.

Una sola, vaya.

—Esto... —Miré a Mitch, que observaba la cama como si fuera una especie de serpiente particularmente peligrosa.

Y no me extrañaba. La cama era enorme, y le habían echado pétalos de rosa por toda la superficie y alrededor. Había un cojín en forma de corazón de un rojo chillón en la cabecera, encima de las almohadas, como un buitre del amor. En la mesita de noche habían dejado una botella de champán y una caja de bombones; sinceramente, lo único apetecible de esa escenita.

—¿Mmm? —A su favor, hizo un esfuerzo por parecer despreocupado ante aquella agresiva muestra de romanticismo.

—Pero ¿tú has... has visto esto?

—Sí.

—¿Y qué diablos representa?

Mitch soltó un largo suspiro.

—Lulu estaba superemocionada cuando le conté que iba a traer una novia.

—¿Y ha contratado el paquete romántico o qué? —Quería reírme, pero estaba demasiado horrorizada. Quería abrir esa botella de champán y darle un buen trago, pero dudé que fuera buena idea aparecer borracha en casa de los abuelos de Mitch.

—Sí, eso es..., eso parece.

Se inclinó y apartó un par de pétalos de rosa de la cama, aunque tampoco ganó nada con eso. Intenté concentrarme en el resto de la habitación. Cerca de la ventana había dos sillones reclinables de aspecto incómodo y una mesita auxiliar. En la pared de enfrente de la cama, había un escritorio y una cómoda, y la televisión ocupaba la mayor parte de la pared. Como habitación no estaba mal. Pero, claro, durante las próximas dos noches iba a compartir una cama cubierta de pétalos de rosa con Mitch Malone.

—Muy bien.

Dejé el bolso y la bolsa con los ingredientes para el guacamole sobre la cama —super king size— y me pellizqué el puente de la nariz.

—Muy bien —repetí—. Voy a llamar a recepción, a ver si me dan una habitación para mí sola o nos pueden cambiar esta. A lo mejor pueden darnos una habitación diferente con dos camas.

—Claro. Porque no parecerá nada sospechoso para una pareja con el paquete romántico, ¿eh? —Mitch se rio—. Además, no sé quién más de la familia se aloja aquí. ¿Y si alguien se pasa por la habitación? Se verá a la legua si tus cosas no están aquí.

Suspiré. Aunque las probabilidades de que aquello ocurriera me parecían bastante bajas, tenía razón. Mantener una mentira era un trabajazo. Lo mejor sería no trastear mucho las cosas.

—Vale. —Fui a por la maleta. Nos esperaban en casa de sus abuelos dentro de un par de horas. El champán tendría que esperar—. Pero esto me lo voy a cobrar.

—Lo que quieras.

Eso me dejaba muchísimas posibilidades, pero fui a lo seguro.

—Las paredes del salón no se van a pintar solas.

—Trato hecho. —Estrechamos las manos y noté la calidez de la suya. Lo más probable era que acabara tomándole la mano más de una vez durante el finde, así que mejor ir acostumbrándome a su tacto.

Con ese fin, abrí la cremallera de la maleta y saqué el neceser de maquillaje y la ropa que pensaba ponerme aquella noche. Mitch necesitaba a su novia madura, estable y falsa. Preocuparme por la habitación podía esperar. Había llegado la hora de meterme en el personaje.

«Malone por todas partes». Esa frase se me había quedado grabada desde que Mitch me pidió que hiciera eso, y resonaba en mi cabeza, una y otra vez, al ritmo de..., bueno, de todo. De los latidos de mi corazón, que se aceleraban y se hacían más fuertes en mis oídos a medida que salíamos del hotel y emprendíamos el camino hacia la casa de sus abuelos. De la música de la radio, que Mitch tenía sintonizada en la emisora de *rock* clásico, porque me había gustado una de las canciones que había sonado durante el viaje. Del motor de la camioneta de Mitch, que vibraba a mi alrededor como si estuviera en un capullo gigante. Me sentía segura en la camioneta de Mitch, pero muy pronto íbamos a llegar a casa de sus abuelos, donde tendría que salir de esa protectora envoltura. Y donde habría Malone por todas partes.

Puse los ojos como platos y se me dispararon las cejas por la frente cuando entramos en un barrio lleno de lo que solo puede describirse como minimansiones. Con unos patios exuberantes y enormes, y sinuosos caminos de entrada con verjas de hierro forjado, parecían las típicas casas en las que se escondían los famosos y donde los *paparazzi* trepaban a los enormes robles tratando de conseguir una foto millonaria. Mitch no parecía un tipo de mansiones, pero eso no significaba que su familia no lo fuera. La tensión aumentó un poco más, y empecé a oír que me latía el corazón en las sienes. Ahí estaba yo, con una blusa y unos pantalones de arreglar pero sencillos, con una bolsa de aguacates en el regazo y, aunque Mitch se había puesto una camisa con cuello, me sentía mal vestida para una casa como esta.

Pero... todas aquellas casas parecían de construcción relativamente nueva. Me volví hacia Mitch.

—Creía que habías dicho que vivían en una casa antigua.

—¿Mmm? —Me miró durante una fracción de segundo, sin apartar la vista de la carretera la mayor parte del tiempo.

—Dijiste que tenía como ciento cincuenta años, ¿no? Y pasadizos secretos. —Señalé las casas por la ventanilla mientras pasábamos por delante.

—Ah, sí. —Le restó importancia al paisaje con un ademán—. No te fijes en eso.

Un par de giros a la izquierda más tarde, Mitch se detuvo en un camino de acceso sinuoso con las cancelas abiertas. Atravesamos una pequeña zona boscosa apartada de la calle y, aunque no alcancé a ver casa alguna de inmediato, estaba preparada para algo tremendo. Pero ¿cuánta gente iba a ir a la celebración si no había sitio para Mitch en la casa familiar? Noté un nudo en el pecho y me agarré al asidero —ay..., mierda— de la puerta mientras intentaba respirar hondo. ¿Y si era por mí? Quizá no me querían allí. Dios mío.

Pero, al poco, los árboles dieron paso a un claro y apareció la casa. Y él tenía razón. Aunque no era pequeña —ahí cabrían dos casas como la mía—, la granja del siglo XIX no se parecía en nada a las enormes casas por las que habíamos pasado. Estaba muy bien cuidada, revestida de madera gris, y había un porche envolvente lleno de mecedoras. Desde donde estábamos no veía el jardín trasero, pero los árboles a lo lejos indicaban que daba a un bosque: la casa y el terreno sobre el que se levantaba parecían cobijados en un semicírculo de robles y abetos. Delante de la casa había una especie de cochera, en su mayor parte de grava y llena de coches.

Mitch aparcó la camioneta en una plaza delante del garaje y apagó el motor. Permanecimos unos instantes en silencio. Al final, suspiró, y me pareció tan raro en él que me giré, sorprendida. Se le tensó un músculo en la mejilla y frunció el ceño mientras miraba la casa.

Aquello era nuevo. Nunca había visto a Mitch sin una sonrisa en la cara y una buena palabra para todo el mundo. Y, desde luego, nunca lo había visto con el ceño fruncido por la preocupación. Mi propia preocupación y mis nervios menguaban al centrarme en los suyos. No me había invitado a pasar el fin de semana para divertirse ni para fastidiarme. Algo tenía aquel fin de semana que le daba miedo, y me había pedido que lo acompañara porque necesitaba mi ayuda. Era el momento de empezar a ayudarlo.

Le puse una mano en el brazo, y dio un pequeño respingo; supongo que acababa de sacarlo de algún pensamiento profundo.

—Vamos, anda —dije con una ligereza que no sentía—. Ganemos el concurso de guacamole.

Nos miramos a los ojos y, tras unos instantes, algo de luz volvió a su mirada.

—Sí —dijo—. Vamos allá.

Dado el inesperado nerviosismo de Mitch, no sabía muy bien a qué atenerme cuando subimos los escalones de madera hasta aquel amplio porche. No llamó a la puerta de inmediato; tomó aire, cuadró los hombros y me agarró la mano. No sabía si lo hacía para tranquilizarme o para ilustrar nuestra relación a su familia, pero le di un apretón mientras abría la puerta, por si buscaba ese consuelo. Me devolvió el apretón y me condujo al interior.

Al entrar en el vestíbulo, me embistió una oleada de ruido. Se oían muchas voces fuertes, y mi primera reacción fue estremecerme ante semejante sonido. Tardé unos segundos en darme cuenta de que las voces no eran de enfado, solo estaban charlando. En voz alta. Me recordé a mí misma que esa era la gente de Mitch. No iban a ser modositos. Podría gestionarlo. Quizá.

El interior de la granja era muy parecido al exterior: antiguo, habitado, cómodo. No era lujoso, pero todo estaba ordenado. Negué con la cabeza y miré a Mitch.

—No lo entiendo.

—¿Qué no entiendes?

—Todas esas casas que hemos visto de camino... Es como si no estuviéramos en el mismo barrio.

—Eso es porque la abuela es muy testaruda —dijo una nueva voz y, al girarnos los dos, vimos que había una mujer en el vestíbulo. Era más o menos de nuestra edad..., bueno, de la edad de Mitch, y era un poco más alta que yo, que medía casi metro setenta. Llevaba el pelo rubio rojizo recogido en una larga trenza que le caía sobre un hombro y vestía de manera informal, con un delantal sobre los vaqueros y una blusa blanca. Mitch sonrió al verla.

—¡Lulu! —Me soltó la mano para abrazarla, y eché de menos su calor. Eché de menos esa pequeña conexión, y me tuve que obligar a controlarme. Entrelacé las manos al frente y lo dejé disfrutar de ese momento con su prima. Tenía tiempo de sobra para presentármela.

—¿Qué tal, grandullón? —Lulu le sonrió mientras se recostaba en sus brazos y apoyaba las manos en su espalda para acercárselo más—. ¿Te has registrado ya en el hotel?

Mitch dudó una fracción de segundo.

—Ah, sí. La habitación es estupenda. Gracias por la... —Me miró y al recordar toda la pompa de la habitación estuve a punto de reírme en plan histérico. Se le ensanchó la sonrisa antes de volverse hacia su prima—. Gracias.

—De nada. —Cuando se separaron, reparé en su sonrisa pícara. Luego volvió su atención hacia mí y esbozó una sonrisa radiante. Los Malone debían de llevarla en el ADN o algo así; era una sonrisa feliz que parecía dirigida solo a ti—. Tú debes de ser April.

Dio un paso hacia delante, con la mano extendida, y yo también.

—La misma. —Le devolví la sonrisa, como si ya fuéramos viejas amigas.

—Me alegro mucho de conocerte. Mitch me ha hablado mucho de ti y...

—¿Ah, sí? —Miré a Mitch, alarmada, pero él se encogió de hombros con una sonrisa.

—Pues claro —contestó, deslizándome un brazo alrededor de los hombros como si fuera algo que hiciese continuamente—. ¿Cómo no voy a contarle a mi prima favorita lo de mi chica?

Tuve que emplearme a fondo para mantener la compostura. ¿Cuándo fue la última vez que alguien me había llamado «su chica»? ¿En el instituto? Había llovido mucho ya.

—Yo también me alegro de conocerte —dije—. Aunque solo sea para hacerte ver el craso error que es ponerle mayonesa al guacamole.

Soltó una carcajada, una carcajada sincera que le hizo echar la cabeza hacia atrás.

—¡Ah! Cierto, me dijo que querías participar. Venga, va, a la cocina.

Me tiró de la mano con firmeza y miré sobresaltada a Mitch, que se limitó a encogerse de hombros y dejó que me llevara.

OCHO

—No te preocupes —dijo Lulu, colocándose mi mano en la sangradura del codo—. Te prometo que no damos miedo. Y te convertiré a una adepta a mi receta de guacamole.

—¡Lo dudo mucho! —dije mientras se me aligeraba el ánimo. Lulu me caía bien y, si el resto de su familia era así, estaría cómoda; bullicio aparte.

La cocina estaba llena de gente y me presentaron tan rápido a los demás que me fue imposible recordar quién era quién, pero me puse el delantal y fui directo a la esquina de la isla; en nada ya estaba partiendo en dos los aguacates que había llevado. Había cuatro personas más; cada una hacía una versión un tanto diferente de guacamole. Los genes Malone eran fuertes; creaban especímenes que rayaban lo nórdico: altos, rubios y simpáticos. A su lado me sentía bajita, con el pelo encrespado y algo arisca. Se oían muchas risas en la cocina; eso sí, la mayoría estaba poniendo verde a la receta del contrincante, aunque la verdad era que a mí los cuencos de guacamole me parecían todos iguales. Se me dibujó una sonrisa en los labios conforme le quitaba las semillas al jalapeño, y Lulu apareció a mi derecha con un vaso helado.

—¿Un margarita?

—¡Oh! —Terminé con el jalapeño y me lavé las manos a conciencia antes de aceptar el vaso—. Gracias.

—Si tienes hambre, ahí hay unas patatas fritas y salsa. —Echó un vistazo a los demás ingredientes que yo había preparado: cebolla roja, varios tomates y un poquito de cilantro fresco—. La abuela ha hecho pico de gallo para su guacamole y se ha pasado dos pueblos con la cantidad. Seguro que no le importará si usas un poco del suyo.

—No, tranquila... —Me parecía una oferta rara, sobre todo tratándose de un concurso de recetas, pero sus intenciones quedaron claras cuando me arrastró por toda la cocina, con los margaritas en la mano, para presentarme a la abuela de Mitch: una mujer mayor, pequeña y rechoncha, que parecía delicada y firme a la vez. Me entraron ganas de sentarla en una silla y traerle algo de té, pero me preocupaba que me diera una paliza si se lo hacía mal.

—Sí, ¡claro, claro! —dijo respondiendo a lo que había preguntado Lulu mientras me ponía con ímpetu el cuenco amarillo en las manos. Ahí había más pico de gallo del que necesitaba; aun así, vacilé.

—¿De verdad que no lo necesita?

Negó con la cabeza de forma rotunda.

—Qué va. El mío ya está listo y dentro de la nevera, ¿ves? —Abrió la puerta y señaló un cuenco más grande del mismo color amarillo que el que yo sujetaba—. No es para tanto. Nada del otro mundo. Cuatro cosas mezcladas. Seguro que el tuyo o el de Louisa será mucho mejor.

¿Louisa...? Ah, claro, Lulu.

—No se crea. —Miré el margarita con deseo, pero supuse que no estaba muy bien visto beber alcohol delante de la abuela.

—¿Tienes algún ingrediente secreto? Parece que los demás sí. ¿A lo mejor algo de comino? ¿Cayena? Seguro que ya sabes lo de Louisa y la mayonesa. —Se estremeció, pero le brillaban los ojos al mirarme. Le centelleaban, incluso. Ay, me caía muy bien.

Le respondí con una sonrisa. Una sonrisa de verdad, no una educada y ya, mientras me inclinaba hacia ella como si fuera a contarle un secreto.

—Pero eso sería revelarle mi secreto, ¿no?

Se rio por lo bajo y me dio una palmadita suave en el hombro.

—Lo harás bien, April.

Me vine arriba por el cumplido mientras terminaba de preparar el guacamole —sin comino, gracias— y coloqué el cuenco en la encimera junto a los demás, con un platito delante. Poco a poco, la familia empezó a llegar, a sacar las patatas fritas de los cuencos grandes colocados cerca y a arrasar con los platos de guacamole en tiempo récord. Cada uno teníamos un céntimo, que utilizamos para votar la receta de guacamole que más nos gustara.

Me sobresalté un pelín cuando Mitch me abrazó por detrás y me acercó a su pecho. Lo miré y me sonrió; era la personificación perfecta de un novio. Mientras se inclinaba para darme un beso en la mejilla, me susurró:

—¿Cuál es el de la abuela?

Me giré entre sus brazos y di un grito ahogado.

—¿No vas a votar el mío? —Y seguí murmurando por lo bajo—: Me he empleado a fondo para hacer el guacamole de las narices.

—Escucha... —Su voz era como un murmullo grave; los demás lo verían como un abrazo cariñoso y no como una traición inminente—. Eres fantástica, pero estamos hablando de mi abuela. Y va a ganar. Así funcionan las cosas.

Apreté los labios, pero no fui capaz de esconder la sonrisa.

—El amarillo —murmuré. Y, en efecto, cuando miré la isla de cocina, el platito que estaba delante de aquel cuenco amarillo tenía muchos céntimos. Adiós a un concurso justo e imparcial.

—Entendido. —Asintió, y yo intenté no prestar tanta atención a los suaves círculos que me trazaba en la espalda con las manos. Estaba exagerando todo eso de ser pareja delante de su familia, pero era el objetivo, ¿no?

Toda la cena era Tex-Mex —supuse que en honor al concurso de guacamole, ya que estábamos a cientos de kilómetros de Tex y de Mex— y había una bandeja enorme de enchiladas en medio de la gran mesa de roble. Cuando la cena llegaba a su fin, me vi dándole un mordisco a un nacho de maíz y dándole un sorbo al segundo margarita mientras imaginaba la cantidad de cenas de Acción de Gracias que se habían hecho alrededor de esa mesa. Era una familia grande y cariñosa, algo que yo no había vivido mucho, y entendía por qué significaban tanto para Mitch.

Sin embargo, había mucho que asimilar y, a medida que se acercaba la noche, me fue consumiendo la inquietud. Había sido un día largo. A mi lado, notaba que Mitch estaba igual. A los pocos minutos, me dio un golpecito.

—¿Preparada para volver?

Asentí con demasiado énfasis. Me caía bien esa gente, pero estaba cansada de tenerlos alrededor, y el día siguiente iba a ser igual de largo.

Se me pasó algo por la cabeza cuando estábamos volviendo en la furgoneta, casi fuera del barrio, pero no estaba segura de querer sacar el tema. Mitch había dicho que solo algunos se alojaban con los abuelos y el resto estaba en nuestro hotel, pero fuimos los únicos que salimos de la casa aquella noche. Me di la vuelta en el asiento y miré por la ventana trasera hacia la oscura calle que teníamos detrás.

—¿Todo bien? —Mitch me observó.

—Sí. —Me recosté en el asiento para volver a mirar hacia delante mientras me comía el coco. Igual los demás se quedaban un poco más. Quizá el hecho de que nos fuéramos no le había fastidiado la noche a nadie, pero no podía quitarme de encima la idea de que éramos los únicos que nos alojábamos en el hotel. No estaba segura de lo que significaba eso y, hasta que lo supiera, no quería sacarle el tema a Mitch.

Sin embargo, me olvidé de esa posible e incómoda conversación cuando llegamos al hotel y se presentó una situación aún más incómoda y urgente.

El momento de dormir.

—Bueno... —Mitch carraspeó y miró alrededor de la habitación, como si lo sorprendiera que los pétalos de rosa no se hubieran limpiado solos y la enorme cama no se hubiese dividido en dos mientras estábamos cenando—. Puedo dormir en...

—No, no puedes. —No dejé que terminara la frase porque su propuesta no tenía ni pies ni cabeza. No había ni un solo mueble en el que pudiera estar cómodo. Me quité los pendientes y los dejé en la cómoda, al lado del bolso, mientras sopesaba las opciones—. Ya duermo yo en... la silla. —Pero mi voz traicionó la incertidumbre que sentía hacia esa opción, y Mitch se rio.

—¿En cuál? ¿En la silla del escritorio o en la que está junto a la ventana? —Tenía razón. Tal vez la silla con respaldo de malla junto al escritorio fuera ergonómica para trabajar con un ordenador, pero no mucho más. Las dos sillas de la ventana igual podían juntarse, pero parecían duras y rígidas; sin duda, las habían comprado para fines estéticos y no para la comodidad.

Suspiré, algo que, sin duda, él interpretó como una conformidad.

—Mira... —Movió la cabeza de un lado a otro—. Los dos somos adultos, creo que podemos apañarnos, ¿no? —Su mirada insegura desmentía un poco esa afirmación, pero entendía a qué se refería. La cama era enorme. Si nos quedábamos cada uno a un lado, la posibilidad de encontrarnos entre las sábanas era mínima. Con suerte.

—Vale —dije. Agarré el pijama de encima del cajón de la cómoda, donde lo había dejado antes. Había deshecho las maletas y colgado la ropa que me iba a poner ese fin de semana, y todo lo demás lo había colocado en la cómoda. La ropa de Mitch se quedó en su bolsa, en una esquina de la habitación—. Quiero ser la primera para ir al baño.

—Faltaría más. —Pasó el brazo por la cama para quitar algunos pétalos de rosa antes de agarrar el mando y apuntar con él hacia la televisión.

Por la puerta cerrada del baño, oí el típico programa de variedades mientras me lavaba la cara y los dientes. Aunque no había previsto compartir habitación con Mitch ese fin de semana, daba las gracias por haber pensado en meter en la maleta pijamas de verdad, en lugar de recurrir a lo de siempre: una camiseta de tirantes y la ropa interior que me hubiera puesto ese día. No había razón para escandalizar al pobre. Además, no tenía por qué verme la pierna derecha llena de cicatrices. Nadie tenía por qué verla. La verdad era que el cirujano había hecho un buen trabajo, pero tampoco se podía hacer mucho más con una herida así. Prefería mantenerla tapada y fuera de la vista.

Me eché un último vistazo en el espejo antes de apagar la luz y salir del baño. No era de las que llevaban toneladas de maquillaje, pero el hecho de no llevar nada, solo sérum y la crema de noche que me había aplicado dándome un masaje, sumaba años a mi cara. Me fijé en mi neceser de maquillaje, en la encimera entre el lavabo y el kit de aseo de Mitch. Parecía muy hogareño, pero no familiar. Cómodo, pero un tanto aterrador.

Solté un largo suspiro y apagué la luz, tratando de quitarme aquella incomodidad de la mente mientras salía a la habitación.

—Todo tuyo —dije con entusiasmo. Con suerte, estaría dormida ya bajo la colcha cuando Mitch entrara en la cama.

«Cuando Mitch entrara a la cama». Madre mía. ¿Cómo diablos iba a pegar ojo aquella noche?

Seguro que me dormí, pero supuse que mientras dormía estuve en tensión porque, a la mañana siguiente, me levanté prácticamente aferrada al borde de la cama. Con cuidado, me di la vuelta boca arriba, intentando moverme lo menos posible, y giré la cabeza hacia la derecha. Mitch estaba boca abajo, con la cabeza hacia mí, profundamente dormido. Cuando él se metió en la cama, con una camiseta y unos pantalones de baloncesto, yo aún estaba despierta, tratando de concentrarme en mi lector electrónico. Tuve el presentimiento de que ese modelito era un privilegio para mí, ya que lo había sorprendido tirándose la camiseta hacia abajo un par de veces. Se había comportado como un caballero; estuvo viendo la televisión mientras yo leía durante una media hora, en una especie de farsa doméstica, hasta que nos pusimos de acuerdo para apagar la luz. Al parecer, se había quedado en su lado de la cama y ni siquiera había acaparado la colcha.

Parecía tan calmado, tan «joven», así durmiendo tranquilamente; no había en él rastro alguno de tensión. Tenía el pelo revuelto; un mechón le caía por la frente, y yo me moría por apartárselo con los dedos.

Cerré el puño para castigar a esos dedos insolentes y luego me escabullí de la cama, caminando hacia el baño de puntillas y cerrando la puerta tras de mí. Inspiré tan hondo que cualquiera diría que era la primera vez que respiraba en años. Una noche menos, quedaba una más. Tampoco era para tanto.

Sin embargo, había cometido un error de táctica del que no me di cuenta hasta que estuve en la ducha: había estado tan empeñada en escapar de la cama que no me había llevado la ropa al baño. Era evidente que no estaba acostumbrada a compartir habitación de hotel con alguien con quien fingía salir. Después de la ducha, me estrujé un poco el pelo y me volví a poner rápidamente el pijama. Podría agarrar la ropa y volver deprisa al baño.

Pero cuando abrí el cajón, sonó una alarma como si no hubiera un mañana y durante un confuso y difuso segundo bajé la vista hacia la cómoda, que estaba desordenada, preguntándome si había activado una trampa o algo. Después me di cuenta de que el ruido procedía de la mesilla: era el móvil de Mitch, pero él no se movía. Al cabo de un segundo, se removió; se dio la vuelta como una ola hecha de músculos y mantas. Buscó a tientas el móvil, lo puso en silencio y después se recostó sobre las almohadas mientras inspiraba hondo, respirando como alguien que despertaba para enfrentarse a un nuevo día. Me volví deprisa hacia la cómoda en busca de los vaqueros y el top que tenía planeado ponerme.

Oí el frufrú de las sábanas a mi espalda.

—¿Ya has terminado con la ducha? —preguntó con voz ronca, de recién levantado, y no me gustó ni un pelo lo que despertó eso en mi cerebro reptiliano.

Miré concentrada la ropa que tenía en la mano y asentí.

—Sí, toda tuya. —No lo vi salir de la cama. No moví ni un músculo hasta que la puerta del baño se cerró detrás de sí y oí, casi de inmediato, el agua correr en la ducha. Suspiré y me vestí rápidamente. Después de doblar el pijama y dejarlo en una de las incómodas sillas de la ventana, me pasé los dedos por el pelo, aún húmedo, y me giré hacia el baño. Al otro lado de esa puerta estaba el secador. Y mis productos para el pelo. El neceser de maquillaje. Con las prisas de poner distancia entre un Mitch somnoliento y yo, me había olvidado de que no, aún no había terminado con el baño—. Mierda.

El maquillaje podía esperar, pero el pelo... ¡Ay, no! Sentía cómo se encrespaba mientras se secaba al aire por culpa de no haberle echado ningún producto. Se suponía que tenía que causar una buena impresión a la familia de Mitch, pero al final con aquel pelo salvaje parecería la bruja del bosque. Así no estaba cumpliendo mi parte del trato.

La puerta del baño se abrió detrás de mí y me giré hacia ella con impaciencia, con la esperanza de ponerle remedio al pelo antes de que fuera demasiado tarde. Apareció Mitch, con un rastro de vapor tras él, vestido informal, con unos vaqueros y una camiseta *henley* de color gris azulado. Bueno, al menos no iba tan desencaminada.

—Hola —dijo como si fuera la primera vez que me veía aquella mañana—. ¡Qué guapa estás!

Enarqué las cejas. Ahí estaba yo, sin ni una gota de maquillaje y con el pelo hecho un desastre.

—¡Qué gracioso eres!

—No, va en serio. Tienes el pelo... —Hizo un gesto en espiral con la mano—. No lo sueles llevar así.

Me pasé la mano por el pelo tratando de no poner ninguna mueca muy obvia.

—Tengo que apañarlo. Solo será un minuto. —Pasé por su lado, directo al baño, que todavía estaba húmedo y calentito.

—No hay nada que apañar —dijo mientras se apoyaba en el marco de la puerta y acaparaba el acceso al lavabo—. Solo he dicho que estabas guapa.

Negué con la cabeza.

—No suelo dejármelo así. —Agarré un poco de producto, me lo apliqué y me estrujé el pelo.

—Pues tu hermana siempre lo lleva así.

—Bueno, es que mi hermana es la guapa —le dije algo más cortante de lo que pretendía, pero la conversación me estaba poniendo de mal humor y, encima, aún no me había tomado el café. No era mentira. Emily era más joven, más guapa y medía unos cinco centímetros menos. Era toda sonrisas y curvas delicadas. Yo era mayor y tenía una figura más pronunciada, más angulosa. Hacía al menos diez años que no era guapa. Me veía mejor con el pelo domado, suave y liso.

Sin embargo, al limpiar el vaho del espejo para maquillarme, me miré el pelo de forma crítica. Tampoco estaba tan mal. Quizá no utilizaría el adjetivo «guapa», pero... tampoco hacía falta que me lo alisara. Así pues, cuando acabé de pintarme, busqué una goma en el neceser y me recogí el pelo en una coleta baja. Se me escaparon unos mechones ondulados que me enmarcaron la cara y... sí, estaba bastante guapa.

—¿Estás listo? —dije mientras volvía a salir del baño. Mitch estaba sentado en el borde de la cama sin hacer y miraba el móvil. Me vinieron a la mente las chicas de su agenda... ¿A quién le habría dado plantón el fin de semana para pasarlo aquí?

Sin embargo, bloqueó el móvil y se levantó guardándoselo en el bolsillo.

—Sí —dijo como si tal cosa—. No sé tú, pero me muero por un café. ¿Crees que abajo nos darán de desayunar?

—Quizá sí. Creía que querías darte prisa para ir a casa de tus abuelos.

—Ah, sí, pero podemos desayunar algo primero. Vamos a ver quién más está por aquí.

Sentí un escalofrío, pero traté de desprenderme de esa sensación. Estaba casi segura de que él era el único Malone en el hotel, pero estaba dispuesta a equivocarme.

—Claro —dije mientras intentaba aparentar tranquilidad; más o menos lo conseguí—, pero no esperes que me acuerde de los nombres.

No había ningún Malone en el comedor del hotel y, aunque frunció el ceño en un primer momento, Mitch hizo caso omiso y se centró en el bufé del desayuno. No se lo reprochaba; solo ver la zona de las tortillas me hizo querer pasar el fin de semana entero en el comedor, pero al final agarramos dos tazas de café para llevar y nos fuimos a casa de sus abuelos.

—Se nos ha echado el tiempo encima —dijo mientras le daba un sorbo al café antes de apoyarlo en el posavasos del coche—, y los demás se habrán ido ya.

Hice un ruido gutural como para darle la razón, aunque no las tenía todas conmigo, y luego me quedé callada, dándole sorbos al café, hasta que llegamos. Al igual que la noche anterior, parecía que éramos los últimos en llegar, pero una vez dentro me fijé en los restos del desayuno familiar que habían tomado alrededor de esa gran mesa: un par de tazas de café abandonadas, un plato que no habían quitado. No éramos los últimos en llegar. Éramos los únicos que habían llegado. Mi peor miedo se había hecho realidad; Mitch y yo éramos los únicos a los que habían mandado al hotel.

Mitch entrecerró los ojos y le puse la mano en la parte inferior de la espalda para infundirle cierta calma. Me miró y vi cómo se desprendía de la tristeza. «Muy bien». Le sonreí y, después de darle una palmadita en el brazo, recogí el resto de los cacharros y los llevé a la cocina, donde Lulu, la prima de Mitch, estaba de espuma hasta los codos.

—Ay, muchas gracias. Puedes dejarlos ahí. —Señaló con la barbilla hacia el grifo, que estaba delante de ella, mientras se echaba hacia atrás para que pudiera poner los platos—. El lavavajillas ya está lleno, por eso estoy acabando con lo que no cabía. ¿Lleváis mucho tiempo aquí?

—No. Esto... Mmm... Hemos desayunado primero en el hotel. —Me apoyé en la encimera y miré alrededor. Estábamos solas en la cocina y por la ventana vi que el resto de la familia había salido al enorme jardín trasero—. Bueno, mmm... Tengo que preguntarte una cosa, Lulu. ¿Somos los únicos que nos alojamos en el hotel? Al parecer, Mitch creía que había más gente allí, pero no hemos visto a nadie más.

—Ah, sí. —Enjuagó el plato y lo metió en el escurridor. Agarré un trapo y una taza de café limpia, y empecé a secarla—. La última vez que hicimos una reunión familiar aquí fue hace más o menos cinco años. Por aquel entonces, mis hermanos compartían habitación, pero desde que se casaron, evidentemente, ahora los dos necesitan una habitación. Supusimos que a Mitch no le importaría. —La preocupación se le reflejó en la cara—. No le habrá importado, ¿no?

—No —dije con cautela—. No creo. Solo que no lo sabía. —Amontoné las tazas de café conforme las iba secando, ya que no sabía dónde iba cada cosa. Cuando las tazas estuvieron listas, empecé con los platos.

—No es nada personal. Además... —Lulu fregaba una olla con ahínco—. Comentó que eras madre soltera. Pensé que te apetecería una escapada de fin de semana. —Me miró con una sonrisa traviesa y me acordé de los pétalos de rosa encima de la cama. No había habido maldad en aquello. Pensó que nos estaba regalando un fin de semana romántico.

—Sí, es genial —contesté. Era mentira, claro. Nada que estuviera relacionado con eso estaba bien, pero aquella mañana no me molestó tanto como el día anterior. Volví al asunto más importante—. Así que te ha hablado de mí, ¿eh?

—Sí, claro. —Tiró del tapón del fregadero para que el agua con espuma se fuera por el desagüe y se enjuagó las manos antes de guardar los platos que yo había secado—. A ver, seguramente no hace falta que te lo diga, pero parece que le gustas de verdad.

Apreté los labios para evitar reírme. A Mitch se le daba muy bien vender nuestra relación, así que yo tenía que hacer lo mismo. Le pasé el resto de las tazas de café y colgué el trapo mientras ella limpiaba las encimeras. Todo listo.

—Vamos —dijo—. Creo que el fútbol está a punto de empezar.

—¿El qué? —Pero la seguí por la puerta lateral de la cocina que daba a una terraza dos veces más grande que la mía. En la terraza, casi la mitad de los adultos estaban sentados en pequeños grupos mientras que, en el jardín, un grupito de niños de todas las edades y un puñado de adultos habían empezado a organizarse en equipos. Mitch estaba ahí fuera y, mientras yo miraba, agarró a uno de los críos más pequeños y lo levantó por encima de su cabeza, como si fuera un balón de fútbol a punto de lanzar al campo. El niño soltaba risitas escandalosas, pero Mitch lo sujetaba con firmeza y, cuando dejó al niño en el suelo, tres más se empecinaron en ser los siguientes.

—Lo aprecian mucho —murmuré para mis adentros. Lulu había ido hacia la otra parte de la terraza, donde se encontraban el abuelo de Mitch y un par de hombres mayores; estaba bastante segura de que uno de ellos era el padre de Mitch, pero no pondría la mano en el fuego, ya que tenían la cabeza metida en un ahumador enorme. Estaban preparándolo todo: el humo salía ya del gran tambor cilíndrico, pero todavía no olía a barbacoa, lo que agradecí, porque seguía llena tras el desayuno.

—Todavía tardarán un rato —dijo una voz a mi lado, así que me giré rápidamente. Era la madre de Mitch, la recordaba de la noche anterior. Me había saludado, pero no me había dado conversación. Decidí entonces que no le caí bien y tomé la decisión de no acercarme mucho a ella el resto del fin de semana. Sin embargo, en ese momento siguió mi mirada hacia los hombres que estaban alrededor del ahumador y, cuando se volvió hacia mí, esbozó una sonrisa—. Es nuevo. El abuelo de Mitch lo compró para Navidad. Espero que te gusten las barbacoas, porque te vas a hartar.

—Me encantan las barbacoas, así que me suena a música celestial. —Sonreí como ella, que me echó un repaso integral, pero sin borrar aquella sonrisa.

—Y sí —dijo volviéndose hacia el jardín—. Los primos pequeños aprecian mucho a Mitch. Ya sabrás que es hijo único, por lo que no tiene ni sobrinos ni sobrinas, pero la mayoría de sus primos están casados y tienen hijos. Es el tío de honor.

Me reí entre dientes al ver a Mitch cruzar el jardín muy muy despacio mientras los cuatro niños corrían gritando detrás de él.

—Se le dan muy bien los niños. —Emily me había contado muchísimas historias de Mitch con los niños en la feria medieval, y me gustaba ver esa parte de él estando ahí con su familia.

—Sí. Algún día será un padre maravilloso.

—Seguro que sí. —Sin embargo, sentí cierto picor en la nuca. Aquella conversación estaba yendo a algún sitio, pero no sabía si me gustaba hacia dónde.

Como era de esperar, cuando me volví hacia la señora Malone, su sonrisa se había vuelto de acero.

—Tú tienes una hija, ¿no?

—Sí —dije—. Caitlin tiene casi dieciocho años. Está a punto de terminar el instituto.

—Mmm. —Asintió con aire ausente y volvió a mirar hacia el jardín—. Pronto echará a volar y dejará el nido vacío, ¿eh?

Noté algo de frío por la espalda. Y ahí estaba el quid de la cuestión. Ni siquiera pretendía ser sutil. ¿Era una indirecta a mi edad o a que se me había pasado el arroz? Al contrario que Mitch, claro, que todavía tenía todo el tiempo del mundo para ser padre.

Pensar en Mitch como padre, abrazando a su propio hijo, me hizo sentir un nudo en el pecho. Yo tenía a Caitlin; ya había cumplido con esa parte de mi vida, pero Mitch aún no lo había vivido. Y puede que quisiera.

Me recordé a mí misma que ya le llegaría la ocasión. No conmigo, claro, lo cual ya me estaba bien. Todo aquello era una farsa y no teníamos planeado ningún futuro más allá de ese fin de semana. Allí, en plena reunión familiar, era fácil olvidar que ese no era mi sitio. La señora Malone no tenía de qué preocuparse; sus hipotéticos nietos seguían siendo una posibilidad.

NUEVE

Todavía no había respondido a la señora Malone y, para ser sincera, no sabía cómo. Estaba entre soltarle «Métete en tus asuntos» y ser la novia falsa y madura —algo demasiado madura, según la señora Malone— que Mitch necesitaba que fuera.

—No ha sido fácil criar sola a mi hija —contesté finalmente—, así que sí, estoy deseando tener algo de tiempo para mí. —Mi sonrisa era tan floja como el intento de broma que acababa de hacer.

Antes de que pudiera responder, Lulu volvió con dos botellines en la mano.

—Hola, tía Patricia. ¿Puedo robarte a April? El partido está a punto de empezar y tengo que enseñarle a jalear a la familia como es debido.

—Por supuesto. —La señora Malone, porque nunca iba a llamarla Patricia, me puso una mano en el hombro—. Encantada de hablar contigo, querida.

Sus uñas se me antojaron garras en la blusa y tuve que contenerme para no poner una mueca de dolor. No pensaba dejarla ganar.

—Igualmente.

—Venga. —Lulu me llevó hacia un par de sillas de jardín vacías—. Lo siento. No sabía que la tía Patricia se iba a abalanzar sobre ti tan rápido. Le dije a Mitch que la tendría vigilada.

Me recosté en la silla, aún algo alterada.

—No le caigo nada bien.

—No le cae bien nadie. Creo que nunca le ha gustado ninguna de las chicas con las que ha salido Mitch. Siempre les encuentra algún defecto. No se lo eches en cara a él, ¿vale? —Me ofreció uno de los botellines—. Toma. Ya es la hora de beber en algún sitio.

—Ya te digo. —Chocamos los botellines y me acomodé en la silla. Bajé la vista esperando que fuera una cerveza, pero para mi sorpresa era una sidra artesanal. Le di un trago generoso—. Anda, está muy buena.

—¿A que sí? Me dijo que te gustaba la sidra, así que tenía que traerla. He estado reservándola para una ocasión especial, y no se me ocurre ninguna mejor.

—¿Eso te dijo? —Miré la botella con otros ojos. El regusto gélido que me había dejado la conversación con la señora Malone había desaparecido; prefería pensar en que Mitch le había hablado sobre mí a su prima favorita.

En el jardín, los niños pequeños por fin se estaban cansando de perseguir a los adultos. Los señalé con la botella.

—¿Alguno es tuyo? —Me refería a los críos, pero no especifiqué. ¿Estaría su marido, mujer o pareja entre aquellos adultos?

Sin embargo, Lulu negó con la cabeza.

—Qué va. No tengo tiempo para eso. He venido sola. —No dijo nada más sobre su vida privada y yo tampoco pregunté. No era asunto mío. Bebimos sidra y vimos a los adultos dividirse en equipos para jugar al fútbol americano. Todo era muy... propio de la clase media-alta blanca estadounidense. Encima, no pegaba con la casa antigua en la que estábamos. Me lo imaginaba en alguna de las otras casas del barrio, esas que parecían sacadas de un catálogo de Ralph Lauren. Lo que me recordaba que...

—¿Qué comentaste anoche sobre lo testaruda que era tu abuela? —Lulu enarcó las cejas como respuesta y yo continué—: Sí, cuando te pregunté sobre la casa y el barrio.

—Ah, sí. —Echó la cabeza hacia atrás y se terminó la sidra—. Por aquel entonces la mayor parte del vecindario eran tierras de cultivo. Nuestros bisabuelos construyeron esta casa, y el abuelo nació aquí. Poquito a poco se fue vendiendo la tierra y hace unos veinte o treinta años empezó a construirse el barrio. Alguien vino a hablar con los abuelos para que vendieran la casa. Creo que si hubiese sido por el abuelo habrían aceptado, pero a la abuela le encanta esta casa.

—No me sorprende. —Volví la cabeza para observar la casa; en un lateral se estaba empezando a descascarillar la pintura. De cerca, el gris era en realidad un verde clarito que daba paso a un color amarillento por debajo—. Es una gran casa. Creo que Mitch comentó que había hasta pasadizos secretos.

Lulu se rio y dejó la botella en el suelo, a su lado.

—Mi hermano mayor se lo contó cuando eran pequeños. Lo envió a una misión loca cuando tenía siete años, más que nada para quitárselo de encima. Mitch era un niño muy... enérgico.

Sopesé sus palabras.

—Sigue siendo enérgico de adulto. —Hasta que no lo dije no me di cuenta de cómo sonaban esas palabras viniendo de su novia. Se me sonrojó la cara y me bebí el resto de la sidra para refrescarme un poco.

—Ya... No quiero saberlo. —Me sonrió, y creo que me puse aún más roja—. Volviendo al tema. No quisieron vender al final, así que ahora la casita está justo en medio de un barrio de mansiones cutres.

—Casita —repetí—. Seguro. —Pero me gustaba. Me gustaba la gente que luchaba por defender lo que era suyo. Me gustaba que Mitch estuviese cortado por el mismo patrón. Todo encajaba.

La mañana dio paso a la tarde. Lulu me endilgó otra sidra durante el día y el olor a carne asada me hizo salivar. No había manera de saber el resultado del partido en el jardín, ya que seguían unas reglas que no parecían corresponderse a las de la liga de fútbol. Un amago de *touchdown* provocó gritos y discusiones alegres que acabaron con un adolescente saltando sobre la espalda de Mitch en un intento lamentable de tirarlo al suelo. Intento que derivó en una carrera a caballito de la que Mitch acabó siendo el caballo ganador. Mi mirada se encontró con la de Lulu mientras animábamos a... alguien e intercambiamos una sonrisa. Quizá fuera la sidra, pero me caía bien. Me gustaba su familia. Me gustaba aquella sensación de pertenencia. En el fondo, sabía que esa sensación solo duraría el fin de semana. Sin embargo, aparté todos esos pensamientos y me concentré en el momento presente, algo que no hacía a menudo.

Estuvo bien.

Todavía sentía esa sensación de calidez cuando Mitch subió las escaleras del jardín trasero. Vino hacia mí, me rodeó la cintura con el brazo y me acercó a él. Antes de poder procesarlo, me dio un pico como si fuese algo que hiciéramos a diario. Como si no fuera la primera vez que me besaba.

Y, en realidad, lo era.

Me quedé petrificada en cuanto sus labios se separaron de los míos, y él también. Estábamos tan metidos en la fantasía de ser una pareja frente a su familia que tardamos unos segundos en darnos cuenta de lo que estaban haciendo nuestros cuerpos por instinto. Su mirada buscó la mía, sabiendo que había sobrepasado los límites, pensando que quizá lo empujaría y desmontaría toda aquella farsa.

Sin embargo, eso era lo último que quería yo. No sabía si era el calor del día, el aturdimiento producido por la sidra o el sentimiento de pertenencia que había sentido alrededor de aquella familia, pero por alguna de esas razones aquel beso me había parecido lo más natural del mundo. Una de esas razones me había hecho enroscar la mano alrededor de su cuello para pedirle un segundo beso, enfatizando el primero. Algo cruzó su mirada —¿sorpresa, quizá?—, pero me sonrió y me acercó todavía más. Desprendía calor y estaba algo sudoroso tras correr por el jardín, pero no me aparté. Porque estaba interpretando mi papel, hacía de su novia. Lo hacía quedar bien delante de su familia.

Sí. Lo hacía solo por eso.

La mesa de pícnic de la terraza había estado repleta de tentempiés, de los que dimos buena cuenta durante la tarde —verduras con salsa, patatas y restos del guacamole—, así que no sabía cómo iba a cenar algo. Sin embargo, la cena empezó al ponerse el sol. Con el ahumador habían preparado costillas y muchísima carne de ternera, que apilaron en una bandeja que me hizo salivar, y mis tripas rugieron como si no hubiese comido en una semana.

Habían montado un bufé en la cocina —pero ¿de dónde había salido toda esa comida?— y me llené el plato de tiras de ternera, costillas y ensalada antes de sentarme a la enorme mesa del comedor. Puse el vaso de agua a mi lado para guardarle el sitio a Mitch, que estaba más atrás en la cola. A excepción de aquellos besos rápidos en la terraza, apenas habíamos hablado en todo el día, lo cual era un poco raro, pero mientras él estuviera contento de verme hacer el papel, perfecto.

Cuando todos estuvimos sentados, Mitch miró mi plato con el ceño fruncido.

—Espera un segundo. ¿No has pedido macarrones con queso?

Negué con la cabeza mientras pinchaba algo de ensalada.

—Llevo comiendo todo el día. Más vale que me controle un poco.

Él resopló al oírme.

—Controlarse no es una opción si cocina la abuela. Toma. —Inclinó el plato y me sirvió la mitad de sus macarrones con queso—. Tienes que probarlos. Confía en mí.

Le hice caso y probé un bocado.

—¡Joder! —Mastiqué despacio sintiendo cómo aquella pasta con queso me invadía el paladar. Encontré el nirvana en los macarrones de la abuela Malone y deseé poder quedarme en aquel estado para siempre.

Mitch asintió satisfecho.

—Ya te lo decía yo... —Tomó un bocado y me pasó el bote de salsa barbacoa—. Toma. Prueba esto también. El abuelo es un experto con la salsa barbacoa.

Esa vez ni siquiera lo dudé, simplemente bañé la carne con la salsa antes de hincarle el diente. Se me escapó un gemido indecente. Era fan de la salsa barbacoa de Virginia: tomate, un poquito de ajo y algo de vinagre. Sin embargo, el abuelo Malone sabía lo que hacía y había preparado algo que era de otro nivel.

—¿Tú también cocinas así? —pregunté—. ¿Me lo has estado ocultando?

Él rio y negó con la cabeza.

—Sabes que mi especialidad es la *pizza* a domicilio.

—Todavía no has aprendido a cocinar, ¿eh, Mitch? —preguntó uno de sus primos desde la otra punta de la mesa. No me acordaba de su nombre, pero era uno de los que había estado jugando al fútbol en el jardín.

—No —respondió Mitch, jovial, con la atención puesta en su plato—. Pero me las apaño. —Me rodeó los hombros con el brazo—. Deberíais probar el pastel de carne de April. Está increíble. —Noté algo pesada la mano que Mitch tenía sobre mi hombro; estaba más tenso de lo normal. Lo miré y, cuando se cruzaron nuestras miradas, sonrió algo envarado y luego me soltó. No me gustó.

—He de decir, April, que me alegro de que estés aquí —siguió hablando su primo—. Empezaba a preocuparnos que Mitch no encontrara a alguien que mereciera la pena. Aunque tampoco es que él sea un partidazo, ¿eh?

—Bryce, para. —La mujer sentada junto a él, supuse que la esposa del primo imbécil, le dio un manotazo en el brazo, pero su risilla contradecía ese intento de reprimenda.

Parpadeé.

—¿A qué te refieres?

El primo imbécil pareció avergonzado durante un instante.

—Uy, no lo digo por menospreciar tus gustos, pero ya sabes... —Se encogió de hombros—. No es muy aplicado, el muchacho. Le aconsejé que se sacara una carrera, pero...

—Pero no quise —dijo Mitch. No parecía enfadado. Su voz era casi demasiado alegre. Debía de ser una antigua conversación que no quería volver a mantener, así que sonreía para intentar librarse.

—Bueno, y ¿tú a qué te dedicas? —Bajé el tenedor y me incliné hacia delante, superinteresada en lo que Bryce fuera a contar. Normalmente, nunca me mostraría tan atrevida frente a alguien a quien acababa de conocer, pero la sensación de pertenencia me había engañado. Eso y que me acababa de sacar de mis casillas.

—Pues soy el director de un fondo de cobertura. Hice un máster en Administración de Empresas en Cornell y me he pasado los últimos diez años labrándome una enorme cartera de clientes. —Señaló con el tenedor a alguien más allá—. Craig es psicólogo infantil y Lulu está a punto de convertirse en socia de su bufete de abogados.

—Ah. —Miré por la mesa. Craig había jugado de *quarterback* en el partidillo de fútbol y, a pesar de las reglas, Mitch le había hecho varios placajes. Y si Lulu estaba trabajando con ahínco para hacerse socia, su comentario acerca de no tener tiempo en cuanto a relaciones acababa de cobrar mucho más sentido—. Me alegro por ellos.

Mitch se rio.

—Eso. Bien por ellos. Sigo diciendo que salí ganando. ¿A que ellos no pueden jugar al balón prisionero en el trabajo? No, creo que no. —Le dio un trago a la cerveza y la puso sobre la mesa más fuerte de lo necesario—. Yo gano.

—Solo digo que podrías haber hecho medicina deportiva, como comentamos. Tú...

—Como comentaste tú —lo interrumpió Mitch con firmeza—. Fuiste tú quien sacó el tema y yo te dije que no era lo mío. Estoy bien así.

—Bien —repitió Bryce—. Venga ya, hombre, eres profe de Gimnasia. —Pronunció las últimas palabras con una burla que me hizo rechinar los dientes.

—Mira, ya está bien. —Tiré la servilleta—. ¿Qué tiene de malo ser profe de Gimnasia? —Ay, no. ¿Qué demonios estaba haciendo? Aquello no era propio de mí en absoluto, pero me hervía la sangre y las opciones eran abalanzarme sobre el hombre del otro extremo de la mesa o contestarle. Y contestarle me pareció la opción menos violenta.

Mitch me cubrió la mano y parte de la muñeca con la suya.

—April, no pasa nada.

Si lo hubiera dicho más convencido, lo habría dejado estar. De verdad. Pero no. Parecía derrotado. Mitch Malone, la persona más segura de sí misma que conocía, el hombre que podía pasarse una noche fracasando en su intento de ligar en Jackson's, encogiéndose de hombros de buen humor y con el ego intacto, había sido reducido a alguien cuya mirada estaba llena de resignación. Humillado por su propia familia.

No. No si yo podía evitarlo.

—¿Sabes lo que implica ser profesor? ¿Tienes alguna idea de lo que hace tu primo a diario? —Me temblaba la mano bajo la de Mitch y la voz todavía más, pero me mantuve firme—. ¿Crees que solo corre de aquí para allá con un silbato y unos pantalones cortos, jugando al balón prisionero con una panda de críos?

Era una buena imagen, sí, pero me obligué a concentrarme.

—Pues sí, básicamente. —Pero el primo imbécil ya no sonreía con tanta convicción. Se veía a la legua que no estaba acostumbrado a que lo contradijeran. Miró alrededor de la mesa esperando que alguien acudiera en su ayuda, pero nadie lo rescató. Algunos miembros de la familia, incluida la madre de Mitch, me miraban fijamente con expresión azorada. Lulu me miró a los ojos y rápidamente los bajó al plato. ¿Yo era la primera persona que defendía a Mitch? ¿En serio?

—Pues entonces es que no lo conoces —dije—. Es entrenador de fútbol en otoño y de béisbol durante la primavera. ¿Sabes lo organizado que tiene que ser? —Yo tampoco tenía ni idea, pero parecía muchísimo trabajo. Y Mitch, además, nunca se quejaba—. Llevó al equipo de béisbol al campeonato nacional el año pasado, ¿sabes? Y...

—Este año también —murmuró Mitch a mi lado.

—Este año también —dije sin perder un instante.

—Sí, pero nuestro equipo de fútbol es malísimo. —Mitch se encogió de hombros cuando me giré hacia él, incrédula—. Lo siento, pero ni uno de los niños sabe lanzar. Son un caso perdido.

—Ya, bueno, pero esa no es la cuestión —repuse. Nos estábamos desviando del tema principal—. Por no hablar de todo lo que hace en la feria medieval.

—¿En la qué? —preguntó la abuela desde el otro extremo de la mesa, desconcertada.

—La feria medieval —repetí más alto y claro, pero un segundo más tarde me di cuenta de que me había escuchado bien la primera vez. Solo era que no sabía de qué estaba hablando. Me volví hacia Mitch—. ¿No lo saben?

—Bueno, mamá y papá sí. —Apuntó en su dirección y ellos asintieron.

—Pues claro —corroboró la señora Malone—. De hecho, yo misma fui voluntaria durante dos veranos.

—¿En serio? —Intenté imaginármela vestida a lo medieval y fracasé estrepitosamente.

—Mamá vendía las entradas —añadió Mitch.

—Ah. —Así que ella llevaba la camiseta roja de voluntaria y no el atuendo de una doncella de taberna. Eso me encajaba más—. Bueno, ¿y saben el trabajo que implica?

—Supongo —contestó él, al tiempo que su madre hablaba también:

—Sabemos que aún participa, que se disfraza y todo eso, ¿te referías a eso? —La mujer hizo una mueca—. Nosotros también vivimos en Willow Creek. Evidentemente, sabemos a lo que se dedica nuestro hijo.

—Eso de disfrazarse... Creo que no lo saben... —Me giré para mirar a Mitch—. No lo saben... —Él me miró con los ojos como platos y se encogió de hombros. Si me hubiese mandado callar en algún momento, lo habría hecho, pero ya había ido demasiado lejos en mi diatriba como para recular.

Me volví hacia su familia, lista para dar un discurso sobre las cualidades de Mitch en falda escocesa.

—No tienen ni idea de lo que hace. Participa en la organización del acto anual de recaudación de fondos de la escuela todos los años desde que empezó a celebrarse.

—Llevo dos años en la organización —me corrigió en un susurro, pero ¿le hice caso? No.

—Prácticamente lo organiza todo él. —Crucé los dedos por debajo de la mesa. Lo siento, Simon—. Preparan una partida de ajedrez gigante con... —Llegados a ese punto, empecé a dudar, porque la información que tenía sobre el tema era de segunda mano y a través de mi hija, que iba a ensayar cada semana; a través de aquel vídeo que había visto demasiadas veces en el móvil de Mitch y gracias a aquella única vez que había ido a la feria con mi hermana. Pero en aquel momento no estaba dispuesta a reconocer nada de eso—. Con espadas y cosas así. Se pone una falda escocesa y, bueno, huelga decir el aspecto que tiene. —Lo señalé a modo de ejemplo—. Es prácticamente la atracción principal. Y todo eso lo hace de forma voluntaria. Sin esperar nada a cambio. ¿Qué haces tú por la comunidad, Bryce?

Lulu se rio entonces, visiblemente divertida, mientras al otro lado de la mesa el imbécil de los fondos de cobertura se ponía rojo como un tomate. Miré a Lulu, que me sonrió, levantando el pulgar en un gesto sutil. Al menos, le seguía cayendo bien. Sin embargo, tras mi diatriba, se instaló un silencio incómodo en la mesa hasta que Mitch carraspeó.

—Bueno, voy a por más macarrones con queso. —Se levantó con su plato y recogió el mío—. Y tú también. Te los has ganado, cariño.

Mitch estuvo callado durante todo el trayecto hasta el hotel. En el asiento del copiloto, yo llevaba en el regazo el táper de macarrones que me había dado la abuela Malone y que me mantenía los muslos calentitos. Todavía temblaba por la adrenalina de haber mandado a paseo a aquel imbécil en una mesa repleta de Malone. Se me llenaron los ojos de lágrimas; menuda novia estaba hecha... Lo había estropeado todo. Y ya no era por el acuerdo. Daba igual por quién me hiciera pasar; me había excedido mucho y me merecía su silencio.

Agarré el teléfono para distraerme y le envié un mensaje a Emily:

¿Todo bien?

Alucinaba con que hubiese tardado tanto en comprobar cómo estaba mi hija, pero había sido una noche ajetreada con los gritos a la familia de Mitch y demás.

Sí. Hoy hemos ido al centro comercial y hemos comprado un vestido para la graduación. Está muy ilusionada, así que dile que quieres verlo en cuanto llegues a casa, ¿vale? Todo ayuda.

Respondió mientras entrábamos al aparcamiento del hotel. Mi hermana era un regalo del cielo.

Eso haré, gracias.

Una cosa más, estábamos hablando sobre la posibilidad de que trabaje en la librería este verano. ¿Te parece bien?

Enarqué las cejas mientras respondía:

¡Por supuesto que sí! ¿Ella quiere?

Habíamos hablado de que Caitlin trabajase durante el verano para ahorrar para el curso. Sin embargo, el voluntariado en la feria era importante para ella, y yo no quería que tuviera que renunciar a eso.

¡Ya te digo! ¡Lo está deseando!

Seguro que la librería no le pagaría un salario demasiado alto, pero era una buena solución. Más tiempo con su tía, algo de dinero para la universidad... Cero motivos de queja.

Se me daba bien mentir.

Bloqueé el teléfono y lo guardé en la mochila. Las veinticuatro horas siguientes iban a ser horribles, teniendo en cuenta que teníamos que estar juntos hasta que él me dejara en casa al día siguiente por la tarde. Pero tenía que madurar y gestionarlo como pudiera. Había vivido cosas peores, ¿verdad? Me había divorciado del amor de mi vida, el padre de mi hija, a los veintipocos, y eso casi acabó conmigo. Podría con eso, por muy horrible que fuese.

Dentro de la habitación del hotel, Mitch lanzó las llaves sobre la cómoda y cruzó la habitación a zancadas hasta la ventana, donde se quedó mirando el firmamento con las manos en las caderas. Solté un largo suspiro y dejé el táper con las sobras en el minibar de la habitación. Quería que dijera algo. Lo que fuese. O que me chillase con tal de acabar con aquella tensión.

Como vi que el silencio se alargaba, ya no pude aguantarlo más.

—Lo siento. —Me tembló la voz y detesté lo infantil que había sonado, pero continué—: Lo siento, de verdad. No tendría que...

—No tenías por qué hacerlo. —El sonido de mi voz parecía haberlo despertado. Hablaba con una voz baja y uniforme que no dejaba entrever nada. Eso era peor que gritar.

Asentí, aunque seguía dándome la espalda y no podía verme.

—Lo sé —dije. Se me llenaron los ojos de lágrimas de nuevo y tuve que pestañear con fuerza para contenerlas—. No sé en qué estaba pensando. Lo siento mucho. —Probablemente no tendría que disculparme tanto, pero no sabía qué más podía decir—. Mañana no iré al almuerzo, está claro. Puedes venir a buscarme cuando termines y...

—Un momento, ¿el qué? —Se giró con cara de incredulidad—. ¿Por qué diablos vas a faltar al almuerzo? —Me miró con atención y frunció el ceño—. Oye, ¿estás llorando?

—No —mentí, pero él cruzó la habitación en un instante, me agarró la cara con las manos y me secó las lágrimas con los pulgares.

—*Chist* —dijo—. No, no, para. Para. No te pongas así, por favor. Es culpa mía.

—¿Cómo? —Me esforcé en concentrarme en sus palabras, aunque lo único que quería era que me acogiera en sus brazos. ¿Por qué me sentía tan cómoda con él? Hasta ese momento nuestra amistad se había basado principalmente en un sentimiento de rivalidad y en comentarios sarcásticos. Nunca había habido besos distraídos en el jardín ni gestos amables para secarme las lágrimas—. Yo soy la que la ha cagado. Mi deber este fin de semana era hacerte quedar bien, no chillarle a tu abuela.

—Eh. —Agitó la mano—. Es una mujer dura, lo superará. Además, no le has chillado tanto como a Bryce. Se lo merecía, estaba comportándose como un imbécil.

Me reí entre lágrimas; al menos había acertado en eso.

—No, me refiero a que tendría que haberte dado más información. Pero pensaba que... —Me soltó y volvió frente a la ventana con un profundo suspiro—. Pensaba que esta vez me tomarían en serio.

—¿Esta vez...? —Todo cobró sentido de repente. El motivo no era su soltería—. ¿Quieres decir que siempre te tratan así?

—Sí. —No me miró; se inclinó con las manos en la ventana y miró hacia el cielo—. Supongo que no es para tanto, ¿no? Que me suelten todo eso.

—Pues claro que es para tanto. Él... Ellos no deberían...

—Puede que no. —Suspiró—. Pero ya estoy acostumbrado. En esta familia no soy nadie especial.

—¿Nadie especial?

Eso era lo que menos me esperaba que Mitch dijera sobre sí mismo.

—Exacto. A ver, si lo piensas, no soy ni el nieto mayor, ni tampoco el pequeño. Estoy en el medio, soy uno entre un millón de nietos correteando por ahí, ¿a quién le importa? Después, todos empezamos a crecer y los demás empezaron a sacarse carreras y títulos sofisticados y a hacer cosas importantes, y como yo no hice nada de eso...

—¿Dejaron de respetarte? —La rabia que había sentido durante la cena se convirtió en un incendio que se propagaba en mi interior mientras parpadeaba rápidamente para contener las lágrimas—. Eso es absurdo, y lo sabes.

—Sí, lo es. —Se giró y se apoyó en la pared con los brazos cruzados—. ¿Recuerdas cuando te pedí que me acompañases? Pensaba que si estabas delante y ellos creían que había conseguido conquistarte... Porque eres muy inteligente, April. Y eres preciosa y tienes las ideas claras...

Resoplé por lo último, aunque mi cerebro se había quedado en el «eres preciosa».

—No las tengo.

Pero él no había acabado.

—Pensé que me tomarían en serio de una vez por todas. Que dejarían de tratarme como si no importara. —Bajó la vista al suelo y dio un pisotón.

—Que les den —dije con fiereza. Me acerqué a él y le agarré el brazo—. Sí que importas. Lo sabes, ¿verdad?

—Sí —dijo con sonrisa forzada—. Tendría que haberte avisado de que mi primo era un imbécil, pero... —Apartó la vista y miró hacia el techo—. Pero ¿qué se supone que te iba a decir? «Oye, por cierto, soy el tontito de la familia y todos me toman por un fracasado». —Su risa carecía de emoción, y me dolió oírla. Ese no era el Mitch al que conocía. Aunque a pesar de todo lo que decía de sí mismo tenía una buena autoestima, esta no era irrompible. Y no pensaba dejar que se rompiera.

—No eres ningún tontito. —Le sacudí el brazo para llamarle la atención y conseguí que me mirara de nuevo. Pero cuando lo hizo, no estaba preparada. Sus ojos eran de un azul imposible. Los había visto muchísimas veces desde que habíamos empezado a salir juntos, pero allí, en ese momento, eran hipnóticos. Quería sumergirme en ellos. Quería ahogarme en ese mar azul.

—Ya —repitió. Soltó un largo suspiro y se pasó una mano por el pelo, como si intentase deshacerse de aquellos sentimientos—. En serio, solo veo a esta gente en una o quizá dos ocasiones al año. Que les caiga bien o mal no me quita el sueño en exceso. —Esa vez su sonrisa era más sincera; el Mitch al que conocía volvía a resurgir—. Yo me caigo bien... y eso es lo que importa, ¿verdad?

Sonreí al oírlo. La persona favorita de Mitch siempre había sido Mitch; sin embargo, aquella autoestima solo era una armadura con la que había tapado una herida profunda. Más profunda de lo que yo, e incluso él mismo, creíamos.

—A mí también me caes bien —dije en voz baja y algo gutural.

—Lo sé. —Se acercó a mí, invadiendo mi espacio, pero de la mejor forma posible—. Y gracias. Nunca me había defendido nadie. Normalmente, tengo que hacerlo yo solo.

—Bueno, pues vete acostumbrando. Defiendo a la gente que... —Un poco más y no logré cerrar la boca antes de acabar aquella peligrosa frase. Esa no se parecía a las conversaciones que estaba acostumbrada a tener. Yo solía reservarme las cosas. Me centraba en mí. Joder, si solo hacía tres años desde que mi hermana y yo empezamos a conectar y construir una relación. Y yo estaba allí, en un pueblo desconocido, en la habitación de un hotel desconocido con..., seamos sinceros, el hombre más atractivo con el que podría estar en una habitación de un hotel desconocido y a punto de confesarle mis sentimientos. Estaba metiéndome en problemas.

—Lo sé. Oye... —dijo con una voz baja y ronca que no le había oído antes. Movió el brazo y dejó que mi mano se deslizase por su antebrazo y su muñeca hasta que me la agarró—. Lo sé.

Mitch miró nuestras manos entrelazadas y después me observó a mí. El aire entre nosotros empezó a cargarse, y supe lo que iba a pasar. Podía pararlo. Debería pararlo. Debería soltarle la mano, dar un paso atrás y soltar algún chascarrillo sarcástico. No debería desearlo.

Pero lo deseaba. Así que, cuando me ahuecó la mejilla con su otra mano, me acerqué a él todavía más. Tomamos aire al mismo tiempo.

—Mañana irás al almuerzo. —La ronquedad de su voz se volvió aún más grave e hizo que me entrara un calor punzante por toda la columna.

—¿Estás seguro? —Ni siquiera prestaba atención a lo que estaba diciendo. Todos mis sentidos estaban centrados en Mitch, en lo cerca que estaba. En su firmeza. En su calor.

Él asintió y se inclinó hacia mí, enarcando las cejas como en una especie de pregunta muda. Yo asentí, pero ya no estábamos hablando del almuerzo. Ni siquiera estábamos hablando. Susurró mi nombre un segundo antes de que su boca se cerrara sobre la mía. Vacilante, tierna. Cálida. Segura, pero no agresiva. Me estaba poniendo a prueba. Dejaba que la decisión la tomara yo. Y sabía que, de haber cambiado de idea y haber dicho que no, él se habría apartado sin quejarse.

Pero yo no tenía ninguna intención de decir que no. El tiempo se detuvo en aquella habitación de hotel. La vida real no existiría hasta al día siguiente por la tarde. De momento, no tenía que estar con mi hija. No tenía que estar en ningún otro sitio, salvo en los brazos de ese hombre.

Me puse de puntillas y hundí los dedos en su pelo para profundizar el beso. La decisión estaba tomada.

DIEZ

Pensé que me había acostumbrado a Mitch. Desde que Emily y él se habían hecho amigos, habíamos pasado algún tiempo juntos. Mitch era un tipo un pelín sobón, pero ya me había habituado a que me tocase. Por ejemplo, recuerdo cuando me rodeó con el brazo en Jackson's y espantó al tipo aquel del traje gris. Y esa breve presión en la espalda con los dedos cuando estábamos rodeados de gente.

Pensaba que estaba preparada para Mitch. Me había besado antes. ¿Qué diablos...? Me había besado aquel día, en el jardín de casa de sus abuelos después del partidillo. Sin duda, besaba bien. Así pues, cuando lo agarré, pidiendo más con descaro, pensé que sabía dónde me estaba metiendo.

No podía estar más equivocada. Mitch se había estado conteniendo y estaba a punto de descubrir cuánto.

Cuando lo estrujé con más fuerza, a la vez que le mordía el labio superior con los dientes, le salió un sonido de sorpresa de la garganta. Sin embargo, se recuperó rápido y me agarró la cabeza con una gran mano, mientras guiaba el beso y me sumergía en él. Deslizó el otro brazo, me rodeó la espalda y me apretujó contra él. Era tan alto, tan ancho y estaba tan presente que no tardé en sentirme completamente rendida a sus pies. Dominada.

Todo mi mundo había dado un vuelco hacia la nada, un lugar en el que solo existíamos él, la habitación y yo. Empezamos a dar vueltas, me apretó contra la pared al lado de la ventana. Un gruñido de frustración resonó contra mi pecho y me estremecí. Antes de que pudiese reaccionar, me había levantado ciñéndome contra él; la espalda me chocó contra la pared y le rodeé la cadera con las piernas como si fuese algo que hacíamos todo el tiempo. ¿Cómo podía ser que alguien mucho más alto y mucho más grande encajase tan bien conmigo?

Se balanceó sobre mí, utilizó la pared como palanca y rompí nuestro beso con un gemido. Me retorcí contra él, notaba el calor entre las piernas y buscaba la firmeza entre las suyas. ¡Dios mío! Había pasado tanto... tanto tiempo...

—April —gimió mi nombre, apoyó la mano sobre la pared y la extendió al lado de mi cabeza—. Esto..., eh... ¿Estás segura de que quieres hacerlo?

Nunca me había reído de esa forma. Una risa seca, desesperada.

—¿Me tomas el pelo? Ya ves que no me estoy haciendo la estrecha.

También se rio. ¡Madre mía! Estaba guapísimo. Le brillaba la sonrisa como el sol de mediodía y le salían arruguitas en torno a los ojos.

—Solo quería asegurarme... —Se inclinó y me besó de nuevo, esa vez fue un beso lento y relajado, con lengua, largo y profundo, como si tuviésemos todo el tiempo del mundo y ninguna otra cosa que hacer—. Esto va más allá de nuestro acuerdo.

—No importa... —Mi sonrisa se convirtió en un jadeo a medida que me recorría la mandíbula con la boca hasta llegar a la garganta—. El fin de semana aún no ha terminado. Todavía necesitas una novia.

—Cierto. —Su voz quedó amortiguada a medida que me rozaba la piel con la boca. Me estremecí cuando, con la lengua, encontró ese lugar a un lado del cuello que me hizo derretirme. Me había olvidado completamente de esa zona—. Mmm, ¿te gusta? —Lo hizo de nuevo, me lamió y me mordió. Dejé caer la cabeza hacia atrás y choqué contra la pared.

—Me gusta todo —dije con dificultad. Se me agitó la respiración y continué—: No he... Hace tiempo que..., bueno, ya me entiendes. Por eso, todo es...

—Espera, ¿qué? —Se echó hacia atrás y me miró a los ojos. «Nooo. Vuelve a besarme»—. ¿Cuánto tiempo, exactamente?

No quería ponerme a pensar en ello. Lo peor de todo fue que no conseguí articular una respuesta de inmediato y, cuanto más tardaba en responder, más me interrogaba con la mirada.

—¿Cuatro años? ¿Cinco, tal vez? —Había sido antes del accidente, seguro; un poco antes, quizá. Derek trabajaba en mi edificio y nos habíamos encontrado en el ascensor o en la máquina de café del vestíbulo suficientes veces como para que me acabase pidiendo salir a cenar. No había durado mucho, pero nos lo habíamos pasado bien.

—¿Cinco años? —Mitch parecía horrorizado—. Qué fuerte. Me estás tomando el pelo, ¿no? ¿Cinco años sin un orgasmo? Eso es...

—¿Qué? ¡No! —Ahora la horrorizada era yo—. ¿Crees que no sé cómo ocuparme de mí misma? Mi colección de vibradores siente discrepar. El primer cajón de mi mesita de noche es un remanso de felicidad.

Mitch rompió a reír con fuerza.

—¡Esa es mi chica! —Su sonrisa era contagiosa. Traté de ignorar la emoción que me produjo escuchar esas palabras. No era su chica. No debería querer ser su chica. No obstante, nada de eso parecía importar en aquel momento—. Entonces... —Me agarró y me estrujó la parte posterior de los muslos con las manos. Después, me enganchó y me levantó un poco por encima de su cuerpo. Por instinto, le agarré la nuca a la vez que se encendía una llama en mi interior—. ¿Qué te parece si trasladamos la fiesta unos tres metros en esa dirección? —Movió la cabeza hacia atrás para señalar aquella cama enorme que presidía la habitación.

«Sí». Me inundó una felicidad indescriptible, pero no podía hablar, tenía la garganta atascada con una combinación de sentimientos y deseo. Así pues, asentí y me levantó todavía más arriba, mientras caminaba por la habitación conmigo aún aferrada a él. Con cada paso, me restregaba de tal forma contra su cuerpo que el corazón me iba a cien.

—¡Madre mía! ¡Qué fuerte estás! —Me llevaba en brazos al igual que yo había llevado la bolsa de aguacates la noche anterior. Como si no pesase nada. Como si fuese una cosa que iba a convertir en algo delicioso. Apreté los muslos, le rodeé la cadera y respiró con intensidad.

—Es el *crossfit*, cariño. —Le salió una voz temblorosa y me robó otro beso rápido—. Se trabaja todo.

—Conque todo, ¿eh? —dije en plan insinuante, pero teniendo en cuenta la presión que ejercía contra mí, el momento de las insinuaciones había pasado ya. Las insinuaciones están pensadas para llegar a otro nivel, y nosotros ya habíamos llegado a ese nivel.

—¡Y menos mal! Después de cinco años de orgasmos a solas..., creo que tengo trabajo por delante. —Se dejó caer en el borde de la cama y me senté en su regazo. Estaba a gusto sobre sus piernas; me revolví para ponerme un poco más cómoda y me aumentó la temperatura corporal. A él también le subió la temperatura; me percaté por la forma en que suspiraba cuando me restregaba contra él. Se inclinó para besarme de nuevo, me buscaba con la boca y me devoraba, dirigió las manos hacia la parte delantera de mi blusa y la desabotonó con gran agilidad y rapidez. Ningún trasto de silicona a pilas podía compararse con el roce del dorso de sus dedos, que acariciaban la delicada piel de entre mis pechos. Me apartó la blusa de los hombros y yo tiré de su camisa hasta que me ayudó a quitársela por la cabeza.

—No te compadezcas de mí. —Ahora me tocaba a mí explorar con las manos aquellos grandes hombros, bajar por la curva que le dibujaban los bíceps y volver a subir—. Tengo una colección bastante buena en ese cajón. Son de diferentes texturas y tamaños. Algunos son resistentes al agua...

Le agarré la mandíbula con las dos manos y le robé otro beso. Después, continué deslizando los dedos por la línea del esternón, un músculo sólido envuelto por la calidez de la piel. Perdí el hilo de lo que estaba diciendo, porque... ¡Madre mía! No había nada en aquel cajón de la mesita de noche que pudiese replicar la sensación que me producía palparle la piel con los dedos. Seguí con la boca el recorrido que trazaba con las manos y me deleité con el jadeo que soltó cuando le lamí desde el pecho hasta la garganta.

—Algunos son recargables. —Me incliné para susurrarle al oído y me di el gusto de morderle el lóbulo de la oreja mientras le susurraba—: Y hay uno que tiene... accesorios.

Ahogó una carcajada, me pasó las manos por el pelo y me estrechó contra él mientras yo me ocupaba de su garganta.

—Escucha, los accesorios... o lo que sea no tienen nada de malo. Pero lo auténtico no tiene ni punto de comparación. —Me desabotonó los pantalones, y tragué saliva mientras Mitch metía una mano en el interior. Quería agarrarlo, desabrocharle el cinturón, pero no podía hacer otra cosa que aferrarme a él y estremecerme mientras me acariciaba con la ligereza de una pluma—. ¿Qué te parece? —Oí su voz como un ligero zumbido en el oído a la vez que notaba cómo me mordía el lóbulo de la oreja con los dientes. Me moví hacia arriba, le clavé las uñas en los hombros y le dejé que tuviese un mejor y mayor acceso a mí. Mitch sabía lo que estaba haciendo. Solo fueron necesarias unas cuantas caricias para que me embargara un orgasmo centelleante, rápido, repentino e intenso como un relámpago de una tormenta de verano. No estaba preparada, por lo que lo único que pude hacer fue agarrarme a él y estremecerme. La saliva que tragué acalló cualquier sonido que pudiese haber emitido.

—¡Dios mío! —Me esforcé por recobrar tanto la respiración como el control sobre mi cuerpo mientras Mitch sacaba la mano de mis pantalones—. Parece que hace tiempo... No suelo...

—Eso no es nada. —Me rodeó con los brazos y me desabrochó el sujetador con una gran agilidad—. Desahógate. Lo necesitas. Cinco años. ¡Joder! —Hizo un gesto de desaprobación con la cabeza y dijo—: ¿Qué les pasa a hombres del pueblo?

—Soy madre soltera —le recordé—. Los hombres no hacen... cola precisamente...

Olvidé cómo se hablaba en cuanto oí que el sujetador caía al suelo y noté que Mitch me agarraba los pechos con las manos. Se me tensaron los pezones con rapidez, de una forma que rayaba el dolor, al sentir el tacto de sus pulgares, que me acariciaban con lentitud, trazando unos círculos enloquecedores. Mmm, a la mierda. ¿Quién necesitaba seguir hablando? El orgasmo rápido me había aclarado la mente, así que, mientras Mitch seguía con aquellas grandes manos las curvas de mi cintura y el trazado de mi cadera, me puse manos a la obra con el cinturón y quité de en medio aquella dichosa hebilla para desabotonarle los pantalones. En ese momento, me invadió un pensamiento horrible que lo enfrió todo.

—Espera. —Puse las manos sobre las suyas, que descansaban sobre mi cintura y me anclaban a él—. Protección. No tengo... No tomo...

Hacía años que no necesitaba pensar en métodos anticonceptivos. Me faltaba práctica. Como un cubo de agua fría, los lamentos apagaron el fuego que Mitch había avivado en mí, y era una pena, porque aquello se le daba de puta madre.

—Tranquila. —Se ocupaba de mi cuello con la boca mientras hablaba, sin perder el ritmo—. Yo llevo. En mi neceser. En el baño.

—Pero el baño está muy lejos. —No podía creer lo molesta que había sonado a pesar del alivio que había sentido. Sin embargo, ahora que estaba sucediendo de verdad, ir a por los condones al baño significaba que, durante más o menos un minuto, Mitch no tendría las manos sobre mí, cosa que, con total sinceridad, me parecía una mierda.

—No te preocupes. —Se acostó en la cama y me llevó con él, me rodeaba con los brazos como si yo fuese lo único que quisiera en el mundo—. No los voy a necesitar de momento.

Deshizo la coleta que me aguantaba del pelo ya medio suelto y me lo extendió sobre los hombros para que las puntas le rozasen la piel.

—Pero ya has hecho que me... Quiero decir, ya he... —No solía costarme tanto hablar. Pero no parecía importante, ya que me hizo rodar debajo de él y recorrió cada rincón de mi cuerpo con las manos y con la boca.

—Ya te he dicho que eso no era nada. Acabamos de empezar. —Levantó la cabeza para mirarme a los ojos y me regaló una sonrisa torcida, algo divertida, que me recordó que estaba en la cama con don Falditas. La inagotable máquina de insinuaciones a la que ponía cara de fastidio la mayor parte del tiempo. Tras varios años metiéndonos el uno con el otro, habíamos llegado a aquel momento y allí estaba yo, debajo de Mitch, con los pantalones desabrochados al igual que él. ¡Mierda! ¿Cómo habíamos llegado a aquel punto?

Sin embargo, lo único que podía hacer en aquel momento era sonreírle.

—¿Me lo prometes? —No estaba segura de qué era lo que le pedía. ¿Quería que ese fuese el inicio de la mejor noche de toda mi vida? O... tal vez... ¿quería que fuese el inicio de algo más?

—Te lo prometo —me respondió con un tono serio, pero el humor aún bailaba en aquellos ojos tan tan azules—. No te preocupes, he entrenado para esto. Como mínimo, tengo que enseñarte que hay algo más en la vida que los orgasmos a pilas.

—Pero... —No pude contener la risita que me salió cuando empezó a recorrerme el cuello con la boca, desde la parte superior hasta la base de la garganta y, luego, la curvatura de los pechos. Se empleaba a fondo—. Pero me gustan los juguetes... y los accesorios.

—¡Los dichosos accesorios! —Me agarró un pezón con los labios y, jugando con la lengua, empezó a recorrer aquella piel delicada. La risa se convirtió en un gemido de placer. Arqueé la espalda hacia arriba para ofrecerme a él, para ofrecerle más. Para ofrecérselo todo. Estaba tan distraída por el recorrido de aquella boca y por la forma en que Mitch me rozaba la piel con el pelo según descendía besándome todo el cuerpo que no me percaté de que me estaba bajando los vaqueros hasta que me llegaron a las rodillas. En ese momento, me quedé paralizada, me invadió la ansiedad y se desvaneció el placer.

—¿No te parece que deberíamos... apagar la luz? —Di un manotazo a ciegas en busca de la mesita de noche, pero estaba demasiado lejos como para alcanzarla, y no había forma de salir de debajo de Mitch. Ni siquiera cabía la posibilidad de querer intentarlo.

—¿Qué? —Levantó la cabeza de encima de mi estómago. «Nooo, vuelve a donde estabas, sigue besándome». Parecía sorprendido—. Ni de broma, no voy al gimnasio seis días a la semana para hacer esto a oscuras.

Solté una risa nerviosa porque estaba incómoda.

—Lo entiendo, pero...

Continuó bajándome los pantalones hasta que me los quitó del todo. Intenté pensar que todo iba bien, que no pasaba nada, pero todo el deseo que me había poseído desapareció en cuanto oí que los vaqueros tocaban el suelo.

—Me gusta ver lo que estoy haciendo... —Dejó de hablar en cuanto me encogí y rodé hacia la derecha. Todo para esconder la pierna y la cicatriz que me afeaba la piel. No podía esconderla para siempre, pero podría intentarlo—. Ey, April. Ey. ¿Qué pasa?

Madre mía, lo estaba empeorando. No era de extrañar que no saliese con nadie. Y, sobre todo, no era de extrañar que solo tuviese orgasmos conmigo misma. No sabía qué decir, pero dejé que me agarrara con suavidad para volver a mirarnos a la cara. Llevé la mano a la pierna para cubrir la parte más fea de mi cuerpo, mientras que se me entrecortaba la respiración y dejaba que Mitch fuese el primer hombre en verme así.

—¿Es esta...? —Tragó saliva y busqué la expresión de lástima en sus ojos, que sabía que iba a encontrar. No obstante, observó la piel rasgada y, luego, volvió a mirarme a la cara—. ¿Estabas preocupada por esto? ¿No querías que la viera?

—Sí, bueno... —Estar acostada y desnuda enfrente de él era una cosa, pero dejarle que me viese la cicatriz era ya el acabose—. No es precisamente demasiado sexi.

—¿Lo dices en serio? —Tendió la mano encima de la mía, que estaba sobre mi pierna, y entrelazó los dedos con los míos. Se llevó las manos entrelazadas a la boca y empezó a besarme los nudillos, uno por uno. A continuación, se me echó encima y comenzó a besarme la pantorrilla, que se situaba unos centímetros por debajo de donde empezaba la cicatriz—. Mira qué fuerte eres.

Me dio un beso en la rodilla, luego me besó un poco más arriba y empezó a lamerme siguiendo el camino que trazaba la cicatriz, desde arriba de la rodilla hasta el muslo.

—Mira a lo que has sobrevivido. ¡Eres genial! No tienes ni idea.

Me caló con sus palabras, que eran tan cálidas y bienvenidas como la sensación que me dejaba con sus besos por la piel. Empezó a ir hacia arriba, separándome los muslos con las manos, y me dejé caer en la cama, libre de complejos.

—Bien. —No sé cómo me las apañé para sonar gruñona cuando Mitch tenía la cabeza entre mis piernas, pero lo hice—. Está... bien.

La risita que soltó me recorrió la piel sensible como una brisa, y me estremecí.

—Bueno, estás a punto de sentirte más que bien. —Me lamió largo y tendido, con lentitud, y casi me dio un vuelco el corazón, incluso antes de que se empleara a fondo con la boca. Estaba en lo cierto. No tardé en sentir fuegos artificiales y tampoco me llevó mucho tiempo convertir mi vocabulario en un cántico interminable de «porfavores». Murmuró unas palabras estimulantes mientras me aproximaba más y más a él. Sentir la lengua de Mitch y notar el tacto de aquellos largos y fuertes dedos me puso al límite, y lo único que podía hacer era estremecerme debajo de él.

En cuanto volví en mí, oí que la hebilla del cinturón de sus vaqueros aterrizaba en el suelo. Fue un tintineo apenas perceptible, seguido del desgarro de un papel de aluminio. Justo después, Mitch regresó y avanzó sobre mi cuerpo poquito a poco mientras jugueteaba con la boca. Lo besé con ganas, lo estrujé y me abrí a él. Le rodeé la cadera con las piernas, pues era a donde pertenecían. Me agarró los muslos con las manos, me los empujó hacia arriba y empezó a separarme las piernas para él. Me agaché para ayudarlo, para guiarlo, y lo envolví con la mano, estaba caliente, duro y... Mierda, era enorme.

—Ve despacio —jadeé—. Hace mucho tiempo, acuérdate.

Los juguetes del cajón de mi mesita eran una cosa, pero eso era real, era él y, gracias a Dios, ya estaba relajada tras dos orgasmos, así que podía acogerlo en mi interior sin problema.

—Por supuesto. —Pero había sonado tenso; aquel tono jovial se había vuelto más áspero, y jamás había visto que le costase tanto respirar. Me rozó el sexo y se metió dentro. Empezó a sumergirse con lentitud, avanzaba con suavidad, poco a poco, pero no era suficiente.

—Dios —dije—. A la mierda con lo de ir lento.

Lo agarré, le puse las manos en la cadera y lo estreché con ganas entre los brazos.

—April —suplicó, y gimió mi nombre a medida que se hundía en mi interior. Yo arqueé la espalda, metiéndolo más adentro, acogiéndolo mientras nuestras caderas se ponían al mismo nivel. Era grande, lo sentía por todas partes, notaba la calidez de su respiración en la oreja. Nunca me había sentido parte de alguien totalmente, por lo que lo acogía aun cuando sabía que no debería. Era cosa de una sola noche, y no poder repetirlo me iba a doler.

Pero no iba a ponerme a pensar en ello. En ese momento no. Todavía no. En vez de eso, giré la cabeza, busqué su boca y empecé a devorarlo al igual que había hecho él. A medida que Mitch se introducía en mi interior con más fuerza, perdía el control y empezaba a estremecerse por última vez al soltarme, me aferré a él con ahínco. El mañana quedaba tan lejos que no tenía cabida en aquel instante.

Muchísimo más tarde, después de charlar, de reír y tras una búsqueda desesperada en el neceser de Mitch para encontrar el segundo condón, que juraba que estaba allí en alguna parte, nos sentamos juntos en la cama, envueltos en las sábanas del hotel. Devoramos lo que quedaba de los macarrones con queso de su abuela y los bajamos con el champán de hotel barato. Nunca había comido un tentempié de madrugada que estuviese tan rico.

—Ya lo decía yo... —Mitch me rodeaba con los brazos; yo estaba acurrucada en su pecho, llena de carbohidratos, llena de alcohol y eufórica por el mejor sexo de toda mi vida. Le di vueltas a lo que me había dicho, levanté la cabeza y lo miré con el ceño fruncido.

—¿Qué decías?

Se le dibujó una sonrisa en los labios mientras bebía los últimos sorbos de champán que le quedaban en el vaso de plástico.

—Que eres una MILF.

Solté una carcajada penosa, ya que tenía la boca llena de champán. Lo salpiqué y le golpeé el brazo. Su sonrisa de satisfacción se convirtió en otra carcajada mientras intentaba quitarme la copa de la mano. Fingí que me enfrentaba a él, pero, a quién pretendía engañar, no quería hacerlo. Se alejó de mí para poner las copas en la mesita de noche y, cuando volvió a acercarse, tenía toda su atención, que era algo a lo que todavía me estaba acostumbrando. Que Mitch me prestase toda su atención era demasiado, pero, por suerte, parecía tan cansado como yo. Nos pusimos cómodos debajo de las sábanas junto al transcurso de unos besos largos y eternos. Mitch subió las mantas para taparnos. A continuación, me puso un mechón de pelo detrás de la oreja, se entretuvo tocándome las mejillas con los dedos y yo me detuve a observar la soñolienta satisfacción perceptible en sus ojos azules.

Mientras empezamos a quedarnos dormidos, recordé la manera en que me había despertado aquella mañana. Al borde de la cama, con todos los músculos tensos por miedo a acercarme demasiado a él mientras dormíamos. En ese momento, teníamos las almohadas apiladas en el centro y nos acurrucábamos juntando la cabeza. Mitch se quedó dormido con un largo suspiro, tenía un brazo sobre mi cuerpo y me estrechaba contra él. Me sentía calentita y segura. Dormir en los brazos de Mitch era como estar debajo de una manta cálida y pesada.

Una manta pesada que me gustaría...

Me quería reír del pensamiento tan ridículo que se me había pasado por la mente. Quería contárselo a Mitch, porque sabía que también se iba a reír. No obstante, en aquel instante estaba más dormida que despierta y era más fácil cerrar los ojos y sumergirme en un sueño profundo. Sin embargo, tras la noche que acababa de tener, no era fácil que los sueños estuviesen a la altura de mis expectativas.

—April. —Oía la voz de Mitch muy lejos, pero notaba la calidez de su mano justo allí, en mi hombro, que me movía con suavidad.

—*Mmpff.* —Me giré para esconder la cabeza en la almohada; no estaba preparada para que ya fuese por la mañana.

—Venga. —Apartó la mano de mi hombro y la sustituyó por unos besos interminables—. Te toca levantarte. Tenemos que ir al almuerzo.

Solté un gruñido.

—¿Cómo es posible que tengas tanta energía? Apenas he dormido, y tú tampoco. —Solté una risita sobre la almohada, porque qué manera de perder el sueño. Prefería mil veces eso al insomnio. Me giré y lo recorrí con la mirada por encima del hombro—. ¿Siempre eres tan mañanero?

—Sí. —Tiró de las mantas y traté de evitarlo sin mucha fuerza; intenté refugiarme debajo de ellas para capturar parte del calor que habíamos compartido aquella noche. No estaba preparada para que fuese por la mañana, puesto que significaba que nuestra noche juntos había terminado—. Te lo dije, he entrenado para esto. Venga, vamos.

—No. —Metí la cabeza debajo de las sábanas, y Mitch volvió a tirar de ellas.

—¿Ves? —Me envolvió debajo de las mantas y me estrechó entre los brazos. Suspiré por el regocijo que sentía al hacer la cucharita con él. «Sí. Quedémonos aquí todo el día»—. Ya te dije que lo real era mejor que los trastos a pilas.

Resoplé y me acerqué a él perezosamente, mientras sus manos empezaban a perderse. No estaba preparada para renunciar al contenido de mi mesita de noche, pero no le faltaba razón.

—Bueno, como comprenderás, un trasto a pilas es menos exigente. Y me deja dormir más. —Me salió un bostezo enorme—. Pídele disculpas a tu familia de mi parte; estoy segura de que anoche me mataste.

Soltó una risita que me resonó en la espalda.

—Sí, claro. No hay problema. Le diré a mi abuelita que estás demasiado cansada para almorzar por todos los polvos que hemos echado esta noche.

—Oye, eso te ayudará a vender la historia de la novia falsa.

Esperaba otra risa, pero no; se quedó callado, con las manos quietas sobre mi cuerpo. Me giré en sus brazos y, cuando nuestras miradas se cruzaron, sonrió, pero no era una sonrisa completa. Era una sonrisa como la del día anterior, con su familia; la típica sonrisa de cuando te ves obligado a sonreírle a alguien, porque es lo que se supone que debes hacer, pero no tienes ganas. Observar aquella sonrisa falsa hizo que se me cayese el alma a los pies. No me gustaba ser yo quien pusiera aquella sonrisa en su cara y no me gustaba que no me gustase.

—Vaaale. —Dejé las mantas a un lado y me levanté con pesadez, refunfuñando e intentando hacer caso omiso al crujido de las articulaciones. Había hecho mucho ejercicio durante la noche—. Ya he salido de la cama. Pero vas a tener que enjabonarme en la ducha.

Ahora sí que me sonreía de verdad, y me puse contentísima, más de lo que esperaba.

—Con mucho gusto.

Le di la mano y me sacó de la cama. No era broma, no; apenas podía caminar. Tenía los muslos agotados y doloridos, como aquel verano en la universidad en que había aprendido a montar a caballo. Y tenía sentido, ya que se podría decir que la noche anterior había montado a caballo. ¿Se darían cuenta cuando fuésemos a almorzar? ¿Notarían que las cosas entre Mitch y yo habían cambiado durante la noche?

Y ¿cómo se suponía que iba a olvidar todo lo que había sucedido cuando más tarde volviese a casa y ya no tuviese que seguir interpretando el papel de novia falsa?

Aparté esos pensamientos mientras dejaba que Mitch me metiese en la ducha y me arrastrase a un abrazo jabonoso. El fin de semana aún no había terminado. Todavía nos quedaban varias horas.

ONCE

Nadie se dio cuenta, lo cual probablemente demostraba lo bien que habíamos fingido Mitch y yo durante todo el fin de semana. Pero yo... yo lo notaba todo. Era superconsciente de la mano que me apoyaba en la parte baja de la espalda cuando entramos por la puerta de la casa de sus abuelos y de cómo me recorría distraídamente la columna con los nudillos mientras hablábamos con Lulu en la terraza de atrás, después de almorzar. Nos acercamos un poquito más el uno al otro y nos abrazamos un poco más que el día anterior. Sin embargo, si alguien se dio cuenta, nadie dijo ni media.

La banda sonora del viaje de vuelta a casa fue cortesía de la emisora de *rock* clásico de su radio por satélite. Y eso significaba, por supuesto, que el trayecto estuvo repleto de canciones cantadas con una calidad cuestionable. No diré quién fue, porque lo que pasa en la camioneta de Mitch se queda en la camioneta de Mitch. A medida que nos acercábamos a Willow Creek, Mitch bajó el volumen de la radio.

—Gracias por este fin de semana.

Quise responder con un resoplido al recordar inmediatamente las acrobacias de la noche anterior, pero él hablaba con una voz seria, esa tan poco habitual, así que me abstuve. En lugar de eso, me encogí de hombros como para quitarle importancia al tema.

—He sacado una barbacoa gratis; creo que he salido ganando.

Él reflexionó y al final asintió.

—Cierto. Por no hablar de los macarrones con queso. Eso es lo mejor de cada reunión familiar, también te digo.

Le lancé una mirada, y se me encendieron las mejillas al recordar que la noche anterior acabé comiéndome un plato de pasta en la cama con él. Sin embargo, no parecía que estuviera hablando de esa parte en concreto. Algunas veces, los macarrones con queso eran solo eso, unos macarrones con queso. Durante todo el trayecto de vuelta, me había estado preguntando si íbamos a hablar de lo que había pasado la noche anterior. ¿Habría llegado el momento de mantener una conversación incómoda sobre lo que significaba eso para nuestra amistad en el futuro?

No obstante, él no dijo nada al respecto y yo tampoco. Volví a acordarme de sus citas matutinas al teléfono, cada una con una mujer distinta. Puede que estuviera pensando en ellas y me hubiera dejado ya atrás. «Mujer encamada, mujer olvidada».

Así pues, cuando se detuvo en el camino de entrada de mi casa y me dio el bolso después de bajarme de la camioneta, me limité a decir:

—Gracias. —Hubo un momento incómodo en el que no nos miramos, sino que ambos dirigimos la mirada a mi casa y al jardín delantero, al que no le vendría nada mal una pasadita con la cortacésped.

—No, gracias a ti —repuso él. Cuando por fin me miró, fue como si se encendiera un interruptor y volviera a ser el Mitch de siempre. La misma sonrisa, la misma personalidad alegre—. Nos vemos, ¿vale?

—Claro. —Muy bien. Entonces, la cosa iría así... Volveríamos a ser amigos, como si los últimos dos días no hubieran ocurrido nunca. Como si la noche anterior no hubiéramos hecho esas cosas más que «amistosas» a oscuras. Lo superaría.

Le dije adiós con la mano cuando se subió a su camioneta y se marchó, y luego me volví hacia la casa. El Jeep de Emily no estaba en la entrada, por lo que tal vez Caitlin y ella estuvieran en la librería.

Tener la casa para mí sola un ratito no me vendría mal tampoco. Seguía dándome vueltas la cabeza por los acontecimientos de las últimas cuarenta y ocho horas.

Sin embargo, al abrir la puerta oí que la televisión estaba encendida y vi a Caitlin tirada en el sofá, mirando el móvil. Ya podía ir olvidándome del ratito a solas. Levantó la vista cuando entré y me preparé para varias rondas de frases pasivo-agresivas de mi hija. Pero no, me dedicó una sonrisa vacilante.

—Hola.

—Hola. —Dejé la maleta y el bolso junto a la puerta y me acerqué al sofá, le levanté los pies, me dejé caer sobre el cojín y acomodé sus pies en mi regazo—. ¿Qué le ha pasado a tu tía?

—Se ha ido a su casa esta mañana. —Caitlin apagó la pantalla—. Ha dicho que podría comportarme hasta que llegaras a casa.

—Felicidades. Sabía que se podía confiar en ti. —Le di unas palmaditas cariñosas en los tobillos y ella se rio a medio gas. Luego miró hacia la ventana y, después, hacia mí.

—¿Estás saliendo con el entrenador Malone?

—¿Cómo? —Me recorrió un cosquilleo al pensarlo y no quise analizar lo que significaba. Lo importante era cerrar esa línea de interrogatorio—. ¿De dónde has sacado eso?

Resopló.

—Te acabas de bajar de su camioneta, mamá. No me chupo el dedo. Además, Emily me dijo que te fuiste a pasar el finde con él.

—Ah, sí. —No iba en tono de pregunta. Era una afirmación que decía: «Pienso despellejar a mi hermana pequeña». No me gustaban los chismes. Nunca me habían gustado. Me recordaban a los últimos días de mi matrimonio: las miradas acusadoras en el supermercado, las conversaciones entre amigos que se cortaban en seco en cuanto aparecía yo. Los susurros que campaban por Willow Creek cuando la madre soltera y su hija se mudaron a la ciudad.

—Sí. Bastante más de lo que me dijiste tú —dijo en tono acusador.

—¿Qué? Pero si te dije a dónde iba.

—Qué va. Solo dijiste que te ibas de finde y que yo no era lo bastante madura como para pasarlo sin niñera.

—A ver. Eso no fue exactamente lo que te dije. —Respiré hondo. Tuve que recordar que no eran chismes. Era un tema de familia—. Tienes razón. He estado con el entrenador Malone este fin de semana, pero no estamos saliendo. Ha sido... —Le di un par de vueltas—. A ver, ¿sabes cuando tus amigos y tú quedasteis para ir al baile de graduación en grupo? Es decir, fuisteis juntos y no cada uno con su pareja, vaya.

Caitlin asintió.

—Porque ninguna salía con nadie. Y la chica que le gustaba a Toby lo había rechazado. Así que fuimos en plan grupo, todos juntos, y no en pareja para que Toby no se sintiera mal.

—Así que erais las parejas los unos de los otros, pero al mismo tiempo solo erais amigos, ¿no? —Asentí mientras Caitlin hacía lo mismo—. Bueno, pues ha sido algo así, más o menos. Él tenía que ir a una fiesta familiar este finde y la mayoría de la gente iba con su pareja, pero como él no tenía, yo lo he acompañado. —Eso se ajustaba bastante a la realidad. No hacía falta que le contara lo de hacerme pasar por su novia y, evidentemente, no pensaba contarle lo de anoche—. Y siento si he herido tus sentimientos al pedirle a Emily que estuviera contigo. —Volví a darle unas palmaditas en los tobillos—. Confío en ti. Solo es que... soy tu madre, y las madres se preocupan por las cosas. Eres mi hija favorita, ¿sabes? —Era un golpe bajo, y lo sabía. Pero era una bromita que nos hacíamos algunas veces y que venía de cuando ella me había llamado su «madre favorita» a los cinco años. Siempre éramos la favorita la una de la otra. Ella era lo primero. Quizá debería recordármelo más a menudo.

—Ya, sí, lo entiendo. —Apoyó la cabeza en el brazo del sofá para ver la tele—. Yo también lo siento —dijo en una voz casi inaudible, y si yo fuera de mano dura, le habría pedido que lo repitiera, pero ¿qué más daba?

—Oye, Emily me ha dicho que fuisteis a comprar vestidos. ¿Me los enseñas?

—Anda, ¡claro! —Bajó las piernas de mi regazo y se levantó del sofá. Mientras ella iba a cambiarse a su habitación, apoyé los pies en la mesita. Me apetecía un cafecito, pero eso implicaba moverse, así que lo descarté. No iba a ser un domingo productivo, pero daba lo mismo. Mientras Cait y yo tuviéramos algo limpio que ponernos para ir al trabajo y a clase al día siguiente, podríamos pedir una *pizza* para cenar y dar por terminado el día. Si no se podía ser perezosa un domingo, ¿cuándo se podía, eh?

—¿Qué te parece? —Caitlin apareció por la puerta del salón y al mirarla se me detuvo el corazón.

—Ay, cariño. —Me enderecé en el sofá y me llevé una mano a la boca; las lágrimas me inundaban la vista. No era una persona emotiva, al menos desde hacía un par de décadas. ¿Qué me pasaba últimamente?

Caitlin arrastró el peso de un pie a otro, con expresión vacilante.

—¿Es un «ay, cariño» bueno o «ay, cariño» malo?

Me eché a reír algo temblorosa y me pasé las yemas de los dedos por debajo de los ojos al tiempo que me incorporaba.

—Es un «ay, cariño» fantástico. —Cuando me acerqué a mi hija, me vinieron a la cabeza algunos recuerdos espontáneos: las tomas en mitad de la noche, los primeros pasos tambaleantes, todas las veces que tuve que agacharme para agarrarle la manita. Las veces que nos quedábamos hasta tarde leyendo libros juntas. Los baileteos en la cocina. Todos esos pequeños momentos que habían culminado en la joven que ahora tenía delante. Mi pequeña. Ya no tan pequeña.

—Me encanta. ¿A ti te encanta?

Ella asintió mientras se alisaba la falda.

—A ver, quizá es una tontería comprarse un vestido bonito para la graduación, ya que tenemos que llevar esa dichosa toga encima. Pero Emily dijo...

—No. Me parece perfecto. —Y lo era. La semana anterior había llevado a casa la toga y el birrete; eran de poliéster fino y de color amarillo pálido. Imponerles esa toga a los chicos para tenerlos luego sentados en el exterior con el calor que hacía en junio era criminal. ¿A quién se le ocurrían estas cosas?

Pero Caitlin —y Emily, probablemente— había escogido el vestido perfecto para llevar debajo. Los colores del instituto Willow Creek eran el verde y el amarillo, y ella llevaría un vestido verde claro con sandalias blancas de tacón. Con el pelo recogido, parecía inocente y madura al mismo tiempo. Era demasiado joven para ir sola a la universidad, pero a la vez era una mujer independiente. No sabía cómo tomármelo.

—Es perfecto —repetí, y Caitlin sonrió ante el piropo. Las cosas volvían a la normalidad entre nosotras. Tomé nota mental para enviarle un mensaje a Emily por la noche y darle las gracias por... lo que fuera que hubiera hecho para que mi hija y yo acercáramos posturas—. Deberías ponértelo también el viernes por la noche. Dale un uso más, ya que no se te verá bajo la toga en la graduación.

Parpadeó varias veces, sobresaltada.

—¿El viernes por la noche?

—Sí. El viernes. Es la recepción en el instituto, ¿no? La noche antes de la graduación, ¿verdad? —Me saltó una leve alarma en la cabeza. Me lo había apuntado en mi agenda, pero ¿me habría equivocado de fecha?

—Sí. Es el viernes por la noche. Solo es que... —Se encogió de hombros—. No creía que fueras a ir.

—¿Cómo? ¿Qué me estás contando? Pues claro que voy a ir.

—Ah. —Se mordió el interior de la mejilla por un momento, y luego se animó—. Genial. Sí, ¡qué bien! No habría prestado atención o algo.

No, no era eso. Conocía a Caitlin en todos los momentos y facetas de su vida, y sabía cuándo su sonrisa ocultaba algo. Pero estaba cansada y tenía el cerebro frito, así que me dejé engañar y no le pregunté nada más.

Pero tendría que habérselo preguntado. De haberlo hecho, tal vez la noche del viernes no me habría estallado en la cara.

—Esto..., ¿mamá?

—¿Sí, cariño? —A las madres solteras se nos daba genial ser multitarea, así que podía contestar a mi hija y retocarme el maquillaje al mismo tiempo. Había salido del trabajo una hora antes, pero el tráfico del viernes por la tarde era matador, así que no había tenido mucho tiempo para cambiarme y prepararme para lo de la recepción. Los detalles de la velada eran imprecisos, pero quizá fuera culpa mía por no haber participado como voluntaria en ningún acto escolar durante todos estos años. Emily me había dicho que se trataba de una reunión de padres y profesores, una forma de que los padres socializaran un poco con los profesores que habían acompañado a sus hijos durante los últimos cuatro años de instituto y los habían preparado para el futuro. O alguna mierda por el estilo. Supuse que la mayoría de los padres habían forjado lazos con los profesores a través del voluntariado, los partidos de fútbol de los viernes por la noche y las múltiples reuniones de padres y docentes. Por lo que a mí respectaba, bueno, Emily estaría allí, ya que era la mujer de un profesor. Y Simon también, como dicho profesor. Y seguramente también Mitch; no habíamos hablado desde que me dejara en casa el domingo, pero me parecía algo a lo que asistiría. Pues eso. Ya conocería a tres personas.

Dios, tendría que haberme involucrado más cuando mi hija era pequeña.

Caitlin apareció en mi cuarto y se sentó a los pies de la cama, donde podía verme frente al espejo del baño.

—Tengo que... Mmm... —Se miraba los pies y daba golpecitos en el suelo con la punta del zapato—. Tengo que contarte una cosa.

Me di unos toquecitos en los labios para fijar el carmín y volví a mirar mi reflejo, hasta que decidí que era suficiente.

—Claro, pero ¿podemos hablar en el coche? Voy un poco tarde. —Pasé junto a ella, entré en la habitación y agarré el vestido de la percha que había detrás de la puerta del armario.

—Sí. —Me miró con ojos grandes, que me recordaban a los de un cachorrillo culpable, y un cosquilleo de pavor me recorrió la piel.

—¿Todo bien? —Entrecerré los ojos mientras me ponía el vestido—. ¿Te preocupa que alguno de tus profesores pueda decirme algo? Si no te gradúas mañana, más vale que me lo digas ahora. —Lo decía en broma... o no del todo. Algo le pasaba.

—¡Ay, Dios, mamá! ¡No! No es eso. Es... —Pero se mordió el interior de la mejilla y frunció un poco el ceño—. No, tienes razón. Ya lo hablamos en el coche.

Huyó de la habitación mientras yo me recolocaba el vestido y me ponía los zapatos. Arrugué la frente en tanto guardaba el pintalabios en el bolso y agarraba las llaves. Caitlin debería estar de mucho mejor humor. Ya había terminado el instituto; solo le quedaba la recepción de esa noche y la ceremonia de graduación del día siguiente. Le esperaba la feria medieval durante el verano y la universidad en otoño. Todo iba como ella quería. ¿Qué problema tenía?

Se quedó callada en el coche y, a mitad de camino hacia el centro comunitario de la otra punta de la ciudad, me impacienté.

—Vale, se acabó. ¿Qué pasa?

—Es... —Respiró hondo y se llevó una mano al pecho—. Vale, tendría que habértelo dicho antes y siento mucho no haberlo hecho. Pero no sabía qué decir ni cómo decirte que...

—Caitlin. —Mi voz tenía un deje de advertencia. No estaba para esperas.

—De acuerdo. —Otra respiración profunda—. Pues que... puede que haya invitado..., mmm..., a mi padre a la graduación.

Agarré el volante con fuerza mientras se me emborronaba la vista por los bordes. Me concentré en respirar lentamente. Inspirar por la nariz. Exhalar por la boca.

—Vale. —Sabía que algo así podía pasar desde que le enviara aquella tarjeta a Caitlin. Desde que ella había dicho que a lo mejor se pondría en contacto con él—. Vale —repetí—. ¿Y te ha dicho si va a venir?

—Eso creo —dijo con un hilo de voz más aguda y vacilante—. A ver, me envió un correo y dijo que estaba deseando que llegara el día, así que supongo que sí.

—Está bien. —Me sorprendió gratamente lo tranquila que sonaba mi voz. Era como si no me hubiera sorprendido en absoluto. Vamos, tú puedes—. Me gustaría que me hubieras avisado con un poco más de antelación que la tarde anterior, pero bueno...

—Ah. No. Es que... también lo invité a lo de esta noche.

—¿Que qué? —Apreté el volante aún más fuerte y me sorprendió que no se partiera por la mitad. Quería girarme y fulminar a mi hija con la mirada, pero no podía girar la cabeza hacia ella. Estaba conduciendo. Y a punto también de tener un ataque de pánico.

—Mira, estaba enfadada contigo, ¿vale? —explicó Caitlin con una voz casi estridente, y alcancé a oír las lágrimas—. Te fuiste de finde sin decirme adónde ibas, me dejaste con Emily como si fuera una niña pequeña que necesita supervisión. Y en su tarjeta me decía que estaba orgulloso de mí y pensé que...

Ella seguía hablando, pero yo no oía nada por encima del ruido de la sangre que me bombeaba en las sienes. No sabía qué hacer. Quería pisar el freno. Quería dar media vuelta y volver a casa. O pasar de largo, cruzar la ciudad y seguir conduciendo hasta que estuviera en otro estado. En otra zona horaria. No había estado en un mismo sitio con Robert Daugherty en casi dos décadas y no estaba preparada para que eso cambiara.

Pero aquello no era para mí, ¿verdad? Era para Caitlin. A medida que asimilaba lo que acababa de decirme, me di cuenta de que había molestado tanto a mi hija que ella había recurrido a un hombre al que nunca había conocido solo porque le había ofrecido una migaja de apoyo. Porque pensó que no podía contar conmigo. Podía decirle muchas cosas en ese momento, pero todas eran terribles. Vengativas. Y no quería echarle nada en cara. Ella había puesto todo eso en movimiento, pero nada de eso era su culpa. Era culpa mía.

Por lo tanto, no dije nada. Volví a respirar: inhalaba por la nariz y exhalaba por la boca. Estuve haciéndolo hasta que aparcamos en el centro comunitario y apagué el motor.

—Lo siento, mamá. —Caitlin parecía muy triste—. Lo siento, de verdad. No creí que fueras a venir esta noche. Nunca vienes a las cosas del insti. Y no pensé que fuera importante. Me dijiste que no pasaba nada si me ponía en contacto con él.

—Tienes razón. Te lo dije. —Asentí y me quedé mirando al frente. Debía controlarme. Esta noche debía ser la madre de la feliz graduada, no la exesposa abandonada. De ahí que dejara a un lado todo lo que sentía y me centrara en Caitlin. Mi configuración por defecto desde el día en que nació, vaya—. Oye. —Alargué el brazo y le agarré la muñeca. Tenía la piel fría, y puede que la mía también lo estuviera. Los dos estábamos hechas un manojo de nervios—. No pasa nada. —Cuando me miró a los ojos, vi que tenía una mirada histérica, así que hice todo lo posible por transmitirle calma—. No estoy enfadada contigo. Y no pasa nada porque hayas contactado con él. Me alegro de que lo hicieras y de que venga. —Vale, eso era mentira, pero no era la primera que le contaba a mi hija—. ¿Dónde te dijo que os reunierais?

Se encogió de hombros y miró hacia la entrada del edificio.

—¿No lo dijo?

Se me encogió el corazón. No quería verlo, pero como la dejara plantada después de todo eso...

—Vamos. Entremos a ver si lo encontramos. —¿Lo reconocería después de todo ese tiempo? ¿Me reconocería él a mí?

—No. —Enderezó la espalda y, cuando se volvió hacia mí, volvía a parecer una chica joven, no una niña asustada—. No, ya voy yo. Puedo hacerlo.

—Va, tú puedes —dije mientras la veía entrar en el edificio. Me daba igual lo que me hiciera esa noche emocionalmente. Había dejado de preocuparme por Robert Daugherty mucho tiempo atrás; verlo sería una mierda, pero no podía hacerme daño. Eso sí, podía hacerle daño a mi hija, y eso sí que no pensaba tolerarlo.

Después de pasar unos minutos más en el aparcamiento, organizándome un poco las ideas y tranquilizándome un tanto, seguí a Caitlin al centro comunitario. Justo al otro lado de la puerta, había largas mesas pegadas a una pared. En la superficie había etiquetas con los nombres; muchas ya las habían recogido. Habíamos llegado tarde. Mientras las miraba en busca de mi nombre, recordé la confirmación de asistencia que había enviado. ¿Robert también la habría mandado? ¿O tendría que garabatear su nombre con un rotulador en una etiqueta en blanco?

En cuanto vi mi nombre, pulcramente impreso en una etiqueta en el centro de una de las mesas, una voz a mi derecha me sacó de mis pensamientos.

—¿Ha encontrado bien su nombre?

—Claro. —Lo agarré, despegué la parte de atrás y me la pegué en el lado izquierdo del vestido. Dudaba de que fuera a durar mucho; me di cuenta enseguida de que empezaría a curvarse por los bordes al cabo de un minuto y medio. Las etiquetas con el nombre nunca duraban, pero nos las poníamos igualmente.

—Ah, ¿es usted la señora Parker? ¿La madre de Caitlin?

—La misma. Pero nada de «señora», no estoy casada. —Mi voz estaba agitada por los nervios, así que me giré con lo que esperaba que fuera una sonrisa amable hacia la mujer que se había plantado a mi lado. Era mayor que yo y unos dos centímetros más alta. Debía de tener la edad de una abuela joven y tenía pinta de las que están encantadas de hacerles galletitas a sus nietos. Llevaba un traje pantalón color azul marino y el pelo canoso con ese peinado que parecen llevar todas las mujeres de cierta edad, ese que solo se consigue yendo a la peluquería una vez a la semana para que quede bien moldeado. En su etiqueta se leía «Amelia Howe», y era de las grabadas, con alfiler y todo. Debía de ser profesora, alguien que asistía a actos como ese con la suficiente frecuencia como para justificar la inversión de una etiqueta permanente.

La mujer parecía consternada por el paso en falso... y quizá también por mi tono de cabrona.

—Lo siento mucho. He visto a Caitlin con su padre y he pensado que... —Se inclinó hacia la mesa, enderezando un par de etiquetas, ya perfectamente rectas, sin percatarse de cómo me agarraba al borde de la mesa, con un alivio que se mezclaba con pavor. Robert no había dejado plantada a nuestra hija, y eso era bueno. Pero estaba aquí. Eso era malo.

No me gustaba la gente que daba las cosas por supuestas, como acababa de hacer la señora Howe. Sin embargo, la vergüenza le teñía las mejillas, y eso me hizo querer calmarla. Quizá porque en parte era culpa mía. Si durante todos esos años hubiera estado más involucrada con el instituto, tal vez ella me habría conocido mejor.

—No pasa nada. —Le di una palmadita tranquilizadora a la etiqueta con mi nombre, cuyos bordes empezaban a enroscarse. ¿Ves? Ya lo sabía yo...—. ¿Es profesora de Caitlin?

—Técnicamente, no. —Agradecía el cambio de tema y volvió a sonreír—. Enseño música, pero también asesoro a los organizadores de la feria medieval. Creo que Caitlin va a volver a ser una Azucena este año, ¿no? Estoy ayudando a las chicas a ensayar para este verano.

—Ah, eso es genial. —¿Es que toda la gente del pueblo estaba metida en la feria medieval? ¿Se embutía la señora Howe en un corsé todos los veranos? Ahora me la imaginaba menos haciendo galletas y más cantando canciones subidas de tono en la taberna en la que Emily había trabajado el primer verano que estuvo aquí. Apreté los labios para reprimir la sonrisa que me provocó aquella imagen mental—. Está contentísima por lo de este verano. Bueno, le pasa todos los veranos desde que empezó a trabajar como voluntaria en la feria, en realidad.

La señora Howe se rio entre dientes.

—Ya, suele pasar. Muchos voluntarios lo hacen durante un verano o dos y luego siguen con su vida, pero siempre hay algunos que se enganchan y vuelven todos los años. No me sorprendería que su Caitlin siguiera de voluntaria cuando vuelva a casa de la universidad en verano.

—Seguro. —Pero lo dije distraídamente, porque Caitlin no volvería en verano. El año siguiente por esas fechas, yo ya habría vendido la casa y Caitlin «volvería» dondequiera que yo me hubiera mudado. Ese sería el último verano de Caitlin en la feria medieval de Willow Creek. No había pensado en eso, la verdad.

—Bueno, no la entretengo más. —La señora Howe me dio una palmada en el hombro, ajena a la dirección que habían tomado mis pensamientos—. Yo me quedaré aquí fuera saludando, pero entre y pase un rato con su hija.

—Gracias. Ese es el plan. —¿En serio? ¿Tendría que pasarme la velada junto a Robert, como si fuéramos una especie de familia de mentira? No. Ese no era el plan en absoluto. El plan de esa noche era sobrevivir y ya.

Una vez dentro, me dirigí a la mesa de los refrigerios. A pesar de mi ansiedad, me moría de hambre y Emily me había prometido que habría tentempiés. Me llené un plato con verduritas y salsa de espinacas, y también unos champiñones rellenos que no tenían mala pinta. Luego intenté comérmelos como un ser humano y no metérmelos todos en la boca a la vez. Mientras comía, observé la sala. Era un espacio grande atestado de gente en pequeños grupos, socializando como hace la gente a la que se le dan bien las reuniones sociales. Todo y todos se confundían en una neblina de colores y sonidos, y el corazón me latía con fuerza. Pero me dejé llevar por mi instinto de madre y enseguida vi a mi hija. Casi se me atascó una zanahoria en la garganta al ver al hombre que estaba a su lado.

Dios.

Era él de verdad.

Tosí, me tragué la zanahoria y, cuando miré hacia abajo, me pregunté por qué el plato estaba borroso. Lo agarré con más fuerza, pero me temblaban demasiado las manos como para sujetarlo bien. De todos modos, se me había pasado el hambre. Lo lancé a la papelera más cercana y luego retrocedí hasta quedar prácticamente pegada a la pared. Si apretaba los omóplatos contra la pared, probablemente podría mantenerme en pie. Y mientras estuviera de pie podría ver a Caitlin con su padre. Eso era bueno.

Al otro lado del salón, Caitlin parecía un poco insegura mientras hablaba; le estaba presentando a Robert a una mujer que creía que era su profesora de Historia. Sin embargo, Caitlin no parecía infeliz y Robert estaba...

Bueno, estaba muy bien. Y eso, sinceramente, era una mierda. Ojalá hubiera envejecido fatal para sentirme mejor con todo esto, pero llevaba un traje color azul oscuro bien confeccionado y una sonrisa que casi había conseguido olvidar. Sí, tenía unas facciones más marcadas y le habían salido canas, pero todo eso le hacía parecer más distinguido. Qué injusto. Cuando a mí me salían tantas canas, sabía que era momento de ir a la peluquería.

No parecía que Caitlin me necesitara, así que me quedé junto a la pared, observando a mi exmarido relacionarse con la gente. Le dijo algo a la profesora de Historia que la hizo partirse de la risa. Oía las carcajadas desde donde estaba. Robert le sonrió, indulgente. Se la estaba ganando. Al final de la noche se los habría ganado a todos. Conocería a todos esos profesores mejor que yo, y yo me sentiría aún más extranjera en mi propia ciudad.

Ese había sido siempre su superpoder: sentirse a gusto entre una multitud de desconocidos, convirtiéndolos en amigos sin despeinarse. Mientras tanto, en eventos así, a mí se me trababa la lengua y me costaba entablar la más mínima charla trivial. No me extraña que no duráramos. ¿Quién quería como esposa a una antisocial con ataques de pánico?

Volví a centrar mi atención en Caitlin y estudié su expresión. Porque a la que pusiera cara de incomodidad iría directo hacia allí, con ansiedad o sin ella. Tenía las manos entrelazadas, una de las señales típicas de nerviosismo, pero su sonrisa era auténtica y parecía casi relajada en su compañía. Estaba bien.

Eso estaba bien. Que disfrutara de la noche. Y que le aprovechara a él también. Qué más daba, ¿no? Yo había disfrutado de todas las otras noches con ella. Las importantes. Quizá podría irme por donde había venido, pasarme por Jackson's a tomar algo y recoger a Cait cuando terminara todo. Tal vez...

Una mano me agarró el brazo y me lo pellizcó.

—¡Ay! —Le aparté el brazo a Emily y la fulminé con la mirada.

Mi hermana me miró a los ojos; los suyos eran puro fuego.

—¿Qué diablos está pasando aquí? ¿Quién es ese tipo que anda con Caitlin?

—¿Tú quién crees? —Crucé los brazos sobre el pecho y enarqué las cejas. Emily los miró con los ojos entornados y luego volvió a mirarme a mí.

—Dime que no es...

—Sí.

—¿El padre de Caitlin?

—Sí, claro, es un poquito mayor para ser su cita.

Emily rio por la nariz, pero cuando volvió a mirar hacia allá soltó un gran suspiro.

—Mierda.

—Pues sí.

—¿Estás bien?

—No. —Se me entrecortó la respiración—. Y no me lo vuelvas a preguntar. —Me estaba costando una barbaridad aguantar el tipo, me decía a mí misma que solo era una noche y ya. Reconocer en voz alta que no estaba de acuerdo con nada de eso lo empeoraba. Me haría llorar. Y no quería hacerlo.

—Vale. Ven, vamos a beber algo. —Me asió del brazo, esa vez con más suavidad, y me llevó hacia la mesa de los refrigerios—. Y cuando digo «beber», no me refiero a nada fuerte, por desgracia. El ponche es esa mierda de sorbete con *ginger ale*, pero menos da una piedra. Toma. —Me puso un vaso de papel a las manos y le di un sorbo a esa bebida demasiado azucarada. Tenía razón: menos daba una piedra, pero no era para tirar cohetes.

—Estás muy guapa —le dije.

—Gracias. —Emily se alisó la falda con las manos. Llevaba un vestido amarillo con cuello *halter*, una chaqueta blanca de encaje por encima y el pelo recogido en un revoltijo de rizos. Era la encarnación de la primavera; la típica mujer del maestro de un pueblo.

Le di otro sorbo al ponche; el azúcar me estaba ayudando un poquito. Un subidón de azúcar era mejor que de adrenalina.

—Estoy bien, Em. De verdad.

—¿Estás segura? —Parecía escéptica, y no la culpaba, pero tenía que hacer su trabajo. No estaba ahí para cuidarme. Estaba ahí para ser la señora del profesor de Inglés, para conquistar a padres y a alumnos por igual.

—Segurísima. Vete, anda. Simon debe de estar perdido sin ti. —Aunque lo más probable era que estuviera en su elemento, era igual de sociable que yo.

—No sé yo... —Pero miró al otro extremo del salón y vio a su marido. Llevaba una camisa color verde claro y una corbata marrón oscuro a juego con el chaleco, y charlaba con un puñado de padres. Parecía tranquilo y en su salsa, pero al volver la cabeza nos sorprendió mirándolo y entonces puso una mirada desesperada. No articuló ningún «ayúdame», pero Emily captó el mensaje.

—Vete. —Le di un codacito y suspiró.

—Sí, más vale que vaya a rescatarlo, pero... —Se volvió hacia mí—. Sé que me has dicho que no te lo pregunte, pero ¿estás segura...?

—Que sí. Estoy bien. —Levanté mi vasito de ponche—. Voy a fingir que es vodka.

Asintió, pero antes de irse me rodeó con los brazos en un abrazo inesperado.

—Te quiero —murmuró—. Y sabes que estoy aquí si lo necesitas. Los dos lo estamos.

—Lo sé. —Volví a parpadear para contener las dichosas lágrimas y le di una palmadita en el brazo. Se me daban fatal las muestras de afecto en público—. Y, ahora, largo. Ve a ser la señora Graham. Él te necesita.

Se despidió con la mano, escabulléndose de nuevo entre la multitud para rescatar a su marido, y yo me terminé el ponche. Mientras rellenaba el vasito de papel, volví a echar un vistazo por la sala; necesitaba ver al hombre a quien tanto me esforzaba por evitar. Ah, mierda. No estaban muy lejos. Y se acercaban a la mesa de los refrigerios. Sin embargo, Robert aún no me había visto.

Me falló el valor, y tampoco era que lo tuviese en abundancia, precisamente. Pero todos mis sentidos dijeron «no» al unísono y, antes de que pudiera procesarlo, di un gran paso atrás y otro más. Acto seguido, di media vuelta y salí pitando de allí como la gallina que era. Pasé por delante de la señora Howe y las mesas con las etiquetas, y salí por las puertas dobles. Me detuve a los pies de la escalera e intenté recobrar el aliento.

Las lágrimas se mezclaron con mi respiración agitada y me volví hacia la entrada, dispuesta a echar un último vistazo a mi fracaso. Pero un muro de ladrillos me tapaba la vista. Un muro de ladrillos vestido con camisa y vaqueros que me había seguido hasta el exterior.

—¿Qué haces aquí escondida? —preguntó Mitch.

DOCE

—Pues... —Lo miré fijamente e intenté formular una respuesta.

Sin embargo, me resultaba casi imposible, ya que la aparición repentina de Mitch había trastocado las pocas neuronas que me quedaban. No lo había visto desde que me dejara en casa el domingo anterior y, en cierto modo, me las había apañado para olvidar lo azules que eran sus ojos. Los dos los teníamos azules, sí, pero los míos eran más oscuros, casi como la tinta, mientras que los suyos eran de un azul intenso. Vivo. Y la corbata azul que llevaba con esa camisa y los vaqueros los realzaban. También llevaba una de esas pequeñas etiquetas prendidas. Nunca lo había visto tan arreglado, así que en lugar de soltarle algo ingenioso, me quedé boquiabierta.

—¿No me digas que estás bebiendo esa mierda? Tanto azúcar te matará. —Me quitó el vaso de la mano, porque presa del pánico, se ve que había levantado el ponche, y tiró el resto antes de arrojar el vaso a un cubo de basura situado a unos tres metros.

—Qué fanfarrón eres... —dije con un hilo de voz.

—Cómo lo sabes. —Apoyó un brazo en la pared sobre mi cabeza, encerrándome un poquitín, aislándome del resto del mundo. Con cualquier otra persona me parecería un gesto amenazador, pero cuando me miró no me sentí amenazada para nada. Me sentí protegida. Me entraron ganas de abrazarlo en señal de gratitud. Quería subirme a él como si de un árbol se tratara.

Pero no hice ninguna de esas cosas, porque estábamos en público. Cualquiera podría pasar por ahí.

—¿Qué haces aquí fuera? —Señaló con la cabeza la puerta que acabábamos de cruzar—. Sabes que la fiesta es ahí dentro, ¿no?

—Sí, pero no... No puedo... —En ese momento pasaban demasiadas cosas en mi cabeza y no podía articular nada. Negué fuerte con la cabeza y busqué las llaves en el bolso—. Tengo que irme. —Pero al agarrarlas se me resbalaron de los dedos y cayeron al suelo.

—Vale. —Mitch las recogió—. Vamos. Te llevo a casa.

—No. —Pero ya me había tomado de la mano y me llevaba hacia el aparcamiento, donde había dejado el todoterreno—. ¿Tú no tienes que trabajar en esto?

Negó con la cabeza.

—Los únicos que quieren hablar conmigo son los padres de los deportistas, y ya me han asaltado a primera hora. Ahora mismo solo estoy haciendo bulto. —Pulsó el botón del llavero y mi todoterreno respondió con un pitido. Quise protestar, pero al final opté por lo más fácil y dejé que Mitch me subiera al asiento del copiloto de mi propio coche.

—¿Ese era él? —preguntó Mitch como si tal cosa, y no me miró mientras se adentraba en el tráfico del viernes por la noche—. El que envió la tarjeta. ¿El padre de Caitlin?

—Sí. —Acompañé la palabra con una larga exhalación. No quería hablar del tema. Cuanto más nos alejábamos, más se disipaba el pánico, y ya estaba agotada. Como si no tuviera huesos. Solo quería llegar a casa y ponerme el pijama. Tendría que haber dejado que Caitlin fuera sola.

Caitlin.

—Espera. —Me incorporé en el asiento y miré hacia atrás por la luna trasera—. No puedo salir corriendo así como así. Tengo que asegurarme de que Caitlin está...

—Está bien. —Mitch no apartó los ojos de la carretera—. Le he enviado un mensaje a Emily. Ella vigilará a Cait y la llevará a casa.

—Ah. —Volví a hundirme en el asiento—. Vale. Bien. —Entonces caí en la cuenta—. Te ha enviado Emily, ¿verdad?

—Sí —contestó distraídamente mientras giraba hacia mi barrio—. Pero de haber sabido lo que pasaba, habría venido antes. La próxima vez avisa, ¿vale?

—Entendido. —Asentí con firmeza—. La próxima vez que mi hija me tienda una emboscada invitando a su padre, ausente desde hace mil años, a un evento escolar, serás la primera persona a la que llame.

—Mira que eres repelente. —Se acercó y me apretó la mano—. ¿Has conocido a alguno de los profesores antes de irte?

—No. Ah, espera, sí. He hablado con la señora Howe. La de música, ¿no?

—Aaah. —Se le dibujó una sonrisa en los labios—. Mi exnovia.

—¿Tu qué? —Me giré en el asiento; de repente, se me había olvidado el pánico.

—Me enseñó todo lo que sé. —Su sonrisa se convirtió en una mueca cuando me miró—. Oye, era jovencito... Fue un escándalo, pero los dos hemos madurado mucho desde entonces.

Parpadeé varias veces, incapaz de creérmelo, mientras llegábamos al camino de entrada de mi casa.

—Me estás tomando el pelo.

—Pues claro —confirmó—, pero ahora en serio, es muy agradable. Es una de esas personas que recuerda a todos los niños que ha tenido en clase.

—Se acordaba de Caitlin, sí. Y ni siquiera le había dado clase, la conocía por lo de la feria medieval.

—¿Ves? Es genial. Y es cierto: me enseñó todo lo que sé. —Dejó que se alargara la pausa antes de añadir—: En materia de educación, que sé lo que estabas pensando ya, pervertida.

Casi me eché a reír. Me desabroché el cinturón.

—Creo que no lo has pensado bien. ¿Cómo vas a volver a la fiesta?

Blandió el móvil mientras me seguía al interior de la casa.

—Uber es un invento maravilloso.

—Entendido. —Fui directamente a la cocina... y a la botella de vodka que escondía en un armario superior. La sidra no me iba a dar el puntillo que necesitaba en una noche así. Eché un poco de alcohol en un vaso y le ofrecí la botella a Mitch, que la rechazó.

—Eso no parece tequila.

—Ya, porque no lo es. —Me bebí el chupito y me serví otro. Estaba en casa. Estaba a salvo. Podía beber todo lo que quisiera. Y esa noche me lo merecía.

Después del tercer chupito, Mitch abrió la nevera y me pasó una lata de Sprite por la isla de la cocina.

—Toma. Échate un poco, anda.

—Vale. —Forcejeé con la lengüeta de la lata. Vaya, el vodka me había subido rápido—. Aguafiestas —murmuré, no sé si a la lata o a Mitch.

—¿Has comido algo en lo que va de noche? —Me agarró la lata y la abrió antes de devolvérmela—. ¿O te has ido directo a esa mierda azucarada?

—Básicamente, la mierda esa azucarada. —Le eché más vodka al refresco que había conseguido verter en mi vaso—. No, espera. También unas setitas, que estaban buenas. Y unos palitos de zanahoria.

—Entonces es un no. —Empezó a rebuscar en la nevera, y lo miré.

—No vas a cocinar para mí.

—Ya te digo yo que sí. —Puso mantequilla y queso en la encimera antes de sacar la barra de pan que guardaba encima de la nevera—. Hago unos mixtos de queso a la plancha fantásticos.

—Pues eso... suena fenomenal, la verdad. —Supongo que era el vodka que hablaba por mí, pero un mixto a la plancha nunca era mala idea, sinceramente.

—¿Quieres hablar del tema? —me preguntó con un deje despreocupado mientras se movía por la cocina como si estuviera en su casa, buscando una sartén y poniéndola al fuego.

—No. —Le di un sorbo al vodka con Sprite y me pregunté cómo había acabado así mi vida. Emborrachándome en la cocina un viernes por la noche mientras un hombre guapísimo y demasiado joven para mí me preparaba un mixto a la plancha—. No —repetí. Pero seguí hablando—: Estuvimos casados unos... ¿tres años? No sé ni si llegamos a los tres. No tendría que afectarme tanto volver a verlo.

—Lo querías. —Mitch se encogió de hombros con aire despreocupado, a pesar de la conversación que manteníamos—. Se supone que el matrimonio es para siempre, ¿no? Y tuviste a Caitlin con él.

—Cierto. —Entonces quien se encogió de hombros fui yo—. Él no quería tener hijos. Para ser sincera, yo tampoco. No tan pronto, al menos. Pero...

—¿Un accidente? —Me miró por encima del hombro, con una ceja enarcada, y asentí con la cabeza.

—Un buen accidente, sin embargo. El mejor. —Di un trago largo y le eché más refresco para diluir el vodka. Ya tenía la lengua bastante suelta, no hacía falta empeorar las cosas—. Pero a él no se lo pareció, y se acabó lo que se daba. —Me estaba quedando cortísima. Volver a ver a Robert, desde la otra punta de la sala, me había traído viejos sentimientos, viejos recuerdos. Esa alegría comedida cuando me di cuenta de que estaba embarazada. La punzada de traición cuando Robert me rechazó. Nos rechazó a las dos. Dar a luz en mitad de un divorcio había hecho mella en mí. Había construido un muro de ladrillos alrededor del corazón sin mucho esfuerzo y tan silenciosamente que no me había dado cuenta de lo que estaba haciendo hasta que terminó. Había muchos motivos por los cuales no había tenido muchas citas siendo madre soltera, pero ese era el principal. ¿Cómo iba a volver a confiarle mi corazón a alguien? Era mejor mantenerlo escondido. A salvo.

—Él se lo perdió. —Mitch puso un plato con los mixtos encima de la isla de la cocina—. Tu hija es genial.

—Lo es. —Agarré uno de los bocadillos, caliente, crujiente y ligeramente aceitoso por la mantequilla, y lo separé por la mitad, observando cómo se estiraba el queso fundido antes de darle un mordisco. Gemí de placer y Mitch sonrió satisfecho mientras agarraba el suyo.

—Tengo que reconocer que me encanta hacer que pongas esa cara.

Por poco se me cayó el bocadillo. Era la primera vez que alguno de los dos aludía a lo que había ocurrido en aquella habitación de hotel, y de haber estado sobria puede que le hubiera soltado cuatro frescas para callarle la boca. Pero el vodka me había relajado por completo y la sonrisa me salía con más facilidad de lo normal. Ay, qué diablos...

—Se te da muy bien hacer que ponga esa cara —le dije. Le sostuve la mirada con un valor que jamás habría tenido sobria y, por primera vez, él fue el primero en apartar la mirada, carraspear y volver a la nevera.

—Todavía no hay cerveza. —El sonsonete ya me era familiar, pero en esa ocasión había menos ironía.

—Lo siento.

—Qué va, no lo sientes. —Volvió a la isla con una botella de agua y otra lata de refresco, que me pasó. Nunca bebía tanto refresco, pero eso significaba que podía echarle más vodka al vaso, así que me pareció bien. Nos quedamos en silencio en lados opuestos de la isla, apoyados en los codos mientras nos comíamos aquellos mixtos a la plancha, y fue una de las mejores noches que había pasado en mucho tiempo.

—Gracias —dije en voz baja—. Por sacarme de allí. Pensaba que podría sobrellevarlo, pero...

—Nada, mujer. —Su voz era inusualmente seria, y cuando lo miré a los ojos fue como volver a estar en aquella habitación de hotel. Tenía una mirada sincera. Abierta. Se me cortó la respiración y deseé no haber bebido tanto vodka. Ahí estaba pasando algo, y yo no estaba lo bastante sobria para darme cuenta—. Ojalá... —Suspiró—. Ojalá hubiera podido ayudarte.

—¿De qué estás hablando? —Negué con la cabeza—. Esta noche me has salvado el pellejo.

Mitch se encogió de hombros.

—No, no, me refiero a entonces. Cuando tu marido se fue. Pienso en ti pasando por todo eso sola y me... —Se le ensombreció el rostro y sacudió la cabeza, mirando hacia la encimera.

—¿A entonces? —Pensé en aquellos días, unos dieciocho años atrás, cuando había intentado aferrarme a mi matrimonio con uñas y dientes antes de darme cuenta de que lo que intentaba conservar ya ni siquiera existía. Me había sentido muy impotente—. No pasa nada. —Alargué la mano hacia él. No pude alcanzarlo, pero apoyé la mano en la encimera—. Bueno, estás aquí ahora, ¿no?

Él alargó el brazo también y puso una mano sobre la mía.

—Sí. —Mi mano desapareció, cálida y segura, bajo la suya, y volví a sentirme protegida. También experimenté la sensación de querer trepar a él como si fuese un árbol, una sensación alentada por el vodka que me corría por las venas.

Me esforcé por centrarme y volver al tema.

—Además, no estaba sola. Mis padres me ayudaron a recuperarme y Emily era una niñera estupenda cuando era joven. —Al decir eso, hice las cuentas mentalmente—. Espera. ¿Tú tendrías...? ¿Cuántos?, ¿doce años? ¿Cómo me habrías ayudado exactamente? —La idea de que Mitch fuera un preadolescente mientras yo me divorciaba y tenía un bebé enfrió de repente el recuerdo que tenía de aquella habitación de hotel. Por un momento me había olvidado de la vertiente asaltacunas de nuestra relación.

—Oye, nunca se sabe. Por aquel entonces cortaba el césped de mis vecinos que daba gusto. —Se rio por lo bajo, recordándome que ya no era un niño y calentando de nuevo ese chorro de agua fría. Le devolví la sonrisa y me contuve para no girar la mano y entrelazar los dedos con los suyos. Me limité a echarme hacia atrás, quitar la mano de ahí y agarrar otro sándwich mixto.

Cuando acabamos de dar buena cuenta de los bocadillos, ya se me había pasado la borrachera, aunque la sangre aún me zumbaba por todo el azúcar que llevaba en vena. Mitch pidió un Uber mientras yo lavaba los platos. Justo cuando llegó el coche, recibí un mensaje de

Emily diciéndome que llevaba a Cait a casa y que mi exmarido era un imbécil.

—Gracias otra vez —le dije a Mitch en la puerta. Hubo un momento de incomodidad en el que no supe qué hacer. ¿Abrazarlo? No éramos pareja, así que un beso de despedida me pareció demasiado. Me conformé con darle un apretón amistoso en el brazo, esperando que lo entendiera como el gesto cariñoso que era.

Me tomó la mano con la suya y me dio un apretón tranquilizador.

—Nos vemos mañana.

«Mañana». Cerré la puerta y apoyé la frente en ella. Dios, aún me quedaba el día de la graduación. Eso no había terminado todavía.

A la mañana siguiente, me desperté unos diez minutos antes de que sonara el despertador, hecha un ovillo junto a mi hija. De niña lo hacía a menudo: entraba corriendo en mi habitación de madrugada después de una pesadilla o cuando arreciaba una tormenta. Yo retiraba las sábanas y ella se metía debajo conmigo. Era mi cucharita; juntas, éramos una pequeña familia de dos unidas contra cualquier cosa aterradora que estuviera ahí fuera acechando en la noche.

Hacía años que había superado esa fase, pero ese día era un día especial.

Durante unos instantes, me quedé mirándola respirar. La noche anterior había estado muy callada cuando llegó a casa después de la recepción. Ver —o conocer, mejor dicho— a su padre fue mucho para ella, y no quise presionarla. Sin embargo, en algún momento de la noche se había colado en mi habitación y se había acurrucado junto a mi hombro. En ese momento, yo era la cucharita. A los quince años dio un buen estirón y me sacaba cinco centímetros; tras haber vuelto a ver a Robert y recordar lo alto que era, ahora me encajaba todo.

El despertador sonó en la mesilla, busqué el móvil a tientas y le di a repetir mientras Caitlin se despertaba a mi lado.

—Buenos días, graduada —le dije en tono jocoso. Ella gimió y escondió la cara entre las manos antes de estirarse y restregarse las manos por la cara para despejarse. Parpadeó varias veces, soñolienta.

—Esto no me gusta.

Ay, madre.

—¿No te gusta el qué? —Esperaba que esa mañana estuviera emocionada, nerviosa, incluso. Pero cuando se despertó del todo, hizo una mueca y se acurrucó contra mí. La abracé y todos mis sentidos se pusieron en alerta. ¿Qué le habría dicho Robert la noche anterior?

—Esto —repitió, con la voz temblorosa—. Lo de graduarme. Todo se acaba. Todo cambia. Creo que no estoy preparada.

Ah. Era el típico estrés por la graduación, no por haber conocido a su padre.

—Te contaré un secreto. —Me la acerqué más y le froté el brazo con la mano—. Nadie está nunca preparado para todos esos grandes cambios que nos lanza la vida. Enfréntate a ellos de cara y hazlo lo mejor que puedas. No pasa nada si tienes un poquito de miedo. Si todos esperáramos a estar preparados, nunca haríamos nada.

—¿En serio?

—En serio. —Asentí con énfasis y le planté un beso en la coronilla.

—Vale. —Suspiró y se acurrucó todavía más, como la niña pequeña que había sido, y eso estaba bien. Me alegraba saber que aún necesitaba a su madre.

—Lo vas a hacer muy bien —le susurré contra el pelo.

—Eso espero —dijo en voz baja, pero un poquito más alto que antes—. Siento lo de anoche. Todo ese tema de... de él.

—No pasa nada. —Me retiré un poco y me tumbé de espaldas, mirando al techo—. ¿Te lo pasaste bien? ¿Te gustó conocerlo y todo eso?

—Supongo. —Ella también se quedó tumbada de espaldas, imitando mis movimientos—. Me alegro de haberlo conocido. —Suspiró—. Me gustaría que no fuese a la graduación hoy, pero no sé cómo desinvitarlo.

—No puedes —repuse—. Pero, mira, eso también forma parte de ser adulta. A veces una toma ciertas decisiones y luego quiere dar marcha atrás, pero no puede. Hay que seguir adelante como sea. —Tal vez no estuviera formulando muy bien el consejo, pero la noche anterior me había pasado con el vodka.

—Ya. —Otro largo suspiro—. Estoy segura de que irá bien. Es solo que... pensé que sentiría algo. Como si fuera de la familia, ¿sabes? Pero no, solo era un hombre. E hizo que te fueras anoche y...

—Así que te diste cuenta.

—Sí. Y no quiero que te haga eso hoy. Tu sitio está allí. No debería hacerte sentir lo contrario.

—Y no lo hará —contesté—. No te preocupes. —Sí, había huido de la recepción al verlo, pero ya estaba preparada. Y no pensaba dejar que ese fantasma de mi pasado fastidiara el día más importante de la vida de mi hija.

Al menos, ese era el plan. Noté una pequeñísima punzada de ansiedad que amenazaba con transformarse en pánico en cualquier momento. Pero no permitiría que ella se diera cuenta. Aunque acabara vomitando en el bolso después, no pensaba perderme ese día. Hablando de eso, debíamos darnos prisa.

—Vamos, graduada. —Le di un codacito en el hombro—. Tenemos tiempo para desayunar huevos y tortitas antes de prepararnos. ¿Me echas una mano?

—Pues claro. —Retiró las sábanas por su lado de la cama—. Ya sabes que las tortitas me salen mejor que a ti.

—Más quisieras. —Pero sonreí mientras salíamos de la habitación. Caitlin hacía unas tortitas terribles, pero era toda alegría y esperanza. No sería yo quien aplastara un optimismo como aquel.

TRECE

Yo no era una persona dada a llevar vestiditos veraniegos. A Emily le sentaban muy bien, y nuestra amiga Stacey era una gran defensora. Pero yo siempre fui más de pantalón y camisa en el trabajo, y los fines de semana vivía sobre todo en vaqueros. Los vestidos eran vaporosos. Con los vestidos se me veía la cicatriz.

Pero la graduación era al aire libre, en el campo de fútbol, donde no había sombra que valiera, y un día de junio a media mañana hacía demasiado calor para llevar vaqueros o conjuntos de dos piezas. Así pues, cuando me coloqué al final de una fila de gradas, a un lado donde podía pasar desapercibida, llevaba un vestido de flores y sandalias de tacón, y el pelo recogido. Vi a Emily delante, con la cabeza inclinada hacia la de Simon. Tenía unos papeles en las manos, así que probablemente era uno de los que darían un discurso en la ceremonia de graduación.

Me senté en silencio, esperando a que empezara la ceremonia, mientras a mi alrededor las familias bullían de vida, todo risas. Los padres llevaban ramos de flores a sus hijas que se graduaban —mierda, yo debería haberlo hecho— y los hermanos pequeños saltaban sin miedo en las gradas y entrecerraban los ojos bajo el sol, señalando al hermano o hermana que se iba a graduar entre la multitud de abajo.

Me dio un vuelco el corazón cuando vi a Robert, unas filas más abajo y a mi derecha, hacia el frente, como si tuviera todo el derecho del mundo a estar allí. Y ahí estaba yo: medio escondida por detrás. Me encogí ligeramente como si quisiera hacerme más pequeña. No quería que se diera la vuelta y me viera. Que viera hasta qué punto yo no formaba parte de esta comunidad.

En ese momento, Emily se giró y, por una especie de curioso poder mental familiar, me vio. Hizo una mueca exagerada de impaciencia y me hizo señas para que me acercara, señalando la grada que había detrás de ella, que seguía vacía. Negué con la cabeza, pero eso solo le hizo fruncir más el ceño y mover la mano con más ahínco, así que agarré el bolso y allá me fui antes de que se hiciera un esguince.

—Pero ¿qué hacías ahí, April? —me dijo cuando hube recorrido las filas y me senté detrás de ella—. Te estaba guardando este sitio. ¿Por qué estabas sentada ahí sola?

Me encogí de hombros; no tenía una buena respuesta. Tampoco quería llamar demasiado la atención. El nuevo asiento que ocupaba me ponía casi directamente en la línea de visión de Robert: nos sentábamos en la misma fila y él estaba a unos metros a mi derecha. Demasiado cerca. Giré la cabeza un poco hacia la izquierda para no verlo. Y que él no pudiera verme a mí.

—Ah, aquí estás. —Mitch se sentó en la grada a mi lado y me dio un golpecito en el hombro izquierdo con su hombro derecho—. Te estaba buscando.

—Aquí estoy —repetí, tratando de emplear un tono brusco, pero toda la tensión que sentía en mi interior empezó a aliviarse ahora que él estaba a mi lado. Iba vestido igual que la noche anterior: vaqueros y camisa, esa vez color azul claro, con la corbata un poco aflojada.

Mitch se inclinó hacia delante y apoyó los codos en las rodillas, sin dejar de mirarme.

—¿Cómo te encuentras? —preguntó con voz grave, solo para mí—. ¿De resaca?

Aquello me arrancó una carcajada y negué con la cabeza.

—Me bebí un par de vasos de agua y me tomé una aspirina antes de acostarme. Todo bien. Además... —esbocé una pequeña sonrisa—, tenía suficiente pan y queso en el estómago como para absorber el alcohol.

Él sonrió aún más y se le iluminaron los ojos.

—De nada.

Puse los ojos en blanco en un gesto automático, pero su sonrisa era contagiosa.

La ceremonia comenzó con un discurso del director y me incliné hacia Mitch.

—¿Tú también vas a dar un discurso?

Mitch resopló, y eso hizo que Emily nos mirara por encima del hombro. Se percató de lo cerca que estábamos y enarcó las cejas con una pequeña sonrisa. Le hice una mueca y ella se dio la vuelta.

—Qué va, qué va —dijo Mitch, como si no se hubiera fijado en Emily—. Eso es para los listos como Simon.

—Anda ya —protesté en voz baja pero vehemente—. Tú eres un tipo listo. —La situación se parecía demasiado a aquella noche en la habitación del hotel, en la que Mitch me confesó que su familia pensaba que no era más que el típico deportista sin cerebro. No me hizo gracia.

—*Chist* —repuso él, sonriendo—. No se lo digas a nadie. Cuando creen que eres listo, tienes que emplearte a fondo. —Con la cabeza señaló a Simon, que estaba hojeando los papeles; se estaba preparando para su turno.

—Buena observación. —Compartimos una sonrisa cómplice antes de volver a centrar la atención en el director, que seguía hablando. Dios mío, eso iba a ser eterno.

Al final, terminó el discurso y llegó el momento de entregar los premios; para mi sorpresa, cuando Simon tomó la palabra, fue para entregar un premio del departamento de Inglés a Caitlin. Se había negado a tenerla en su clase avanzada, por temor a que lo acusaran de favoritismo, así que era un detalle que tuviera ese gesto.

—No tuve el placer de tenerla en mi clase —dijo—, pero no podría estar más orgulloso de entregarle este premio a Caitlin Parker.

Mientras se acercaba al escenario, la gente aplaudió con cortesía. Él le entregó una pequeña placa y los dos se dijeron algo en voz baja que no alcancé a oír. Se sonrieron y luego se abrazaron, y yo me sequé algunas lágrimas de las mejillas. Cait nos vio entre el público cuando se dirigía a su asiento y nos sonrió. La saludé con la mano, Emily aplaudió y Mitch lanzó un silbido de esos tremendos que me hizo pegar un brinco.

—¿Qué? —Cuando me giré hacia él, me sonrió—. Es una chica fantástica. Estoy orgulloso de ella. Y esto es para celebrar a los graduados, ¿no?

—Cierto. —Me puse las manos alrededor de la boca y grité—: ¡Bien hecho, Cait!

Unas cuantas familias se rieron a nuestro alrededor y sentí un hormigueo de adrenalina al gritar entre una multitud como aquella. Intuitivamente, miré hacia la derecha y, como sospechaba, Robert me estaba mirando. No, mejor dicho, me estaba fulminando con la mirada. Hacía mucho tiempo que no recibía ese tipo de mirada, pero una parte de mí se acobardó al verla.

—Ese de ahí es él, ¿no? —Mitch mantuvo la sonrisa, como si no estuviéramos hablando de mi ex.

Asentí con la cabeza.

—Y está cabreado. No solo acabo de hacer el ridículo, sino que la he llamado «Cait». Y él a no le gustan nada los apodos. —Me daba rabia recordar ese detalle de él. Habría aprovechado mejor esa neurona recordando la combinación de mi taquilla del instituto.

—Vaya. Cuantas más cosas me cuentas de él, más agradable me parece. ¿Has hablado ya con él? —preguntó Mitch como si tal cosa, pero tenía una mirada atenta y me escudriñaba el rostro. Cuando negué con la cabeza, se relajó un poco—. Bien. —Me rodeó con un brazo como si fuera algo que hiciera todos los días.

—¿Qué estás haciendo?

—*Quid pro quo*, nena. Tú fuiste mi novia el fin de semana pasado. Ahora me toca a mí.

—¿El qué? ¿Ser mi novia?

—Qué graciosilla. —Me dio un pequeño apretón en el hombro.

—Vale, pero... —Pasé de intentar zafarme, y tampoco le puse demasiado empeño, la verdad. Notar su brazo aplacaba un poco mis nervios. Me sentía cómoda a su lado.

Aun así, intenté protestar.

—No podemos hacer esto aquí.

—Claro que sí. Ya tenemos práctica —dijo con aire inocente, pero mi mente se fue directo a aquella habitación de hotel. Tal vez no se refería a esa práctica en sí, pero me entró apuro.

—Eso era distinto. Aquí estamos delante de todo el pueblo. Y eres profesor en el instituto de mi hija —le recordé.

Eso solo hizo que me sujetara la mano con la que tenía libre.

—Primero, tu hija ya no estudia aquí. De eso va todo el tema de la graduación. Segundo, ¿a quién le importa?

Ese debía de ser el argumento más simplista que había oído nunca, pero no podía refutarlo. No cuando el brazo que tenía alrededor era tan tranquilizador y mi mano en la suya me hacía sentir que podía enfrentarme a cualquier cosa. O a cualquier persona.

El resto de la ceremonia transcurrió sin incidentes, aunque lenta, bajo un sol de junio que no hacía más que subir de temperatura a medida que avanzaba la mañana. Cuando le tocó a Caitlin recoger su diploma, Mitch y yo aplaudimos como hinchas en un estadio de fútbol; solo nos faltaba la pintura de la cara y esos dedos gigantes de espuma. Simon se giró en su asiento hacia nosotros con una ceja enarcada mientras Emily se partía de la risa, aunque también aplaudió todo lo fuerte que pudo. Nos lanzó una sonrisa por encima del hombro cuando nos volvimos a sentar. Le devolví la sonrisa, sorprendida de lo divertido que era hacer ruido de vez en cuando.

Una vez terminada la ceremonia, padres e hijos se mezclaron en el campo de fútbol junto con el profesorado; nadie quería que la mañana terminara. Mi plan original había sido quedarme ahí sentada o quizá buscar a Emily, si me daba la vena extrovertida, pero si no, esperaría sin más a que Caitlin quisiera volver a casa. Después tenía prevista una fiesta de graduación con sus amigas, así que mi trabajo de ese día estaba casi terminado.

Pero, evidentemente, mi plan había cambiado. Ahora estaba con Mitch, y él no iba a permitir que me escondiera. Estuvo a mi lado mientras nos abríamos paso entre la multitud hacia mi hija. Sin embargo, por el camino, tenía que saludar a todos los profesores que le habían dado clase a Caitlin en el instituto de Willow Creek. El extraño sentimiento de culpa que tuve al conocer a esas personas tan importantes en la vida de Caitlin tan tarde se desvaneció con relativa rapidez. Me aseguraron que yo no era la única madre trabajadora y, al parecer, todos reconocían mi labor al haber criado a Caitlin siendo madre soltera. Y eso... me sorprendió, francamente. ¿No habían hablado primero con Robert, el día anterior? Y yo que creía que se los había metido a todos en el bolsillo.

Al final llegué hasta Caitlin. Emily y Simon estaban ya con ella, y vi que estaba contenta mientras charlaba con ellos. Entonces me vio y sonrió mucho más.

—¡Mamá! —me saludó con entusiasmo, y noté que se me henchía el corazón.

—¡Felicidades, cariño! —La abracé. No podía expresarle con palabras lo orgullosa que me sentía. Me encantaban todos los detalles de aquel momento: cómo me resbalaban las manos en el poliéster barato de la toga de graduación, cómo era ya más alta que yo y me tocaba ponerme un poco de puntillas para abrazarla. Llevaba el pelo suelto, con unos largos rizos oscuros que se le encrespaban un poquito con el calor; no me quedó ninguna duda de que a mi pelo empezaba a pasarle lo mismo. Le recoloqué el birrete, porque eso era lo típico que hacían las madres, y vi que abría un poco más los ojos al mirar por encima de mi hombro derecho.

—¡Ah! ¡Hola! —dijo con una voz llena de una alegría falsa que rayaba lo maníaco. Luego me miró y, al principio, no quise seguir su mirada. No me hacía falta. Y no quería hacerlo.

Pero tenía que hacerlo, ¿no?

Así pues, me di la vuelta con resignación y me vi cara a cara con Robert. A su favor debo decir que tenía la misma expresión que yo: estaba preparado para ese previsible encuentro, pero algo sorprendido llegado el momento.

—¿April? —Esbozó una sonrisa vacilante y me embargó la rabia. «No. No puedes sonreírme así después de todos estos años». Di un paso atrás y justo noté la mano de Mitch, cálida y fuerte, en la parte baja de mi espalda. ¿De dónde había salido? Daba igual. Ahora estaba aquí y si me hubiera inclinado hacia atrás, me habría sostenido.

—Robert. Hola. —Sonaba... normal. Solo me temblaba un poquito la voz mientras repasaba con la mirada todas las formas en que había envejecido el hombre que tenía delante. Igual que cuando lo había visto la noche anterior desde la distancia, esos cambios habían sido en su mayoría para bien. Sin embargo, al verlo más de cerca fui mucho más consciente del paso del tiempo. Los dos habíamos envejecido, pero no juntos. Como habíamos pensado en su momento.

—Estás estupenda. —Se movió un pelín hacia mí, de un modo casi imperceptible, como si fuera a abrazarme. No estaba preparada para eso, así que me eché un poco hacia atrás, cambiando de postura, y mira por dónde, estaba en lo cierto. Mitch me sujetó. Noté que me presionaba más fuerte en la espalda con la mano, que luego pasó a colocar alrededor de mi cintura. Así dábamos aspecto de frente unido.

—Gracias —dije con una confianza que no sentía—. Tú también. —Me mataba hacerle ese cumplido, pero, bueno, a la mierda todo.

—Gracias. Ha pasado mucho tiempo. —Robert se alisó la corbata con la mano izquierda y me fijé en que llevaba una alianza en el dedo. Así que se había vuelto a casar... Bueno, tampoco me extrañaba, hacía mucho tiempo que nos habíamos separado. ¿Habría cambiado de opinión sobre lo tener hijos con los años? ¿Tendría otra familia después de habernos abandonado a Cait y a mí? Se me entrecortó la respiración y noté un peso en el pecho. El pánico empezaba a apoderarse de mí otra vez, el mismo pánico que me había hecho salir de la recepción la noche anterior. No podía dejar que Caitlin me viera así.

No obstante, eché un rápido vistazo por encima del hombro y vi que se había alejado por el campo de fútbol con Emily y Simon. Eso nos daba a Robert y a mí un poco de privacidad para este feliz encuentro. No estaba segura de si eso mejoraba o empeoraba la sensación de pánico.

Sin embargo, Mitch no tenía intención alguna de darme privacidad. Se acercó un poco más y me rodeó con el brazo, hasta que Robert se vio obligado a reconocer su presencia.

—Ah. Lo siento. —Robert extendió la mano—. Robert Daugherty.

Mitch recibió su apretón de manos con firmeza y me atrajo más a él al hacerlo, como si necesitara que me defendieran. Bueno, quizá sí.

—Mitch Malone. Encantado de conocerte, Bob. —Me temblaron ligeramente los labios al oírlo usar el hipocorístico y me costó mantener una expresión neutral. Además, había puesto una voz muy grave. Muy masculina. Se lo estaba tomando a cachondeo y no pude más que sentirme agradecida. Ese encuentro me habría hundido en la miseria de haber tenido que hacerlo sola.

Robert apretó los labios, pero decidió no corregir a Mitch.

—He venido a saludar a Caitlin, a felicitarla por ganar un premio. Es genial, ¿no?

—Lo es. —Qué ridiculez, los dos hablando incómodamente sobre la hija que habíamos tenido juntos. Pero ¿de qué otra cosa íbamos a hablar?—. Estoy muy orgullosa de ella.

—Y con razón. —Miró hacia donde estaba nuestra hija—. Has hecho un trabajo increíble con ella, April. Todos los que he conocido por aquí lo dicen.

—¿Ah, sí? —Intenté ocultar la sorpresa de mi voz. No distinguiría a la mayoría de sus profesores en una rueda de reconocimiento; era la primera vez que hablaba con la mayoría de ellos. Debía de ser una de las madres menos implicadas.

—Pues sí —confirmó. Volvió a alisarse la corbata—. Mira. Siento haber...

—No, no lo hagas. —Levanté una mano, sorprendida de que no me temblara. Era como si mi cuerpo sacara fuerzas del de Mitch cuando más lo necesitaba—. No puedes hacer eso. Caitlin te invitó porque quería que vinieras a ver esto. No va de nosotros ni de lo que sea que sientas ahora.

—Ya. —Se metió las manos en los bolsillos y miró alrededor, distraídamente. Cerca había gente que quería a Caitlin y que apreciaba lo que yo había hecho para criarla. Supongo que Robert había caído en la cuenta de que no había tenido nada que ver con eso. Puede que se hubiera presentado para darse una vuelta triunfal, para intentar colgarse alguna medallita por la hija a la que no había ayudado a criar, pero a la hora de la verdad Willow Creek, el pueblo del que yo misma quería irme, se había puesto de mi parte. Eso sí que no me lo esperaba.

—¿Te vuelves a casa hoy? —Ese era un buen terreno neutral. Siempre era más fácil hablar de la logística que de las emociones.

—Sí. Pensaba irme después de esto. —Convirtió esa frase en una pregunta, como si fuera rascando algo, como una invitación para que se uniera a nosotros en cualquier celebración que tuviéramos prevista.

Ni de broma.

—¿Dónde vives? ¿Sigues en Indiana? —Esperaba que no, por su bien. Era un viaje muy largo.

—Pensilvania. Un poco al norte de Filadelfia.

—Ah. —Vivía más cerca de lo que esperaba. Más cerca de lo que quería, sinceramente.

Todo este tiempo había vivido a un par de estados —a un par de horas— de distancia y nunca había... Corté ese hilo de pensamiento.

—No está mal —dijo Mitch, claramente tan deseoso como yo de echar a Robert de la ciudad. Apreté los labios para reprimir la sonrisa—. ¿Qué son, unas dos o tres horas? Aunque pases un momento por una ventanilla de autoservicio, puedes llegar a casa antes de que anochezca.

—Sí. Llegar a casa antes de que se haga de noche está bien. —A Robert le costaba mantener la conversación, y yo no tenía ningunas ganas de echarle un cable.

—Genial. —Mitch se hacía el despectivo que daba gusto y, luego, se hizo un silencio espeluznante, porque se nos había acabado la cháchara y no encontrábamos la forma de pasar a otra cosa de la que hablar. «¿Cómo es tu segunda familia? ¿Tienes hijos con tu nueva esposa? ¿Sabe ella dónde estarás este fin de semana?».

Decidí apiadarme de él.

—Ve a hablar con Caitlin —le dije—. Estoy segura de que le encantaría pasar un ratito más contigo antes de que te vayas.

A Robert le sorprendió la sugerencia y sonrió con gesto agradecido.

—Gracias. Eso haré. Esto... Agradezco que te avengas a esto, April. De verdad. Sé que no merezco...

—No pasa nada —lo interrumpí, porque esa conversación empezaba a parecerse a la que había tenido con Emily hacía poco. No me parecía bien, para nada, y si seguía hablando de ello, acabaría llorando. Y no quería llorar delante de él. Delante de él, nunca.

—Si quieres marcharte, luego puedo llevarla a tu...

—No. —Pero qué cara más dura. ¿Quería echarme cuando el que sobraba era él? Mi buena voluntad pendía ya de un hilo, pero me las arreglé para decir una última cosa—: Dile que venga a buscarme cuando quiera irse.

—Muy lista —dijo Mitch mientras veíamos a Robert alejarse.

—¿Mmm? —Me volví hacia él, con las cejas enarcadas.

—Al no dejar que se quede por aquí. O a llevar a Caitlin adonde sea. Seguro que es de fiar y todo, pero...

—Yo no estoy tan segura de eso. En absoluto. Y una mierda le voy a decir dónde vivo.

—¿Lo ves? —Mitch me quitó el brazo de la cintura, pero antes de que pudiera echar en falta su calor, me lo volvió a poner sobre los hombros y me dio un abrazo. Algo más informal, menos cariñoso, pero probablemente era mejor así—. Como acabo de decir, eres muy lista.

—Así soy yo —dije, distraída. Centré la atención en el otro lado del campo cuando Robert llegó hasta Caitlin, que seguía junto a Simon y Emily. Empezó a hablar con Caitlin y ella miró inmediatamente a su alrededor hasta que su mirada se cruzó con la mía. La saludé con la mano y ella me devolvió el saludo con una sonrisa auténtica, aunque no enorme. Estaría bien. Ya podía relajarme.

Mitch debía de haber sentido que se me relajaban un poco los hombros y me dio un apretón.

—Lo has hecho muy bien, nena.

—No me llames así. —Intentaba resistirme a él, de verdad, pero algo en mi interior se derritió cuando me dio un beso en la sien. A la mierda. Tenía razón: Caitlin ya no estudiaba aquí.

Las familias habían empezado a marcharse ahora que todo había terminado, y Emily vino a verme pasado un rato.

—¿Estás bien?

—Te he dicho que dejaras de preguntármelo. —Pero la reprimenda fue a medio gas. Mantuve la mirada fija en Caitlin, donde su padre y ella estaban sentados juntos en una de las gradas, charlando. Habían sacado el móvil, estaban mirando fotos y se las pasaban el uno al otro. Al verlos así, me percaté de las partes de Robert que había en Caitlin. La forma de su mandíbula, la línea de los hombros. Nunca me había fijado en eso—. Estoy bien —dije, sin dejar de mirar a mi hija.

—Sí, genial —dijo Emily con cierto sarcasmo—. Por cierto, a Mitch y a ti se os ve fenomenal.

—Ja. —Mitch se había marchado hacía unos minutos, después de preguntarme unas quinientas veces si podría aguantar el resto del día sin él. Pasé de prestarle atención y lo mandé a pasear entre rosas; tuve que controlar seriamente las mariposas que sentía en el estómago.

—No, lo digo en serio. Cuando hablé con él anoche, dijo que te ayudaría, pero ha ido más allá, ¿no? Parecía muy convincente, fingiendo ser tu novio.

—Ya. —«Fingiendo». Las mariposas que me revoloteaban en el estómago cayeron fulminadas. Todo había sido falso. Durante unos minutos lo había olvidado por completo. Y en esos pocos minutos me había sentido mejor que..., no sé, probablemente nunca.

—Hola, mamá.

Levanté la vista del móvil. Caitlin estaba de pie frente a mí; iba un poco desarreglada. El calor y el sudor le habían acabado haciendo mella. Se había quitado la toga de poliéster y la llevaba sobre un brazo; el birrete le colgaba de la misma mano.

—Hola, cariño. ¿Quieres una goma para el pelo? —Sin esperar a que me contestara, empecé a rebuscar en mi bolso. Desde que en nuestra casa había dos mujeres de pelo largo, siempre llevaba un puñado de gomas de pelo en el fondo del bolso.

—Por favor. —Agarró la goma y dejó la toga y birrete de graduación en la grada antes de hacerse una coleta. Miré a mi alrededor mientras se recogía el pelo.

—¿Dónde...? ¿Se ha ido tu padre? —Casi me estremecí al formular la pregunta, porque su padre era experto en desaparecer.

Pero Caitlin se limitó a asentir.

—Sí, dijo que tenía que ponerse en marcha. Supongo que para volver a casa —contestó con una voz cuidadosamente neutral, y me esforcé por analizar cómo se sentía.

—¿Quieres llamarlo? Si quieres pasar un rato más con él, podemos... —No tenía ni idea de cómo terminar la frase. ¿«Podemos» qué, exactamente? ¿Salir a comer juntos? Menuda tortura. Sin embargo, era el día de Caitlin. Si eso era lo que quería, que así fuera.

Le quitó importancia con un ademán.

—No. —Recogió sus cosas mientras yo me ponía en pie, y echamos a andar hacia el aparcamiento—. Pero me alegro de que haya venido. Ha sido genial hablar con él. Me ha dicho que seguiremos en contacto. —Se encogió de hombros—. Es agradable, creo. Pero no es de la familia. Y yo ya tengo mucha aquí. A ti. A Emily y al señor G. Y, ya sabes, al entrenador Malone. —Me miró de reojo y yo gemí y eché la cabeza hacia atrás.

—¡Tú también no, por favor! No hay nada, ya te lo dije.

Levantó las manos.

—Nada de nada, claro. Te fuiste de escapada con él el finde pasado. Y Toby me dijo anoche que te vio hablando con el entrenador hace unas semanas, después del entrenamiento de béisbol. ¿Fue entonces cuando empezaste a no salir con él? —Enarcó una ceja, y me entraron todos los males. Algo más que debía de haber aprendido de su padre.

—Vale. Te lo diré una vez más: no estoy saliendo con el entrenador Malone. —Respiré hondo—. Pero... Es algo mezquino, así que no lo hagas... Es posible que sí lo fingiera, como hoy al ver a tu padre.

Caitlin sonrió con satisfacción.

—Qué lista.

No tenía respuesta para eso, al menos no una que quisiera darle a mi hija.

—Tus profesores son geniales —dije, desesperada por cambiar de tema—. Siento no haber sido como las otras madres. Ya sabes, las que se ofrecían voluntarias y hacían cosas así.

Ella le restó importancia.

—No pasa nada. No es lo tuyo. Ya lo sé. Igual que la feria medieval, ¿no? Cuando empecé, ¿necesitaba acompañante?

—Sí, pero... —Cuando tuve el todoterreno a tiro, pulsé el mando a distancia del llavero y abrí las puertas—. Acabábamos de tener el accidente. Ni siquiera podía caminar. Emily se encargó de eso por mí.

—Exacto. Pero mamá... —Dejó sus cosas en el asiento trasero y se subió al del copiloto—. ¿De verdad ibas a ser voluntaria?

—Bueno, seguro que... —Pero ahora fui yo quien se quedó con la palabra en la boca, porque mi hija me conocía muy bien. No era de las que se ofrecía voluntaria. Ni se involucraba en nada.

Todos esos años había pensado que había sido una buena madre, que había hecho un buen trabajo criando a Caitlin yo sola. Pero al mantenerme al margen me había perdido muchas cosas. Y ya era demasiado tarde.

—Ya. —La voz de Caitlin era suave, incluso comprensiva, y era raro que mi propia hija me tratara así—. Pero, bueno, no te preocupes por eso. Todo ha salido bien, ¿no? Emily me acompañó a la feria medieval y conoció al señor G., así que hubo incluso un final feliz.

—Bien visto. —Sonreí mientras me abrochaba el cinturón—. Supongo que, al final, las cosas salen como tienen que salir. —No quería ahondar mucho en esa línea de pensamiento, porque ¿qué otras cosas horribles de mi vida podrían ser bendiciones disfrazadas? ¿Mi accidente de coche? ¿Mi divorcio? Todo lo que me había pasado en la vida, fueran cosas buenas o malas, me llevó a ser la persona que era. A tener la vida que tenía.

Y, en días como ese, esa vida no parecía tan mala.

CATORCE

Durante años, había esperado el día de la graduación de Caitlin como si fuera una suerte de final. La culminación de mi trabajo como madre a tiempo completo, que señalaría el comienzo de la recuperación de mi tiempo para mí misma. Con la fecha marcada en rojo en mi calendario mental, pensé que las cosas serían algo más tranquilas, más fáciles, cuando ese día quedara atrás. Al fin y al cabo, había criado con éxito a una hija. Ella estaba a punto de dar sus primeros pasos en el mundo y yo acabaría con un nido vacío proverbial.

Sin embargo, las cosas no iban así. En lugar de ser el final, la graduación fue solo el pistoletazo de salida del verano, y el sábado siguiente por la mañana vi cómo los amigos de Caitlin la recogían y se iban a Virginia para la Semana de la Playa. Un buen puñado de graduados pasando unos días en la playa sin supervisión..., ¿qué podía salir mal?

—Estarán bien —me dije, no por primera vez aquella mañana. Ni por primera vez en aquellos cinco minutos. Los chicos salían continuamente de la ciudad para disfrutar de la Semana de la Playa, y estaba bastante segura de que ninguno se iba con su madre. Caitlin era responsable, y yo estaba segura al noventa y ocho por ciento de que no la arrestarían. Eso estaba bien. Era una especie de práctica para la universidad y estar sola.

Además, yo misma debería estar disfrutando de la tranquilidad. También me había tomado esta semana libre para centrarme en los proyectos de renovación de la casa. Tenía preparada la lista de tareas pendientes, me había apuntado los menús para llevar para aquellas noches en que no me apeteciera cocinar y hasta podía ponerme el *heavy metal* a todo trapo sin que se quejara mi hija. Era la felicidad en estado puro.

Eso era lo que me decía a mí misma, vaya. Pero aquella mañana, mientras me preparaba, no podía evitar la sensación de que la casa estaba vacía. Sin Caitlin saliendo por la puerta a toda prisa para ir al ensayo de la feria medieval, sin una noche de cine que planear cuando llegara a casa. Había demasiado espacio en esa casa para mí sola.

Me sonó el móvil en la encimera de la cocina: un mensaje de texto. Caitlin se había ido temprano aquella mañana, ¿se le habría olvidado algo? Pero, para mi sorpresa, era Mitch.

Oye, ¿dónde está tu hija? No la veo en el ensayo.

Es Semana de Playa. Tiene permiso especial de Simon para saltarse los próximos ensayos.

Aaaah, se está ablandando. Eso es favoritismo.

Resoplé. Pero antes de que pudiera responder, me envió otro mensaje:

¿Cuándo pintamos tu salón?

Dios mío. Se me había ido de la cabeza: ese era el precio por compartir aquella cama de matrimonio en Virginia. El finde fuera me parecía ya superlejano y, en realidad, compartir cama con él tampoco había sido un suplicio. Mitch había hecho que la experiencia mereciera la pena. Se me encendieron las mejillas al recordarlo y no pude evitar sonreír mientras escribía.

> ¡Qué casualidad! Empiezo hoy. Pero te vas a librar.
> No pienso obligarte a hacerlo.

> Ni de broma. Yo no rompo un trato.

> ¿No tienes ensayo de lucha ahora mismo?

> Sí. Estos chicos son un cero a la izquierda. Pero acabamos a
> la 1, me paso luego.

Vale. No iba a decirle que no. Pintar yo sola los techos abovedados de mi salón era una putada.

Acababa de terminar de encintar los zócalos cuando sonó el timbre de la puerta, poco antes de las dos.

—Gracias a Dios que estás aquí —dije mientras abría la puerta—. Me vine muy arriba con lo de hacerlo yo sola.

—¿Qué color vamos a elegir? —preguntó—. Bueno, no sé para qué pregunto. Es un beis aburrido, ¿a que sí?

Asentí con un largo suspiro y levanté uno de los botes de pintura.

—Cáscara de huevo. Es... —Miré la manchita de pintura de la tapa e intenté encontrar una palabra positiva para describirlo. Algo que me hiciera sentir mejor por tapar esas paredes azules tan bonitas—. Correcto —dije al final—. Es correcto.

Mitch resopló.

—Ya veo lo entusiasmada que estás. Bueno, venga. Vamos allá.

—Pero primero... esto. —Dejé el bote de pintura y agarré la imprimación blanca—. Dios, esto va a ser interminable.

—Bueno, lo será como te pases el día quejándote. —Pero con la sonrisa le quitó hierro al asunto. Me quitó la imprimación de la mano, abrió el bote y vertió la pintura blanca en una bandeja. Mientras empapaba un rodillo con la imprimación, miró hacia el techo—. No voy a poder llegar hasta arriba, y sé que tú tampoco. ¿Tienes una escalera?

Asentí con la cabeza.

—En el garaje. Voy a por ella.

—Va a ser que no. —Me pasó el rodillo mientras sacudía la cabeza haciéndose el ofendido—. Empieza tú y ya voy yo.

Chasqueé la lengua mientras me acercaba a la pared de enfrente, junto a la ventana.

—Me las he apañado bien sin ti durante los últimos cuarenta años, ¿sabes? —le dije—. Puedo ir a por la escalera.

—Ya, pero ahora me tienes a mí, y soy como medio metro más alto que tú. Deja que te ayude.

—¡No soy tan bajita! —Pero si me oyó, no dijo nada, y solté un suspiro. Había vivido la mayor parte de mi vida adulta por mi cuenta y no había dependido de un hombre para casi nada. Sabía cambiar una rueda, sacaba a las arañas de casa y contrataba a un especialista si había un problema que no podía resolver sola. Me sentía como una feminista orgullosa cada vez que hacía alguna de esas cosas. Sin embargo, debía reconocer que era agradable tener ayuda. Y no de alguien a quien hubiera contratado, sino de un amigo. Alguien que ayudaba porque quería, no porque yo le pagara.

Con la ayuda de Mitch, todo fue sobre ruedas. Después de un par de horas, me tomé un descanso para beber agua y mirar el móvil. Caitlin me había enviado un mensaje para decirme que habían llegado bien a la casa de vacaciones y que ya habían hecho el *check in*. Le contesté con el típico mensaje de madre: «Ten cuidado, ponte crema solar, no destroces la casa y no me hagas perder la fianza». A continuación, eché un vistazo a mi correo electrónico. Me había apuntado a la lista de correo de la ferretería local, que enviaba un boletín todos los fines de semana con rebajas y consejos para renovar la casa. Estaba mirando el último que habían enviado cuando Mitch entró en la cocina y miró por encima de mi hombro.

—Esas estanterías quedarían genial en el salón.

Lo miré.

—Me mudo, ¿recuerdas? ¿Por qué iba a poner estanterías?

—Porque quedarían muy bien —repitió. Me quitó el teléfono de la mano y echó un vistazo a las instrucciones y los planos—. También parecen fáciles de montar. Podríamos hacerlo en un fin de semana.

—Tal vez. —Volví a agarrar el teléfono. No habría ningún «tal vez». Mi objetivo era dejar esa casa lista para vender, no hacerla mejor ni más acogedora. Esa casa ya no iba sobre mí—. Seguro que tu casa es genial —dije un rato después mientras extendía otra franja de imprimación blanca, hablando para distraerme del dolor de tapar la pintura azul.

—¿A qué te refieres? —preguntó Mitch desde lo alto de la escalera. Casi había terminado de cortar los bordes cerca del techo.

—Bueno, me has ayudado mucho a arreglar mi casa. ¿Trabajas mucho en la tuya?

Resopló y sacudió la cabeza.

—Estoy de alquiler. No es nada especial. Además, tampoco estoy mucho en casa. Entre el trabajo y el deporte después de clase, y luego la feria medieval en verano... —Dejó la frase en el aire y, al levantar la vista, vi que fruncía el ceño ante la pintura que acaba de aplicar. Luego sacudió la cabeza como para despejar los pensamientos—. Mi casa es solo mi casa. El alquiler se renueva cada febrero porque, mira, ¿por qué no?

—Ah. —Entrecerré los ojos para mirarlo, en lo alto de la escalera—. ¿Vives aquí por tus padres, entonces?

—¿Cómo? —Me lanzó una mirada y me pregunté qué estaba haciendo. Su vida personal no era asunto mío. Pero eso no me impidió preguntar.

—Es que..., es como si no echaras raíces aquí.

Soltó una carcajada.

—No hay nada que echar. Mis raíces llevan aquí toda mi vida. ¿Preferirías que viviera con mis padres? —Se estremeció con un gesto exagerado, y entonces fui yo quien se rio, aunque con menos fuerza.

—No necesariamente. Pero ya sabes... Estás de alquiler, no tienes ninguna relación seria aquí... «Ven conmigo», quise decirle así de repente. «Marchémonos de este pueblo juntos. Vivamos en otro lugar. Empecemos de nuevo juntos». Pero era una locura y me lo quité de la cabeza de inmediato.

—Conozco a todo el mundo en este pueblo, de toda la vida. Si no he salido con ellos a estas alturas, no lo haré. Esto... —En lo alto de la escalera, Mitch dejó su pincel y me prestó toda su atención—. De repente, pareces muy interesada en mi vida personal, mamá. —Ese viejo apodo de repente se me antojó un muro entre nosotros; creía que ya habíamos superado ese tipo de cosas. Había una chispa burlona en sus ojos, pero con la ceja enarcada me estaba preguntando claramente qué pasaba.

—Qué va. —Empapé el rodillo con más imprimación y volví a centrarme en la pared del salón y en alejarme de la vida personal de Mitch, algo a lo que no tenía ningún derecho—. Solo te doy conversación.

—Ajá. —Pero la atención de Mitch seguía puesta en mí—. No hay motivo.

—¿Cómo?

—Que no hay motivo —repitió—. No tengo ningún motivo para irme, ¿sabes? Las cosas me van bien aquí. Me gustan los chicos.

Eso no era lo que esperaba que dijera.

—¿Los chicos?

—Sí. —Se volvió hacia la pared y siguió pintando—. Al principio me divertía entrenar a los hermanos pequeños de mis amigos, verlos crecer y saber que contribuía a que fueran mejores personas. Lo mismo con la feria medieval, ¿sabes? Niños que estaban en primaria cuando empecé y han ido creciendo y se han hecho adultos. No sé, es todo eso de ayudar a la próxima generación y tal. Pero, en resumen, los niños son divertidos. Esta vida es divertida, ¿sabes? —Me miró mientras mojaba la brocha—. ¿Por qué me iba a marchar?

Me puse tensa ante su pregunta, como si la hubiera dirigido a mí. Pero era bastante obvio que Mitch se divertía mucho más en la vida que yo. Y que tenía muchos más motivos para quedarse en Willow Creek que yo.

—Ya... —murmuré intentando llegar a un acuerdo.

—Pero eso no significa que quiera hipotecarme —me aseguró, y la alegría de su voz me indicó que nuestra conversación seria había terminado.

No insistí más y seguí dándole a la brocha.

—Aun así, no voy a poner esas estanterías —musité, solo para llevarle la contraria y ver si conseguía que se riera.

Funcionó. Oí una risita desde lo alto de la escalera.

—Eso ya lo veremos.

Cuando el sol empezó a ocultarse en el cielo, ya habíamos dado una capa de imprimación a todo el salón y solo quedaba esperar a que se secara. El estómago me rugió obscenamente mientras recogíamos los trastos, y me di cuenta de que ni siquiera había pensado en la cena. Suerte que había hecho acopio de menús de comida para llevar.

Incliné la cabeza hacia Mitch.

—¿Te gusta la comida tailandesa? —Era mi comida favorita en secreto, algo con lo que me deleitaba en el trabajo porque el paladar de Caitlin no se había desarrollado más allá del pollo agridulce naranja neón del restaurante chino. Pero ella no estaba allí, así que podía darme el gusto en casa.

Esperaba que Mitch tuviera una reacción similar a la de Cait, pero se lo pensó y asintió.

—A ver, no es mi primera opción, pero adelante. Si quieres terminar esto de aquí arriba, me acerco yo a recogerlo.

—No hace falta que... —Pero me mordí la lengua. Eso sería como volver a lo de la escalera—. Gracias, eso sería genial.

Sabía que tardaría al menos media hora en recoger la comida, así que aproveché ese rato para darme una larga ducha caliente. Mi mente divagaba mientras me echaba el champú. Las cosas habían ido mucho mejor con Mitch en casa. Solo la capa de imprimación me habría llevado todo el fin de semana. Claro que pensar en Mitch mientras me duchaba me trajo recuerdos de cuando entró en la ducha conmigo. Mis manos empezaron a vagar igual que la cabeza, fingiendo que mis manos eran las suyas y recordando la forma en que me había tocado. Y cómo me había hecho sentir.

No debería pensar en eso. Aquello había sido cosa de un fin de semana, desatado por una emoción exacerbada y por estar en un espacio cerrado con un hombre que tenía un físico imponente. Estaba claro que no volvería a suceder. Él tenía una lista rotativa de mujeres en la agenda y yo era demasiado mayor para darle esos chiquillos que tanto le gustaban y que seguramente querría algún día. Pero ni siquiera esos pensamientos me calmaron, así que en lugar de eso me entretuve refugiándome en el recuerdo de sus manos y su boca en mi piel mientras el agua caliente golpeaba mi cuerpo al compás de mis dedos entre las piernas. El orgasmo que se apoderó de mí me sacudió tan fuerte que me apoyé en la fría pared de la ducha para no caer, y abrí el agua fría para calmarme. Mitch no tardaría en volver. Tenía que controlarme un poco.

Cuando Mitch llegó con la comida, ya estaba bastante más relajada, me había puesto la sudadera más cómoda y me había recogido el pelo en un moño de lo más despeluchado. Estaba lista para comer y no hacer absolutamente nada más el resto de la noche. Cuando entró Mitch, llevaba la bolsa de comida en una mano y un paquete de seis cervezas en la otra. Con pompa y boato, apartó las sidras de la nevera para hacer sitio a la cerveza.

—Por fin algo decente que beber por aquí. —Me pasó una sidra y sacó una cerveza antes de cerrar la puerta.

Me encogí de hombros, destapé la sidra y le pasé el abridor.

—No sabes lo que dices...

—Pero si es zumito de manzana. Así que sí, sé lo que digo.

—Tú te lo pierdes. —Le di un trago y empecé a abrir la comida—. Dios, cómo huele esto. —Abrí el recipiente de los fideos y el estómago me rugió en respuesta al olor de la sabrosa salsa marrón; obviamente, estaba de acuerdo conmigo.

Nos sentamos juntos en un extremo de la mesa del comedor y al principio no hablamos mucho mientras dábamos buena cuenta de los fideos. Me moría de hambre después de haberme pasado casi todo el día trabajando sin descanso. Mitch había hecho lo mismo y, además, había venido directamente del ensayo.

—¿Cómo va el ensayo? ¿Habéis acabado Simon y tú de cambiar eso de la pelea de la que hablabais?

A Mitch se le iluminó el rostro, como si le sorprendiera gratamente que me acordara.

—Ah, ¡sí! Ya está hecho. Decidimos que fueran un par de los más jóvenes los que se zarandearan para variar.

Me reí y fui a pescar los fideos que quedaran en el cartón y un trocito de brócoli.

—Bien hecho. ¿Y va bien? Me has dicho que los chicos eran un cero a la izquierda.

—Y lo son —saltó alegremente—, pero son muy simpáticos. Seguro que acabarán aprendiéndoselo. Todavía nos quedan unas semanas para practicar antes de que empiece la feria.

Eso me recordó...

—¿Es demasiado tarde para ofrecerse como voluntaria para lo de la feria medieval?

Mitch acababa de darle un bocado a su *pad thai* superpicante y se quedó petrificado, con los ojos desorbitados y la mandíbula inmóvil a medio masticar.

—¿Lo dices en serio? —Las palabras quedaron amortiguadas por la bola de fideos que tenía en la boca; tosió y le dio un trago a su cerveza—. No creía que el voluntariado fuera lo tuyo.

—Y no lo es, pero... —No estaba segura de cómo expresarlo, pero se me habían quedado grabadas las palabras de Caitlin. Quizá era muy poco y era demasiado tarde para implicarme más en la vida de mi hija, pero tenía que intentarlo.

—No, no, es fantástico. —Dejó los palillos y se frotó las manos como un científico loco—. Llamemos a Simon. ¿Cantas? Seguro que puedo conseguirte un corsé para el fin de semana que viene, y...

—Un momento. ¿Cómo? No. —Levanté una mano—. No me refería a eso. —Dios, no. La sola idea de disfrazarme, de interpretar a un personaje y pasarme el día hablando con un acento dudoso me daba escalofríos—. Me refería a hacer como tu madre: sacar entradas o algo así.

—Ah. —Se desinfló un poquito, pero se recuperó rápido—. Vale, eso es menos divertido, pero sin problema. Creo que Chris coordina todo eso. ¿Conoces a Chris, la jefa de Emily en la librería? —No esperó a que asintiera antes de proseguir—: Ahora ha vuelto de Florida para pasar el verano aquí, así que deberías acercarte a la librería y hablar con ella del tema.

—Mmm. —Mordí un rollito de primavera—. Vale, eso haré. —La idea de trabajar en una taquilla no debería ponerme nerviosa, pero así era. Todo me ponía nerviosa. Sinceramente, me estaba cansando ya de estar nerviosa todo el tiempo, joder.

Lo mejor de la comida para llevar era que no había platos que fregar, por lo que, después de lavar los palillos y reciclar los recipientes, la cocina estaba impoluta como aquella misma mañana. Doblé el paño de cocina y lo colgué mientras Mitch se apoyaba en la puerta que separaba la cocina del comedor.

—Iba a preguntarte si querías salir a Jackson's, pero... —Señaló mi pelo y mi ropa, ninguno de los dos indicaba muchas ganas de fiesta.

Negué con la cabeza, sonriendo y tratando de no hacer caso al leve aleteo que notaba en mi pecho.

—No, gracias. Tendrás que ligarte a las mujeres tú solito esta noche.

Puso los ojos en blanco y cruzó los brazos.

—Sabes que esa no es la única razón por la que voy a Jackson's, ¿no?

—Ya, pero seguro que está entre las cinco primeras. —Copié su postura y apoyé la cadera en la encimera.

Abrió la boca para objetar, pero se limitó a reír.

—Vale, puede ser. Pero solo cuando tengo que ir solo. —Enarcó las cejas significativamente, y el aleteo en mi pecho se volvió incómodo.

No quería imaginármelo ligando con otra persona. Pero tampoco quería salir con él. Sí, ya habíamos salido juntos antes, pero la energía entre ambos había cambiado. ¿Y si alguien nos veía demasiado cerca el uno del otro? ¿Y si alguien decía algo?

Así pues, chasqueé la lengua y empecé a arrear a Mitch hacia la puerta principal.

—Esta noche deberás espabilarte tú solito. Tengo planes muy importantes con mi cama. —*Ups.* Eso había sonado fatal.

—Uy, espera un segundo. —Se volvió hacia mí cuando llegamos a la puerta—. Creo que he hablado demasiado pronto. Tus planes me parecen mucho más divertidos. Cuéntame más. —Su voz se tornó ronca, y, tan de cerca, ese enorme pecho suyo estaba ahí mismo. Yo ya sabía lo que había debajo de esa camiseta y quería más. Al parecer, no me había bastado con tocarme en la ducha. Mi mente viajó al cajón de la mesita de noche y a la caja de condones que había metido allí hacía poco. Por si acaso.

Durante un buen rato, el silencio se cernió entre nosotros, y fui consciente de nuestras respiraciones, prácticamente al unísono, mientras sus brillantes ojos azules se oscurecían del deseo. Estábamos los dos solos. Sería tan fácil, pero tanto, abrazarlo y pedirle que se quedara. Casi alcanzaba a saborear su piel, a notar su calor sobre mí..., y toda yo lo deseaba. Lo anhelaba.

Era una mala idea, lo sabía. Era una línea que no debería cruzar. No una segunda vez.

Pero estaba demasiado sumida en el azul de sus ojos y en su sonrisa radiante, así que, en lugar de empujarlo hacia la puerta como tendría que hacer, señalé la cocina con la cabeza.

—Quedan un par de cervezas. Si quieres, quédate y... termínatelas.

No apartó los ojos de los míos mientras se acercaba y me rodeaba la cintura con una mano.

—Pues creo que me apetece mucho.

—Vale. —Me hice a un lado para echar el pestillo de la puerta principal y, al cambiar de postura, me pegué a él. Mitch inspiró y me apoyó la mano en la parte baja de la espalda para acercarme más.

Aquello no cambiaba nada, me dije mientras lo llevaba a mi dormitorio. Seguíamos siendo solo amigos. Solo amigos, me recordé mientras su boca ardía en mi piel, mientras le pasaba la camiseta por encima de la cabeza y él me tumbaba en la cama. Aquello no significaba nada, pensé mientras con las yemas de los dedos me recorría la piel, me envolvía un pecho con la mano y surcaba mi interior con la lengua.

Y mientras me disolvía bajo sus manos y su boca, mientras él gemía mi nombre al tiempo que me embestía, cuando le clavaba las uñas en la espalda para atraerlo más hacia mí, notándolo aún más fuerte en mi interior, me reconfortó saber que ese muro alrededor de mi corazón seguía intacto.

Aquello no cambiaba nada.

Seguíamos siendo solo amigos.

Después de nuestra improvisada fiesta de pijamas y un desayuno tranquilo el domingo, terminamos el salón, pintamos sobre la imprimación con el tono cáscara de huevo aceptable pero aburrido. El lunes por la mañana, quité toda la cinta de carrocero de los bordes de la pared, esperando a que Mitch viniera a ayudarme a mover los muebles. Cuando llegó, ni siquiera llamó, entró sin más por la puerta principal. Se sentía como en casa.

—Bueno, ¿qué toca hacer...? —Se quedó a medias y oí sus pasos acercándose hasta la cocina. Me giré y vi una expresión de desconcierto en su rostro. Aspiró el aire exageradamente—. ¿Qué es eso? ¿No será...?

Me encogí de hombros.

—Nada emocionante. Paletilla de cerdo en la olla de cocción lenta.

—Sí, pero... —Una sonrisa se asomó a su rostro—. ¿Lo has hecho para mí?

—Qué va —dije un poco demasiado deprisa—. Lo he hecho para mí. No puedo permitirme comida para llevar todas las noches. —La noche anterior, cuando empecé a prepararlo todo, me había parecido buena idea sacar un buen trozo de carne para que lo devoráramos al final del día, pero si se iba a poner gallito por eso...

Asintió con firmeza y se acercó a la cafetera para servirse un poco de café, del que, por supuesto, yo también había preparado más, por si le apetecía.

—Es para mí.

Su convicción era irritante, pero cuando estaba así lo más fácil era no discutir con él. Mientras él se tomaba el café, seguí con lo que estaba haciendo al llegar: mirar la cocina con ojo crítico.

—¿Seguro que no debo hacer nada aquí?

Él se encogió de hombros.

—¿Algo como qué?

—No sé. Pero ahora que el resto de la casa empieza a estar mejor, esto parece un poco descuidado, ¿no crees?

—No sé si diría eso. —Apoyó los codos en la isla de la cocina y examinó la estancia conmigo—. Los electrodomésticos no son tan viejos y el suelo está en buen estado. Pero depende de ti.

—Sí. —Decidí posponer la idea de momento. Una habitación a la vez, un proyecto a la vez—. Vamos a poner orden en el salón.

Había mucha más luz en el salón ahora que no era azul. El color cáscara de huevo no era tan soso como me había temido y, cuando volvimos a colocar los muebles como a mí me gustaban, toda la habitación parecía más grande y soleada. No estaba mal, pero no sabía si era yo. Aunque ya no tenía por qué ser yo. No estaba haciendo esos cambios para mí, los estaba haciendo para quienquiera que fuera el próximo dueño de esta casa.

El lunes por la tarde preparamos el comedor y el miércoles por la noche ya estaba pintado. Mitch trajo otro paquete de seis cervezas para que la nevera siguiera bien provista. Le eché la bronca, más porque lo esperara de mí que porque quisiera.

El miércoles por la noche pedimos una *pizza* y nos la comimos sentados en el suelo del salón mientras veíamos una película de superhéroes. Luego echamos un polvo en el suelo del salón porque los brazos de Mitch me recordaban a los del Capitán América. A él no pareció importarle demasiado.

El jueves descansamos de las reformas porque Mitch dijo que tenía que hacer unos recados y a mí aquella noche me tocaba club de lectura, así que me pasé el día tumbada en el sofá y me acabé el libro justo a tiempo. Esa semana había estado muy ocupada, entre el trajín de la casa y trajinarme al chico que me ayudaba. ¿Quién tenía tiempo para leer?

Era la noche de Caroline como anfitriona y, cuando entré en su casa, había una montaña de *cupcakes* en la mesa del comedor.

—Pero chica... —Fui a por uno y acepté la copa de vino que me dio—. ¿Has ido a una orgía o algo así? Son muchos *cupcakes*. —Tampoco me iba a quejar demasiado: había vuelto a hacer los de *red velvet*, mi sabor favorito.

—Ah, no son míos —repuso Caroline con una mirada pícara—. Estos *cupcakes* son todos tuyos, April.

Me quedé petrificada, con el *cupcake* a medio camino de la boca.

—¿Perdona?

Se burló.

—Venga ya. ¿Crees que no he visto cierta camioneta roja en tu entrada desde, mmm, el minuto en que tu hija se fue a la Semana de la Playa?

—Espera. ¿Una camioneta roja? —Marjorie se volvió hacia mí con una sonrisa—. No será de cierto entrenador de béisbol con el que te vi en la graduación, ¿no?

—¿En serio? —La sonrisa de Caroline era más amplia que la de Marjorie, y la fuerza combinada de sus miradas era como un foco de cine.

Marjorie asintió enfáticamente mirando a Caroline.

—Tendrías que haberlos visto, hacían muy buena pareja. Que le den al libro, quiero que me cuentes más lo tuyo con Mitch Malone.

Ya había oído antes la expresión «helarse la sangre», pero nunca la había experimentado en mis propias carnes.

—Esto... —Dejé el *cupcake* sin comer en la mesa, sin apenas ánimo de poner antes una servilleta—. No...

Sin embargo, la conversación sobre mí, curiosamente, había avanzado sin mí.

—Siempre digo que hay que cuidarse bien de las mosquitas muertas —dijo Caroline casi canturreando—. Son las más raritas.

—¿Quiénes son las más raritas? —Mira qué bien. Ya estaban todas: las dos últimas rezagadas acababan de llegar y Caroline se fue directo al salón para saludarlas y ponerlas al día de mi vida amorosa. Pero no era mi vida amorosa... Era una mentira elaborada con un extra de amigos con derecho a roce, y me habían cazado.

Giré hacia el pasillo, en busca del baño. Tenía que esconderme. Tal vez para lo que quedara de noche. Y del resto de mi vida.

—Oye. —Marjorie me enganchó el brazo y me hizo detenerme. Se le borró la sonrisa al verme la mirada histérica que supuse que tendría—. Lo siento. Solo estaba bromeando. Me alegro por ti si...

—No es nada —le espeté—. Quiero decir, no somos nada. Solo es un amigo. No sé qué crees que viste en la graduación, pero no era nada de eso. —Estaba mintiendo. Vio exactamente lo que pensó que había visto. Pero en ese momento yo prefería un poquito de luz de gas a explicarle la extraña maraña de tretas y subterfugios en que se había convertido mi relación con Mitch.

Se oyó una carcajada en el salón y me estremecí.

—No voy a poder hacerlo —susurré. No me di cuenta de que lo había dicho en voz alta, pero Marjorie dejó de agarrarme y me dio una palmadita en el hombro.

—Ve al baño —me dijo en un tono grave y apremiante—. Respira hondo varias veces y bebe un poquito de agua. Yo las haré callar por aquí, ¿vale? Dame cinco minutos.

Asentí sin decir nada más y hui hacia la parte trasera de la casa. Una vez encerrada en el cuarto de baño, me apoyé en la puerta, respirando hondo e intentando ralentizar el corazón antes de que se me saliera del pecho. Apenas reconocía a la mujer del espejo. Parecía desesperada, parecía triste. Dios, qué paradójico todo. Esa había sido una de las mejores semanas de mi vida porque Mitch había estado en ella. Sin embargo, me apetecía borrar los últimos días. Borrar cualquier rastro de la camioneta roja en mi entrada.

Me sonó el móvil en el bolso… Hablando del rey de Roma. Desbloqueé el teléfono y vi una foto tomada en una tienda de reformas y artículos para el hogar.

> Si todavía te preocupa la cocina, podemos cambiar las puertas de los armarios con algo así. ¿Qué te parece? Puedo recogerlas mañana y llevártelas a casa.

Las puertas de los armarios eran bonitas y Mitch tenía razón. Quedarían perfectas en mi cocina y conseguiría exactamente lo que buscaba: el máximo efecto con el mínimo esfuerzo. Era perfecto. Él era perfecto.

No obstante, sabía lo que tenía que hacer, y un sollozo brotó de mi garganta cuando empecé a escribir.

> Me lo pensaré, gracias. Pero no necesito más ayuda. Ya has hecho bastante.

Vaya si lo había hecho. No era culpa suya que todo el vecindario se hubiera enterado de lo que pasaba. Tendría que haberlo visto venir. Pero no podía dejar que continuara.

Me sonó el teléfono en la mano.

> ¿Seguro? Porque ha sido divertido. No me importa.

> Sí, ya está todo. Nos vemos en la feria dentro de unas semanas.

Faltaba casi un mes para que empezara la feria. Con suerte, cuando volviera a verlo tendría la cabeza en su sitio. Mitch no era para mí y nunca lo había sido. En realidad, tendría que haberles dado las gracias a mis vecinas por haberme despertado de la fantasía en la que me había sumido en los últimos días.

Apagué el móvil sin esperar respuesta y lo volví a guardar en el bolso. En el salón, las risitas habían cesado, así que me lavé las manos y me las llevé frías y húmedas a las mejillas acaloradas. Luego me atusé el pelo y abrí la puerta. Todo iba a salir bien. Era hora de dejar de distraerse con Mitch y sus camisetas ajustadas y esos besos increíbles que daba.

Solo me dolió un poquitín el corazón mientras agarraba una copa de vino de camino al salón. Dejé el *cupcake* donde lo había puesto.

QUINCE

En las afueras de la ciudad —no hacia la autopista, donde estaba Jackson's, sino hacia el otro lado, donde las carreteras secundarias serpenteaban hacia la zona vinícola—, había un campo de hierba sin edificar. Daba a un bosque y lo único destacable era que toda la superficie, bosque incluido, estaba vallada con una puerta cerrada con candado. Once meses al año, si pasabas por delante, ni siquiera repararías en él.

Sin embargo, durante cuatro semanas increíbles, esa zona se transformaba y se convertía en algo completamente nuevo. La puerta con candado se abría de par en par y la valla que rodeaba el campo se llenaba de pancartas. Pero lo especial no era el campo. No, el campo no era más que el aparcamiento. La verdadera magia estaba en el otro extremo del campo, la parte que daba al bosque. Unos senderos anchos se adentraban entre los árboles donde, durante cuatro semanas al año, se celebraba la feria medieval de Willow Creek.

La magia no era lo mío. Yo no tenía mucho tiempo ni energía para dedicar a la fantasía, así que era la primera en reconocer que no lo entendía. No entendía cómo ni por qué mi hermana se había enamorado de esos bosques y de ese evento. Pensé que lo hacía porque era importante para su marido. Al fin y al cabo, Simon había ayudado a ponerlo en marcha y se había convertido en una gran responsabilidad para la comunidad.

Como en esos términos sí podía entenderlo, me puse una camiseta roja de voluntaria y ahí me planté el día de la inauguración. Me presenté en mi puesto en la taquilla para vender entradas, una cabina de contrachapado pintada por chicos de instituto para que pareciera un castillo de piedra gris. En el interior había un enorme mostrador con una caja y dos taburetes de respaldo alto para los voluntarios.

—Es muy sencillo. Un precio único para todas las entradas, y los niños menores de cinco años entran gratis. —Mi compañera de taquilla, una mujer llamada Nancy, me hizo señas para que me acercara al taburete vacío y me subí. Nancy debía de tener setenta años. Llevaba el pelo de un rojo tan intenso que era imposible que fuese natural. Me cayó bien al instante.

Estiré la pierna mala hacia delante y me masajeé el músculo justo por encima de la rodilla a través de los vaqueros. Había dejado de ponerme pantalones cortos después del accidente, pero hacía calor y seguramente haría aún más a medida que fuera avanzando el día. Puede que hubiera cometido un error de cálculo en ese aspecto.

Nancy también lo pensaba. Me miró fijamente los vaqueros.

—Cariño, te va a dar un golpe de calor.

Hice un ademán intentando parecer despreocupada.

—Puede. No pasa nada. —Me fijé entonces en el aparcamiento, que se estaba llenando rápidamente de coches. Miré la hora en el móvil—. No abrimos hasta las diez, ¿verdad? —Todavía faltaba media hora. ¿Por qué estaba ya allí toda esa gente? ¿Y por qué se quedaban en el aparcamiento en vez de acercarse a comprar las entradas?

Nancy asintió.

—Así es. Aunque ya han llegado los más madrugadores y se están preparando. Observa. —Se recostó en el taburete—. Tenemos el trabajo más divertido de todos, créeme. Observar a la gente aquí delante merece la pena.

—¿En serio? —Me removí, un poco incómoda. Puede que fuera un error. Ofrecerme voluntaria para vigilar la puerta principal no era exactamente involucrarse en las actividades de mi hija. Mi hermana y mi cuñado prácticamente cortaban el bacalao, y aún no había visto a ninguno de los dos. Nancy estaba obviamente entusiasmada, pero ¿por qué? ¿Por vender entradas a la gente? ¿Qué gracia tenía observar a la gente?

No tardé mucho en entender a qué se refería. Porque no era una multitud normal de gente que hacía cola para comprar entradas, no. A ver, también había gente normal. Familias con niños pequeños o parejas casadas o de novios, todos vestidos con ropa fresquita de verano para pasar un día bajo el sol: ese tipo de gente hacía cola en masa. Pero con la misma frecuencia, las familias, las parejas o los grupos de amigos iban disfrazados. Pasé los últimos minutos antes de que se abriera la puerta espiando a la gente en el aparcamiento, que abría de par en par las puertas de sus coches, todoterrenos o monovolúmenes y sacaba miriñaques, cinturones anchos de cuero y elaborados tocados. Los asistentes pasaban entre quince minutos y media hora montando un disfraz. Vi a una mujer salir de su monovolumen con lo que parecía un camisón que le llegaba hasta la pantorrilla y que estuvo a punto de caérsele por los hombros. Cuando terminó, parecía de la mismísima realeza.

Vi a toda esa gente vestirse al aire libre, poniéndose una capa tras otra de su traje, con una sensación entre divertida y asombrada. En todos los años que había vivido en Willow Creek, lo más cerca que había estado de participar en la feria medieval había sido en los recados más alejados. Había llevado los disfraces de Caitlin a la tintorería y había hecho alguna colada de blusones y calzas. Recordaba a Emily yendo y viniendo de la feria vestida básicamente con el mismo camisón que llevaba de base la mujer del monovolumen. En ese momento, desde el taburete de la pequeña taquilla, seguía en los márgenes del asunto, pero en cuanto empezamos a vender entradas a hombres adultos vestidos de piratas y a mujeres ataviadas como reinas —también mujeres vestidas de piratas y hombres acicalados de reinas—, el entusiasmo me resultó más que palpable. Habían ido a interpretar un papel. Y yo no podía evitar devolverles la sonrisa cuando me contagiaban su alegría.

Cuando quise darme cuenta, me dieron un toquecito en el hombro, y al girar la cabeza vi a un hombre al que no conocía, pero que llevaba una camiseta roja de voluntario como yo.

—April, ¿verdad? Soy Mike. Tu sustituto.

—¿Qué? ¿Ya es la una? —Miré el móvil, confundida. ¿Cómo podía llevar ya cuatro horas?

—Sí. —Hizo un gesto con el pulgar por encima del hombro—. Eres libre.

Le cedí mi asiento y Nancy se despidió con la mano.

—Date un paseo antes de irte —dijo—. Disfruta del festival, mujer.

—¿Seguro que no necesitas un descanso? —Me parecía extraño que mi turno fuese de cuatro horas y Nancy fuera a pasarse ahí todo el día. Tenía la edad de mi madre, ¿no acabaría agotada? Sin embargo, se rio e hizo un ademán como quitándole hierro al asunto.

—Llevo haciendo esto desde el principio. Ver entrar a todo el mundo es lo mejor de mi año. Anda, vete.

No pensaba discutírselo. Además, ahora que me había levantado, me gruñía el estómago y dentro había un montón de comida de feria muy poco saludable. Seguí a los demás asistentes que habían llegado por el sendero bajo un dosel de copas de árboles engalanado con banderolas de colores. Alcancé a ver un destello amarillo por el rabillo del ojo, así que giré en esa dirección y me dirigí hacia un pequeño escenario instalado en un rincón. En el escenario había un grupo de chicas vestidas de amarillo que cantaban en una hermosa armonía a capela, y con el corazón henchido vi que allí, en medio del grupo, estaba mi hija. Caitlin era sin duda la más alta, así que estaba en la parte de atrás del grupo, pero con mis oídos de madre distinguía su voz en las armonías. Me apoyé en un árbol, no demasiado cerca. No quería que me viera. Lo último que quería era distraerla.

Cuando terminaron de cantar y bajaron del escenario, sus ojos se clavaron en los míos y se abrieron de par en par. Le dijo algo a la chica que tenía al lado antes de venir hacia mí, con la falda ondeando y un entusiasmo que la hacía parecer mucho más joven.

—¡Mamá! —Cerró la boca con una risita y, cuando volvió a hablar, lo hizo con un exagerado acento inglés—. ¡Honorable madre! No la esperaba. Qué placer verla en este hermoso día. —Me hizo una profunda reverencia con unos gestos más propios de una mujer adulta que de la chiquilla risueña que era, pero cuando volvió a levantarse su mirada seguía teniendo un destello de alegría.

Ay, Dios. No pensaba seguirle el juego. Por lo del acento sí que no iba a iba pasar. Y no me hacía falta, en realidad, porque yo no iba disfrazada.

—Ah, sí —dije, tan despreocupadamente como pude—. Este verano vengo a echar una mano. Creo que se me pasó comentártelo.

Enarcó las cejas.

—No estoy tan segura, madre —dijo, sin perder el acento. Era buena—. Creo que no me lo comentó a propósito para poder sorprenderme.

—Puede que sea eso. —Separé las manos en un gesto algo descafeinado—. ¡Sorpresa! —Mantener una conversación así era desconcertante, como si yo hablara un idioma y ella otro. Pero qué diablos...

Caitlin volvió a reír, y hasta la risa formaba parte del personaje. Me estaba dejando impresionada.

—Es una maravillosa sorpresa. ¿Saben el capitán Blackthorne y Emma que está aquí? Debería ir a verlos.

—¿El capitán...? —Sacudí la cabeza, pero entonces caí en la cuenta. Simon y Emily. Sí, claro. Sabía que él iba de pirata, pero había olvidado el nombre de su personaje—. ¿Sabes dónde están?

Negó con la cabeza.

—Emma suele estar en el escenario Chaucer, donde se representan las escenas de Shakespeare. Y, como no podía ser de otra forma, el capitán participa en la partida de ajedrez humano a las dos en punto. A menudo va a animarlo. Pero en este momento desconozco dónde se encuentran.

—Genial, vale. —Miré hacia el camino que cruzaba por el centro de la feria. Podría pasear un rato, comprarme algo de comer e ir a ver a mi hermana en la partida de ajedrez. Me volví hacia Caitlin—. ¿Estaría muy fuera de lugar que le dieras un abrazo a tu madre?

Caitlin parpadeó rápidamente y negó con la cabeza. La rodeé con los brazos y ella me dio un apretón.

—Lo haces genial —le susurré.

—Gracias, mamá —susurró con su voz normal—. Estoy muy contenta de que hayas venido.

—Estaré aquí los cuatro fines de semana —dije cuando nos separamos—. Ya nos veremos.

Caitlin hizo otra reverencia, de nuevo metida en el papel.

—¡Disfrute del día, señora mía!

No iba a devolverle la reverencia en vaqueros, así que me limité a despedirme con la mano mientras me alejaba por el sendero.

—No volveré a venir con vaqueros —me dije unos minutos después. En pleno mes de julio, en Maryland hacía un calor de mil demonios, y pasarse el día con vaqueros era la definición misma de locura. La tela recia y estrecha se me pegaba a los muslos y empezaba a no importarme la cicatriz de la pierna. Una cosa era la vanidad y otra muy distinta la posibilidad de acabar fulminada por un golpe de calor. No volvería a dudar de Nancy.

Me distraje con una limonada helada que le compré a otro voluntario en una pequeña parada y, mientras hacía una mueca por el escalofrío cerebral, empecé a deambular por las callejuelas de la feria, admirando las joyas y los artículos de cuero hechos a mano. No tardé en oír a lo lejos el golpeteo de un timbal y seguí el sonido. Conocía aquel timbal y la música que acompañaba.

Al poco tiempo llegué delante del escenario Marlowe, donde acababa de empezar un espectáculo. Un trío de músicos con faldas escocesas tocaba las típicas canciones de taberna subidas de tono y temas típicos de Irlanda. Tiré el vaso de limonada vacío a una papelera cercana y entré en el claro donde el grupo Duelo de Faldas estaba a mitad de su actuación. Pero no me senté en uno de los largos bancos destinados al público. Me acerqué a un hombre alto y delgado con vaqueros negros y camiseta negra, con el pelo rojo eclipsado por una gorra de béisbol —negra, por supuesto— con la visera hacia atrás. Se le iluminó la cara al verme.

—April, hola.

—Daniel. —Daniel MacLean era el mánager de la banda y viajaba con ellos. Solo lo había visto un par de veces, pero me caía bien. Era un hombre serio y tranquilo, muy organizado y centrado en los negocios. Amable pero no efusivo. No me dio un abrazo ni un apretón de manos cuando me vio; un gesto amistoso con la cabeza nos bastó a los dos.

No podía decirse lo mismo de su novia.

Tan pronto como terminó el concierto, Daniel se inclinó hacia mí.

—Está en la mesa del *merchandising*. Voy a buscarla. —Se abrió paso entre la multitud mientras los músicos recogían las propinas y charlaban con el público. Intenté seguir a Daniel con la mirada, pero acabó engullido por la multitud y los árboles. La única advertencia fue un chillido agudo antes de que una mujer rubia con faldas voluminosas me abrazara con efusividad.

—¡Ay, madre! ¡April! ¿Qué haces tú por aquí?

—Hola a ti también, Stace. —Me reí mientras recuperaba el equilibrio y le devolvía el abrazo—. Cuánto tiempo.

—He vuelto a casa por Navidad. —Stacey se ajustó el corpiño cuando nos separamos, recolocándose el blusón que llevaba debajo para procurar que todo quedara tapado. Tenía mucho más pecho que yo; llenaba el corsé que daba gusto. Entre su atuendo y la melena rubia rizada recogida, era toda curvas. Stacey, natural de Willow Creek y una de las mejores amigas de Emily, se había escapado el verano pasado con los dos amores de su vida: la feria medieval y Daniel MacLean.

Asentí con la cabeza.

—Eso fue hace siete meses. Ha llovido un poco, ¿eh?

Stacey arrugó la nariz y me sacó la lengua.

—Detallitos sin importancia. —Se fijó en mi camiseta roja—. ¿Así que ahora eres voluntaria? ¿Quién te ha convencido? ¿Simon o Emily?

—Solo quería participar en mi comunidad —me enorgullecí.

Me estudió detenidamente un momento y luego se echó a reír.

—Ya, seguro que no es eso. ¿Has terminado ya por hoy? ¿Quieres ir a tomar algo?

—Sí, y por favor. Y uno de esos churros enormes antes de ir a ver la partida de ajedrez humano, ¿qué te parece?

—Me parece genial. —Llamó la atención de Daniel, que estaba al otro lado del camino. Luego me señaló a mí y al camino, y él nos devolvió las señas—. Vamos.

Me agarró del brazo y juntas nos dirigimos hacia el sendero.

—Bueno, parece que va bien, ¿no? —Señalé con la cabeza el escenario Marlowe, y la sonrisa de Stacey la iluminó entera.

—Sí, mucho. —Suspiró, me apretó el brazo y yo le di unas palmaditas en la mano. La había visto en su peor momento, y Mitch y yo la habíamos llevado a la feria medieval de Maryland el verano pasado para que pudiera reconciliarse con Daniel. Me alegraba verla tan feliz.

Mierda. Mitch.

Últimamente había hecho todo lo posible por no pensar en él, con mayor o menor éxito. Lo había visto brevemente al otro lado de la barra de Jackson's cuando salimos todos a celebrar el cumpleaños de Emily el fin de semana anterior, pero no habíamos hablado. El hecho de no hablar con él se parecía cada vez más a una ruptura, lo cual no era del todo así, porque nunca habíamos estado juntos. Las cosas habían vuelto a la normalidad, a ser como antes de aquella noche en Jackson's en la que me salvó del pesado del traje gris. Había vuelto a lo de siempre, a su harén de mujeres, y yo había vuelto a lo mío, a mi extensa colección de vibradores.

¿Ves? Todo normal.

Y lo normal era una mierda.

—¿Estás bien, cariño? —Nos habíamos encontrado con Emily de camino a la partida de ajedrez, y la preocupación se asomó a su rostro al percatarse de mis pasos vacilantes en el camino.

—Sí —respondí—. Bien. —No estaba bien. Había visto a Mitch en la linde del campo de ajedrez. Falda escocesa. Botas. Una espada muy larga. Mucha mucha piel musculosa y dorada. Me costaba respirar ante semejante portento, pero a terca no me ganaba nadie. Pensaba disimular—. Es que he tropezado con... con una ramita.

Stacey asintió con complicidad.

—Hay que llevar mucho cuidado por estos lares. —Había vuelto a adoptar un acento que iba a juego con su atuendo, al igual que Emily. Yo era la única de nuestro grupito que iba vestida de paisano, y, al lado de ellas dos, mis vaqueros y mi camiseta eran lo que más daba la nota.

Llegamos a los bancos que rodeaban la partida de ajedrez y pude ver bien el campo, un terreno vallado pintado con cuadrados de color blanco y hierba. Si bien Mitch me había hablado de los ensayos del espectáculo de ese año que se celebraba allí, y por mucho que Emily me hubiera contado cómo era verlo, en realidad nunca lo había visto en acción, y, aunque una parte de mí estaba fascinada, el resto intentaba no mirar a Mitch y deseaba estar en cualquier sitio.

Emily se adelantó corriendo hasta el campo de ajedrez propiamente dicho, y un hombre vestido de rojo y negro, con un sombrero con una enorme pluma roja, fue a saludarla. Tardé un segundo en reconocer a Simon, y solo porque había visto fotos de él disfrazado en las redes sociales y también en aquel vídeo en el móvil de Mitch. El educado profesor de Inglés, el marido de Emily, se había transformado en un pícaro pirata. No era solo el traje, aunque las fotos no hacían justicia a lo bien que le sentaban los pantalones de cuero. Su sonrisa, la forma de moverse..., todo en él era distinto. Lo vi inclinarse sobre la mano de Emily antes de atraerla para darle un beso, y no pude evitar sonreír.

—Vaya par... —Stacey se apartó un mechón de pelo de la frente y me llevó a uno de los bancos del fondo, lejos de la multitud de turistas—. Qué asco dan, ¿eh? —dijo ya sin acento; era algo que iba y venía. Debía de ser consustancial a esa forma itinerante de vivir la vida.

—Ah. Yo creo que son muy bonitos. —La seguí hasta sentarme en el extremo del banco, rozando la superficie con la mano antes de sentarme—. Igual de bonitos que Daniel y tú, seguro.

—Culpable. —Me sonrió y agitó las faldas alrededor de las rodillas en un intento de refrescarse—. A ver, intentamos cortarnos un poco, pero ya lo has visto. No puedo quitarle las manos de encima.

—Mmm. —Fruncí el ceño mientras miraba a Stacey. El sudor le perlaba el nacimiento del pelo y tenía las mejillas sonrojadas. Yo también tenía calor y sudaba a lo grande, por supuesto. Pero no llevaba un millón de faldas y un corpiño ajustado como ella—. ¿Estás bien?

—Sí, sí. Solo un poco acalorada. Pero, ya sabes, estamos en julio.

—¿Cuánto falta para que empiece el espectáculo? —Consulté el teléfono: faltaban cinco minutos para las dos—. Ahora mismo vuelvo.

La taberna estaba justo enfrente, y no tardé en cobijarme bajo el toldo. El negocio iba viento en popa, pero el voluntario de la camiseta roja me llamó la atención de inmediato.

—¿Agua? —Me había leído la mente, qué suerte.

—Por favor. —Levanté tres dedos y me pasó tres botellas de agua helada por la barra. Cuando saqué el dinero del bolsillo para pagar, se burló.

—No. Los voluntarios tienen el agua gratis, ¿me tomas el pelo?

—Ah, es que estoy en plan generoso. —Metí un billete de cinco en el tarro gigante de las propinas y otro voluntario hizo sonar una campana que hacía un ruido de mil demonios.

—¡Hurra por la propinera generosa! —Su voz era tan alta como la campana e intenté no soltar una maldición. No hay buena acción que quede sin castigo.

Volví a paso ligero al campo de ajedrez y me senté en mi sitio junto a Stacey, al tiempo que le pasaba una botellita.

—¡Ay, eres la mejor! —Destapó la botella, le dio tres largos tragos y volvió a taparla—. Gracias. Siempre se me olvida traer agua.

—¿Con este calor? Es un milagro que sigas viva. —El tono se me antojó más duro de lo que pretendía; el calor me estaba poniendo de mal humor. Sin embargo, Stacey estaba acostumbrada a mí, así que se limitó a darme un golpecito en el hombro mientras yo bebía de mi botella.

—Buen día, señoritas.

Cómo no. Cómo no iba a escoger Mitch ese preciso instante para acercarse a nosotras. Debió esperar a que yo tuviera la boca llena de agua para acercarse, todo descamisado y con la falda escocesa y el pelo dorado y su acento escocés. ¿Quería que me ahogara o qué?

Pero Mitch no me miraba a mí. Mientras yo me esforzaba por tragar agua, deseando desesperadamente que me salieran unas branquias, Stacey se puso en pie de un salto y le hizo una profunda reverencia, y él le dirigió una sonrisa.

—¡Buen día, caballero! —trinó Stacey mientras le ofrecía la mano—. No sabe cuánto me alegro de volver a verlo, Marcus MacGregor. Ha pasado demasiado tiempo.

—En efecto. —Le tomó la mano y se inclinó sobre ella; con los labios le rozó la parte superior de la mano. Sentí una oleada de calor, a pesar de que no era a mí a quien tocaba. Conocía el roce de esos labios. Y quería que me refrescara la memoria.

«No. Nada de labios. Deja de pensar en sus labios».

—Han venido a ver la pelea, ¿eh? Espero que tengan buen estómago. —Mitch, o Marcus, vaya, hablaba con un acento marcado y grave, y unas erres asombrosas. Me removí inquieta en el asiento intentando que no se me notara mucho. Y menudas ínfulas... ¿Un buen estómago? Estaba convencida de que Simon no le dejaba hacer un ritual de destripamiento dos veces al día los fines de semana durante la feria.

Debí de hacer algún ruido —quizá resoplé o algo parecido—, porque Mitch se volvió hacia mí.

—¿Estáis disfrutando del día, *milady*? —Acababa de tragarme una tonelada de agua y, aun así, me notaba la garganta seca. Tenía que asimilar demasiadas cosas. La falda escocesa verde y azul de Mitch, que le llegaba justo por debajo de las rodillas; su acento escocés, sorprendentemente bueno, que me removió un poquito el estómago; aquellos ojos azules, que me recordaban que, debajo de aquel personaje impetuoso y audaz que interpretaba en la feria, era igual de impetuoso y audaz en persona. Cuando te dedicaba toda su atención, valía la pena deleitarse con ella. Me repateaba lo mucho que lo había echado de menos.

Y no tenía ni idea de cómo formular eso con palabras que no fueran «Llévame a casa y a la cama ahora mismo», así que me limité a agitar la botella de agua helada.

—Calor. —La palabra me salió más aguda de lo que pretendía, pero allí hacía un calor espantoso y no tenía ganas de lidiar con Mitch. O Marcus. O con quien fuera en ese momento.

Enarcó las cejas y supe que estaba a punto de convertirlo en un chascarrillo sexual, pero tal vez no fuera propio de su personaje, porque se contuvo. Se acercó a mí y me quitó la botella de la mano.

—Eso es porque no os estáis enfriando bien.

—¿Ah, no? —Crucé los brazos e intenté fulminarlo con la mirada, pero Dios mío, estaba de toma pan y moja. No podía mirarle así los abdominales.

—No —repuso con ese acento sensual—. Si me lo permitís... —Asentí, aunque no tenía ni idea de a qué estaba accediendo. Intenté no inmutarme cuando se acercó a mí y me rozó la nuca con los dedos mientras me pasaba el pelo por encima de un hombro. Me recorrió un escalofrío que no tenía nada que ver con el frío ni el calor, sino con el hecho de que me tocara Mitch. Antes de que pudiera decir nada, me pasó la botella aún helada por la nuca, y el frío repentino fue todo un alivio.

—Ay, Dios —dije con un gemido. Alcé la vista rápidamente, y el frío que sentía casi se esfumó bajo el fuego abrasador de su mirada. Me había oído gemir así antes y, por la expresión que ponía, supe que él también se acordaba.

—¿Mejor? —Su voz era un ruido ronco, solo para mí, y no pude más que asentir en silencio—. Bien —añadió, y esa vez la palabra prometía algo tan íntimo que no quise planteármelo siquiera.

Por suerte, justo en aquel momento un hombre vestido de la realeza anunció el comienzo de la partida de ajedrez y llamó a todo el reparto a sus puestos. Alargué la mano para agarrar la botella y nuestros dedos se rozaron. Cuando la tuve bien agarrada, Mitch la soltó, dio un paso atrás y esbozó una pequeña sonrisa. Luego se puso la mano sobre el corazón y se inclinó.

—*Milady.*

Y acto seguido se fue, ocupando su lugar en el tablero para que comenzara la partida.

Stacey me dio un codazo.

—Oye, ¿y eso?

—Nada. —Me quité la botella del cuello y la destapé de nuevo para darle otro trago. Tenía el cuello frío, pero el resto de mí ardía.

—No es nada, no —dijo Emily desde el banco detrás de nosotras. ¿De dónde diablos había salido? Se inclinó entre las dos y sonrió a Stacey—. Te has perdido mucho por aquí últimamente.

—¿Ah, sí? ¿Como qué?

—Como April y Mitch.

—¿Qué? —El chillido de Stacey quedó ahogado por la lucha que había comenzado en el gran tablero de ajedrez. Una lucha a la que ninguna de nosotras estaba prestando atención. Menos mal que estábamos sentadas en la parte de atrás.

—*Chist* —las hice callar—. El espectáculo acaba de comenzar. —Señalé hacia el campo, donde unos actores disfrazados de adolescentes se daban golpes con un bastón y una espada.

Pero a ellas les importaba un pimiento.

—Deberías verlos juntos, Beatrice. —Emily volvió a su acento, usando el nombre del personaje de Stacey—. Hacen una pareja espléndida.

—¿De veras? —Stacey sonrió todavía más mientras volvía a dirigirme una mirada interesada. Fruncí el ceño. Ser la única persona que no interpretaba un papel empezaba a molestarme. Eso y que chismorrearan sobre mí. Que se burlaran de algo que no era real. Otra vez, como en el club de lectura.

Pero aquello no era el club de lectura. Emily me abrazó por los hombros desde detrás. Era su forma de recordarme que me apoyaba en todo y que eso solo eran bromas de hermanas, no cotilleos. Negué con la cabeza con fuerza.

—Solo nos estábamos haciendo un favor, nada más —dije—. De verdad, no ha pasado nada.

Stacey suspiró.

—Bueno, pues es una lástima. Porque lo noto. Y seguro que hacéis buena pareja.

—Así es —confirmó Emily, y le di un golpe en el brazo mientras ella intentaba hacerse la inocente—. ¡Estoy diciendo la verdad! —Le estaba gustando demasiado el tema.

Volví a centrarme en la partida de ajedrez, en la que Mitch bloqueó un ataque con aquella enorme espada suya, y allí estaba yo, que no me quedaba otra que observar la forma en que se movían los músculos de su espalda mientras hacía retroceder a su atacante. Dio todos los pasos de la coreografía de la pelea y juro que lo intenté... Intenté con todas mis fuerzas no recordar cómo eran esas fuertes piernas enredadas con las mías. Intenté bloquear el recuerdo del tacto de su piel contra la mía, la forma en que esos mismos músculos de la espalda se ondulaban bajo mis manos cuando participaba en actividades más íntimas.

Lo intenté. Pero, por desgracia, tenía muy buena memoria. Iba a necesitar mucha más agua.

DIECISÉIS

Sobreviví a la partida de ajedrez humana por los pelos y hui poco después, dejando atrás a mis amigos disfrazados. De todas formas, ya había pasado allí un buen rato. Tenía que haberme ido a casa hacía horas. Llegué a tiempo para darme una ducha larga y pedir comida china para cenar —nuestra tradición de los sábados durante la feria—, antes de que Caitlin llegara a casa.

—¿Ya has charlado con todos durante la partida de ajedrez? —Caitlin llevaba puesto el albornoz y el pelo mojado peinado hacia atrás, mientras servía pollo agridulce en un cuenco de arroz y le echaba salsa de color naranja neón por encima.

—Así es. —No me explayé. No quería. ¿Qué iba a decirle? «¿Recuerdas que no salgo con el entrenador Malone? Bueno, pues eso sigue siendo así. Sin embargo, quizá ha habido algo de babeo por mi parte. Y algunas cosas ligeramente picantes que tienen que ver con una botellita de agua. Ese hombre debería ir acompañado de algún tipo de advertencia».

Pero en ese día había algo que no me acababa de cuadrar. Lo sentí en aquellos momentos en los que Emily y Stacey conversaban metidas en sus respectivos personajes, como si fuera un idioma que yo no conociera o un club al que no perteneciera. Todos mis amigos y familiares llevaban esos disfraces radiantes y me hacían sentir como si estuvieran al otro lado de un abismo que yo no era capaz de cruzar. No decían nada a malas ni se burlaban, pero estaba claro que su experiencia allí era muy distinta a la mía. Yo no estaba acostumbrada a eso. Y no estaba acostumbrada a que me importara. Siempre me había mantenido al margen; querer encajar no estaba exactamente en mi ADN.

Por lo tanto, a la mañana siguiente me presenté en la taquilla, me quedé las cuatro horas de rigor y me fui a casa. No quería volver a encontrarme con Mitch. Ni siquiera quería encontrarme con mi hija ni con mi hermana mientras estuvieran disfrazadas. Todos ellos, con sus personajes y sus acentos, me hacían sentir como una extraña.

De todas formas, tampoco tenía mucho sentido involucrarme. Solo conseguiría apegarme a algo que estaba a punto de dejar atrás. Debería centrarme en mi futuro. En vender la casa y en abandonar Willow Creek. No necesitaba echar más raíces. A partir de ese momento, pensaba hacer mis turnos como voluntaria y nada más. Ignoraría el seductor golpeteo de los timbales y el choque de acero contra acero de los distintos escenarios, bien sentadita en la taquilla. ¿Quién necesitaba los lejanos sonidos de las gaitas flotando en la brisa y el tenue olor a caballo procedente del campo de justas?

Yo ya te digo que no.

Sí. Esa resolución me ayudó a pasar ese primer fin de semana y nada más. Pero en mi defensa debo decir que lo que pasó después no fue culpa mía.

En mi segundo fin de semana como voluntaria en la taquilla, llegué a la feria temprano por la mañana con una lista de tareas en la cabeza. Después de terminar mi turno, iría a la tienda de comestibles de camino a casa para poder relajarme aquella tarde. Me ducharía antes de que llegara Caitlin a casa para que ella se aseara tranquila después de un largo día de feria. Luego me acostaría temprano, quizá leería un poco antes de dormir y el domingo vuelta a empezar.

Era un buen plan. Y se fue a la mierda sobre las diez y media.

Nancy tenía razón: trabajar en la taquilla era probablemente el mejor lugar de la feria para observar a la gente. Todo el mundo tenía los ojos brillantes y rebosaba energía nada más llegar. Los disfraces estaban planchados e inmaculados; aún no estaban estropeados por el polvo de las calles de la feria ni por el sudor tras el calor inevitable del día. Los asistentes estaban entusiasmados por estar allí y cruzaban las puertas como niños la mañana de Navidad. La gente se reunía delante de nuestro puesto y se saludaba con abrazos y vítores. Había tantos gritos de «¡Albricias!» que por fin entendía las veces que Emily o Caitlin usaban esa palabra en una conversación habitual.

Pero volvía a sentir esa extraña sensación de separación. Con todos esos «gracias, *milady*» que me decían cuando les cobraba la entrada o la escaneaba, era como hablar con alguien de otro mundo. Un mundo del que no deseaba formar parte, así que ¿por qué me molestaba tanto?

El siguiente grupo era una familia: una madre y un padre con dos niños casi en edad escolar. El niño iba vestido de pirata y llevaba un gran sombrero negro y una espada de plástico, mientras que su hermana pequeña iba de princesa. Mientras, la madre llevaba un vestido de verano de aspecto cómodo y el padre, una cámara de fotos colgada del cuello por encima del polo. El pirata en miniatura insistió en pagar, agitando los billetes que le había dado su padre. Me bajé del taburete y me acerqué a la parte delantera de nuestro edificio improvisado, poniéndome en cuclillas a la altura del diminuto pirata.

—Gracias, amable señor. —No puse acento, pero supuse que ese pequeñajo se merecía un poquito de actuación. Le di el cambio y las entradas para su familia, y se volvió hacia su padre con aire triunfal. Sonreí a la familia—. Disfruten del día. —Lo había dicho un millón de veces en lo que iba del fin de semana, y lo diría tres millones más.

—¿April?

La voz no me resultaba familiar y, al incorporarme, me pregunté si era a mí a quien se dirigían. Probablemente no. April no era un nombre tan infrecuente, en realidad.

—¡April! ¡Hola!

Luego me centré en el siguiente grupo de la cola para comprar entradas.

—Lulu —murmuré, sorprendida. Porque delante de mí estaba Lulu, la prima de Mitch. Peor aún, con ella había dos personas mayores que me sonreían porque me habían reconocido. Los abuelos de Mitch—. Señor y señora Malone —dije—. Hola.

Mierda.

Lulu era de las que abrazan; lo había olvidado. Pero el recuerdo volvió cuando me abrazó como si fuera una amiga que no veía en mucho tiempo, en lugar de la novia de mentirijilla de su primo a la que había conocido unas semanas atrás. Me sobresalté un poco, pero le seguí la corriente y le di una palmadita en la espalda antes de que me soltara.

—¡Qué maravilla! No sabía que tú también estarías aquí. —Lulu era la viva imagen del desenfado. Llevaba el pelo recogido en una coleta, que asomaba por detrás de una gorra de camionero teñida que parecería absurda en cualquiera que no fuera ella. La combinaba con un vestido veraniego y unas zapatillas altas. Muy prácticas para ese tipo de día: las sandalias eran lo peor para andar en el bosque, según Emily y Stacey.

—Me alegro mucho de verlos —mentí, dirigiendo mi atención tanto a Lulu como a sus abuelos, personas a las que no esperaba volver a ver.

—Pues mira qué bien, porque estamos aquí gracias a ti —me aseguró Lulu con una sonrisa.

—¿Cómo? —No tenía ni idea de cómo responder a eso, así que me conformé con parpadear varias veces.

La sonrisa de la abuela Malone era probablemente más cálida de lo que me merecía.

—Dijiste que teníamos que ver a Mitch en acción, ¿no?

—Ah. Sí, es verdad. Pues eso es..., ¡eso es fantástico! —Traté de inyectarle algo de entusiasmo a mi voz, pero la cabeza me daba demasiadas vueltas como para hilar frases coherentes—. Mitch les habrá dejado algunas entradas para pasarlas a recoger, ¿verdad? —Volví corriendo a la seguridad de la cabina tratando de poner tanta distancia entre nosotros como fuese posible. Como si eso ayudara a calmar mi acelerado corazón.

—Ah, no —dijo la abuela Malone mientras el abuelo Malone sacaba la cartera—. No sabe que estamos aquí. —Se inclinó hacia delante como si fuera a contarme un secreto y yo me acerqué también, involuntariamente—. Se nos ha ocurrido venir a darle una sorpresa.

—Eso es fantástico —repetí, porque mis habilidades de conversación se habían ido a la mierda del todo. Sin embargo, me recompuse lo suficiente como para agitar la mano al ver el dinero que el abuelo de Mitch me extendía—. Guárdenselo. Seguro que a Mitch le quedan entradas de cortesía. Y si no las tiene, las tengo yo. —Fui a por el montón de papeles grapados en que se enumeraba a todos los actores y voluntarios, junto con las entradas gratuitas que se habían emitido a su nombre.

—¿Cómo? ¿No estás segura? —preguntó la abuela—. ¿Estará repartiendo tu novio entradas a tus espaldas?

Volví a mirarla, algo alarmada, pero la mujer se estaba riendo de su propia broma. Aunque intentaba relajarme, estaba pensando demasiado rápido..., demasiado fuerte. ¿Era algo que debería saber una novia? ¿Sobre todo una novia que hacía de voluntaria junto a su novio en la misma feria medieval? La primera vez que Mitch y yo habíamos hecho aquello, yo estaba preparada. Y cuando Mitch me había devuelto el favor en la graduación, solo había sido algo rápido e improvisado para salvarme el culo delante de mi exmarido. No estaba preparada para volver a interpretar ese papel por tercera vez.

Aun así, conseguí forzar una risa discreta.

—Ya conoces a tu nieto... —le dije—. No sé ni la mitad de las cosas que hace.

Lulu soltó una risita.

—Sí, eso es propio de Mitch.

A mi lado, Nancy había acabado enterándose de la conversación.

—¿Son los abuelos de Mitch? —Juntó las manos, encantada—. ¡Ay, es un placer conocerlos! Mitch es un cielo. Deberían estar muy orgullosos. —Intenté no resoplar. Había muchas palabras para describir a Mitch; «un cielo» no era una de ellas en lo que a mí respectaba.

Pero cuando miré a la abuela Malone, la vi encantada con los elogios. No había nada mejor para una abuela que oír halagos sobre sus nietos.

—Gracias —dijo, casi pavoneándose—. Todos estamos muy orgullosos de él.

Miré rápidamente a Lulu, que me miró con los ojos muy abiertos y se encogió de hombros. Era todo lo contrario de lo que su familia había dicho de él —¡incluso a la cara!— la última vez que los vi, pero daba igual. Habían ido a verlo, y eso era lo más importante.

Los acompañé a la puerta principal, y Lulu me tomó del brazo a modo de despedida.

—Me alegro de verte —dijo—. ¿Nos veremos antes de irnos?

—Sí, claro. —Me encogí de hombros con una sonrisa. No estaba muy segura de cómo, pero era mejor que soltarle un «lo dudo», ¿no? No obstante, mientras cruzaban la puerta principal y yo volvía a mi sitio en la taquilla, Nancy se volvió hacia mí con una amplia sonrisa.

—Qué pillina —me soltó—. No me habías dicho nada.

Lo único que pude hacer fue parpadear. Me quedaban unas tres neuronas entonces y nada tenía sentido.

—¿Nada sobre qué?

—Sobre eso. —Señaló con la cabeza hacia la puerta principal—. ¿Tú y Mitch Malone? Has sido más discreta de lo que yo sería si estuviera en tu lugar, eso seguro. —Se abanicó con una mano.

—Ah... Eso... —Ay, no. ¿Y ahora qué? ¿Rehacer la elaborada mentira de nuestra relación ficticia para toda la dichosa feria medieval? ¿Y durante cuánto tiempo? ¿Solo porque su familia hubiera aparecido ese día?

Se me apagó el cerebro de golpe con ese último pensamiento. Su familia estaba aquí. Y Mitch no lo sabía. Miré la hora en el teléfono; me quedaba una hora hasta que terminara el turno y pudiera avisarle. Pero ya sería demasiado tarde. Seguramente lo encontrarían antes y él se vería en la misma tesitura que yo, teniendo que pensar sobre la marcha. Me había sacudido tanto el asunto que no le haría ascos a pasarme el resto del día tumbada en una habitación oscura. Mitch tenía que librar una pelea con espadas; no necesitaba ese tipo de distracción.

Sin embargo, aún tenía que ocuparme del problema más inmediato, porque Nancy seguía con una mirada interrogante. Me metí el móvil en el bolsillo y esbocé una débil sonrisa.

—Soy una persona reservada. No me gusta presumir.

Al parecer, fue la mejor respuesta, porque Nancy prácticamente se partió de la risa, algo que en alguien de su edad quedaba muy bonito.

—Ve, anda. —Me empujó ligeramente por el hombro—. Acompáñalos y enséñales la feria. Yo me encargo hasta que llegue Michael.

—¿Estás segura? —Lo último que quería hacer ahora era acercarme a un Malone. Pero la multitud frente a la taquilla se había reducido mucho; una cantidad más que manejable para una profesional como Nancy.

—Claro, mujer. —Me dio otro empujoncito—. Te dejo libre por hoy. Ve a divertirte.

Me entraron ganas de reírme al oír eso. Pasar el rato con la familia de Mitch y revivir esa mentira no era precisamente algo que considerara divertido.

Estuve a punto de acobardarme. Llegué hasta el coche, me quité la camiseta de voluntaria, que llevaba anudada sobre un vestido largo —mucho más fresco que unos vaqueros—, y la lancé al asiento del copiloto. Miré con nostalgia el volante, imaginando que me sentaba frente a él y me largaba de allí. Luego volví la vista hacia la feria. Hacia la tenue música, las risas y los gritos apagados de «¡Albricias!». Mitch estaba a punto de ser emboscado por su familia. Nancy se había mostrado tan alegre ante la perspectiva de que Mitch y yo estuviéramos juntos que no me cupo ninguna duda de que ya se estaba corriendo la voz sobre nosotros por toda la feria. Eso también le molestaría. Y tendría que enfrentarse a todo eso solo, mientras yo huía a casa como una gallina. Y luego debería explicar por qué su novia los había dejado tirados a todos en vez de socializar un poco.

Pero si volviera allí…, me tocaría ser su novia. De nuevo. Y esa vez no sería fuera de la ciudad, rodeada de desconocidos y donde me importara un comino lo que pensaran. Ni sería un apaño rápido para quedar bien delante de mi ex. Era en mi pueblo natal. Mi hermana estaba aquí. Mi hija estaba aquí… Ay, Dios, mi hija. Encima, yo debía hacer de voluntaria con esa gente dos fines de semana más. Sería la comidilla. Hablarían del tema con Caitlin. Me mirarían. Hablarían de mí. Me entraron ganas de hacerme un ovillito hasta quedar reducida a la nada.

Parpadeé con lágrimas de pánico y agarré las llaves con tanta fuerza que se me clavaron en la suave piel de la palma y todo. No podía hacerlo.

Pero tendría que hacerlo.

—¡Mierda! —exclamé con un gruñido, que remarqué cerrando de golpe la puerta del coche. Más que caminar, digamos que me acerqué a la puerta principal dando grandes zancadas.

Y así fue como me convertí en la persona más gruñona que jamás haya cruzado las puertas de una feria medieval.

Al menos esa vez sabía cómo moverme. Me abrí paso entre la multitud con la mirada fija al frente. Me negué a dejarme distraer por todas las cosas brillantes que había a ambos lados del camino. No había entrado a comprar. No había entrado a ver ningún espectáculo. Tenía una misión: interceptar a mi falso novio y decirle que era su falsa novia. Otra vez.

—La última vez —murmuré en voz baja mientras caminaba más rápido, pasando de largo por el escenario Marlowe, donde vislumbré a Stacey y Daniel; la banda estaba en plena actuación—. Tarde o temprano tendrá que decirles que hemos roto. Mejor que sea temprano...

—Pero ¿con quién estaba hablando? ¿Acaso importaba?

—¡Mi querida hermana! ¡Buenos días! —Emily salió sonriente de la taberna justo delante de mí y me pregunté, no por primera vez, cómo podía respirar con aquel atuendo. El fin de semana anterior vestía de azul, pero ese iba a juego con su marido: de color vino oscuro y negro, con una rosa roja enhebrada en el recogido que se había hecho con los rizos. Incluso a pesar de mi ligero pánico, me fijé en lo acertada que iba.

No podía ignorarla como si no la hubiera visto.

—Hola. Sí. Buen día y todo eso. —Dejé de caminar, pero la vista se me fue hacia delante, hacia atrás y alrededor. Buscaba una gorra de camionero teñida que acompañaba a un par de octogenarios por la feria.

Frunció el ceño, pero como había mucha gente a nuestro alrededor, se mantuvo en su papel, más o menos.

—¿Va todo bien, hermana? Pareces afligida.

—Sí. Es que... —No los veía, y eso no era necesariamente bueno. Quizá hubieran encontrado ya a Mitch. No sería un desastre total, pero tenía que acercarme. Emily seguía esperando mi respuesta, así que... Qué diablos. Ya puestos, mejor ponerla al corriente—. La familia de Mitch está aquí.

Emily puso los ojos como platos y me tiró del brazo para sacarme del camino y llevarme a un bosquecillo para poder aparcar el acento.

—¿El primo ese imbécil?

—No, no. —Por suerte, Dios aprieta pero no ahorca—. Sus abuelos y su prima Lulu.

Emily hizo una mueca.

—¿Quién llama «Lulu» a su hija?

—Es el diminutivo de algo. Louisa, creo. —Sacudí la cabeza; eso no venía al caso—. En fin, es simpática.

—Ah. Bueno, pues ni tan mal.

—A ver, él no sabe que están aquí. Y van a empezar con lo de «¿Dónde está tu novia?» y él no sabrá qué responder.

—Aaah. —Emily soltó un largo suspiro. La verdad era que, para mí, era un misterio cómo podía hacer algo así.

—Pues eso. —Señalé hacia el campo de ajedrez, donde había empezado a congregarse una pequeña multitud, pero no la suficiente como para indicar que empezaba el espectáculo—. ¿Está por allí? Quería hablar con él antes de...

—Sí, por supuesto. Lo entiendo —dijo Emily con el acento impostado mientras se ponía las manos en las caderas encorsetadas y seguía mi mirada—. No lo veo, pero no creo que se haya ido muy lejos. El primer pase empieza pronto.

Lo más importante era que todavía no había visto a ningún Malone, así que la cosa prometía.

—Vale. Voy a ver si lo encuentro.

—Por supuesto —repitió. Luego me sonrió y, olvidándose del acento como antes, añadió—: A este paso te va a deber un tejado nuevo.

Resoplé.

—Ya te digo. —Si hubiéramos estado a principios de verano, me habría aprovechado de la situación para hacerle trabajar más en casa. Pero en ese momento eso era lo último en lo que pensaba. Además, tenerlo cerca de mi casa era una mala idea. Sobre todo con lo chismosas que eran mis vecinas. Además, pasar tiempo con Mitch había dejado de ser una transacción hacía mucho. Llevaba varias semanas sin hablar con él, sin hablar de verdad, y lo echaba de menos. Lo echaba de menos a él.

Esa revelación fue algo alarmante. No me hizo mucha gracia. Además, era algo que no tenía tiempo de plantearme en ese instante, porque acababa de ver la gorra de camionero teñida no muy lejos del campo de ajedrez. Maldije en voz baja.

—Tengo que ir para allá —murmuré, no sé si para mí o para Emily. Mi hermana me dedicó una pequeña sonrisa y me empujó con el hombro.

—Ve.

Me fui, pasando completamente del sendero, y crucé por el bosquecillo, entre la taberna y el campo de ajedrez. Salí detrás de los bancos que rodeaban el campo. Y, gracias a Dios, Mitch estaba allí, de espaldas a mí, hablando con otro de los miembros del reparto. Había apoyado la espada en el banco que había a su lado. El combate era inminente, como había dicho Emily; el resto del elenco de luchadores ya había empezado a reunirse.

Como la persona educada que era, no me gustaba interrumpir a la gente cuando hablaba. Pero también estaba desesperada, y los otros Malone estaban de camino, así que extendí la mano hacia el brazo de Mitch, tratando de no pensar en lo cálida y sólida que era su carne y en cómo ese calor parecía subirme por el brazo. No estaba allí para eso.

Se giró inmediatamente al oírme y sus ojos reflejaron sorpresa. Hizo un gesto a la otra persona a modo de despedida y luego me dedicó toda su atención.

—Buenos días, *milady*. —No parecía particularmente contento de verme. De hecho, tenía una expresión cautelosa nada propia de un novio. Y era culpa mía, por haberlo alejarlo de mí del modo en que lo hice. Y aunque no era el momento de arreglar las cosas, debía hacer algo.

—Haz como si te alegraras de verme... —dije en voz baja antes de acercarme, con una sonrisa demasiado amplia en la cara. En lugar de hacer lo que le había pedido, Mitch me miró como si me hubiera dado una apoplejía o algo—. Tus abuelos están aquí —mascullé con esa sonrisa de loca, tratando de recordar cómo parecer una novia.

—¿En serio? —Seguía con la voz impostada, pero abrió los ojos de par en par. Miró por encima de mi cabeza y a su alrededor antes de detenerse—. Ah. Ya los veo. —Cuando volvió a mirarme, había conseguido poner una expresión de satisfacción, no del todo parecida a la de un novio, pero más o menos. Podríamos conseguirlo. O eso esperaba.

—Sí. Así que tenemos que... —Volví a tocarle el brazo, porque lo tenía ahí mismo y ¿por qué no? Incluso me di el gusto de deslizar la palma por su piel, cálida por el sol, disfrutando de la forma en que sus músculos se flexionaban bajo mi mano. Ay, Dios, qué gozada. Por un momento, hasta olvidé por qué estaba allí. Le estaba tocando la piel y se le había acelerado la respiración; sabía que, si miraba sus ojos azul eléctrico, los vería oscuros y anhelantes. De repente, pensé en aquella habitación de hotel de Virginia de hacía un tiempo... Bueno, y en el suelo de mi salón de hacía unas semanas... Y supe que él pensaba en lo mismo.

—Eh. —Había dejado de lado el acento, pero su voz era tan bajita que nadie más podía oírlo salvo yo. No lo miré; seguí concentrada en la mano con que le tocaba el brazo, hasta que las yemas de sus dedos estuvieron bajo mi barbilla, inclinando mi cabeza hacia arriba para mirarlo a los ojos. Y se me cortó la respiración; ahí estaba... Ahí estaba esa mirada, la que había estado esperando. La que había estado temiendo. Ahora sí que parecía un novio—. No pasa nada —dijo en un hilo de voz, y la sonrisa que se asomaba a su boca no era fingida. Antes de que pudiera darle más vueltas al asunto, se inclinó hacia mí y me dio un beso ligero en los labios—. Gracias por venir a salvarme —me susurró en la boca.

—Sin problema —respondí, luchando contra el impulso de ponerme de puntillas para conseguir otro beso. Uno de verdad—. *Quid pro quo*, ¿recuerdas?

—¿Ah, sí? —Sonrió contra mis labios—. ¿Qué te debo esta vez?

Sonreí cuando nos separamos.

—Nada, invita la casa.

Eso lo hizo reír, una carcajada ronca que no solo oímos los dos mientras volvía a meterse en el personaje. En un escocés con espada y en mi falso novio.

—Gracias, mi amor —dijo acariciándome bajo la barbilla, con los ojos encendidos de alegría—. Ahora, si me disculpas, tengo una pelea que ganar.

Recogió la espada y me hizo una reverencia antes de volver al campo de ajedrez con sus compañeros. Se fue directo hacia Simon, que se estaba abrochando el talabarte. Los dos hombres mantuvieron una conversación tranquila y seria, que terminó con Simon asintiendo enfáticamente y Mitch dándole una palmada en el hombro con expresión aliviada antes de volver a su lado del campo.

Técnicamente, yo ya había cumplido. Habíamos hecho el paripé delante de su familia y podía marcharme de allí. Así no lo sorprenderían cuando fueran a saludarlo después del espectáculo. Estaba preparado y podía darles alguna excusa falsa que explicara mi ausencia.

Sin embargo, por lo visto mis piernas no querían funcionar, aún me temblaban por la fuerza de aquel besito, así que me senté en el banco que había ocupado antes su espada. El corazón me dio un vuelco cuando él se colocó en posición, y se me entrecortó la respiración. Quizá debería quedarme allí sentada unos minutos. Y luego podría irme a casa.

—Ay, madre... mía. —Stacey se sentó en el banco detrás de mí, con una expresión de alegría—. ¡Sois tan bonitos!

Me volví hacia ella con el ceño fruncido, a pesar de que todas mis terminaciones nerviosas seguían zumbando alegremente al sentir la piel de Mitch contra la mía.

—¿Tú no tienes trabajo que hacer por aquí? ¿No deberías ponerte con eso en vez de acosarme?

Stacey se encogió de hombros, completamente indiferente a mi ira.

—Estamos en un descanso y es el mejor momento para pasear. Me alegro mucho de haberlo hecho, además, ¡porque he podido veros! —Se abrazó a sí misma con alegría.

—No ha sido nada —insistí, pero creo que no parecía tan segura como quería—. Nada —repetí—. Solo le hacía un favor.

—¿Un favor? —Negó con la cabeza—. Explícame eso...

—¡April! ¡Aquí estás!

Giré la cabeza y vi a Lulu, la prima de Mitch, saludándome con la mano y guiando a sus abuelos en mi dirección. Porque... Evidentemente, cómo no. Me levanté y acompañé a los abuelos Malone para que se sentaran en primera fila, mientras Lulu y yo nos sentábamos junto a Stacey en el banco de detrás. Hice las presentaciones sin perder tiempo y fulminé a Stacey con la mirada desde detrás de la espalda de Lulu.

—Los conocí cuando hace poco fui con Mitch a una reunión familiar. —Imprimí todo el significado que pude a las palabras y le rogué a Stacey mentalmente que leyera entre líneas.

—¡Anda, qué bonito! —exclamó Stacey, siguiéndome el juego. Di gracias a Dios.

El abuelo Malone se volvió para mirarme.

—Tengo que decir, April, que estabas en lo cierto.

Parpadeé.

—¿En serio? —Pero ¿sobre qué? Apenas habíamos cruzado dos palabras en todo el fin de semana, salvo para elogiar la barbacoa, pero aquello no era ninguna novedad para él.

La abuela Malone asintió y se unió a la conversación.

—No tenía ni idea de lo que hacía Mitch aquí. Sabía que participaba en la feria, sí, pero no sabía lo que significaba. Y he decidido ponerle remedio.

El abuelo Malone asintió con la cabeza.

—Por eso hemos venido hoy.

—Ah. —No sabía qué decirles. Que yo supiera, la perorata que les eché en la mesa del comedor había sido una vergüenza. Creía que la conclusión principal que habrían extraído era que yo era una persona inestable.

—Sí. —Lulu me chocó el hombro con el suyo—. Y cuando me dijeron que iban a venir, insistí en acompañarlos. Tenía que ver todo esto de las faldas escocesas por mí misma. Entre tú y yo, las faldas escoce- sas no son lo mío, pero... —Miró hacia la otra punta del campo, hacia su primo, con una sonrisa—. Llevas razón. Seguro que por aquí es muy popular.

—Ya te digo —contesté antes de pensármelo dos veces. ¿Debía so- nar celosa? ¿Cuál era el protocolo de novia para ese tipo de conversa- ción? Decidí que, como novia de Mitch, estaría segura de mí misma, dispuesta a compartirlo con la gente. Porque, sinceramente, ¿podría alguien evitar que Mitch fuera Mitch?

—No entiendo lo que estamos viendo. —El abuelo Malone negó con la cabeza—. ¿Qué está pasando aquí exactamente? —La pregunta iba dirigida a mí, lo cual fue una idea terrible, porque mi respuesta era «Una partida de ajedrez humana» sin ninguna otra aclaración.

Pero, por fortuna, Stacey conocía la feria como la palma de su mano.

—En el ajedrez humano, todo ese campo es el tablero. ¿Ve los cua- drados? Y las personas son las piezas. —Señaló con la mano—. Mire, los peones están delante; el resto de las piezas, detrás. Se les indica hacia dónde moverse y, cuando una pieza alcanza a otra, luchan. Con espadas.

—Ah. Entiendo. —Se removió en el banco y fruncí el ceño.

—¿Está bien? Sé que estos bancos no son los más cómodos. —No me gustaba que sus abuelos estuvieran ahí sentados bajo ese sol de justicia. Sobre todo porque era por mi culpa que estuviesen allí, para empezar. Dudé de que Mitch me diera las gracias si a sus abuelos les daba un golpe de calor.

Pero me hizo un gesto con la mano.

—Estoy bien. No te preocupes por mí.

Mientras tanto, Stacey les seguía explicando todo el asunto de la partida de ajedrez a la abuela Malone y a Lulu.

—Mitch está en el lado blanco, así que es el caballo blanco.

—Cómo no —murmuró Lulu, y yo solté una risita. Me miró a los ojos y sonrió sin ambages; era como la sonrisa de Mitch... Ahí estaba el ADN Malone. Me caía bien. Una parte de mí deseaba poder confesárselo todo. Ella lo comprendería. Pero no. Mitch me había pedido que fingiera ser su novia para hacerle quedar bien. Decirle a su familia que era todo mentira sería justo lo contrario.

Así pues, opté por quedarme calladita, y Stacey y yo permanecimos sentadas con la familia de Mitch mientras lo veían seguir los pasos de la partida de ajedrez. No tardé en darme cuenta de que parecía diferente a la semana anterior. Para esa partida habían vuelto a la coreografía original, en la que él y Simon se enfrentaban en la batalla final del espectáculo. Supongo que era eso lo que había ido a hablar con Simon. Esa lucha era más intrincada y, lo más importante, la ganaba Mitch. Era normal que quisiera presumir ante sus abuelos.

Era la misma coreografía que había visto en su móvil más de una vez, pero verlo en persona era harina de otro costal. La enorme espada de Mitch chocó con el estoque más delgado de Simon. Al cabo de poco tiempo, se habían desarmado mutuamente y habían recurrido a la lucha cuerpo a cuerpo. Entonces, Simon volteó a Mitch por encima del hombro, y aquella falda voladora fue un espectáculo digno de contemplar, incluso con los pantalones cortos de debajo. Mitch aterrizó de pie, se agazapó un instante y volvió a arremeter contra Simon. La abuela Malone aplaudió encantada, y ese placer que irradiaba me removió por dentro. Una chispita dentro de mi pecho que me llenaba de felicidad y, a la vez, me encogía el corazón. Su familia lo quería de verdad. ¿Cómo podía pensar él lo contrario?

La pelea terminó con Simon de rodillas en la hierba mientras Mitch le apretaba una daga en el cuello. El abuelo Malone soltó un silbido ensordecedor mientras se unía a los aplausos del resto del público.

—Un segundo... —Lulu se volvió hacia mí con los ojos entornados—. ¿De dónde ha sacado el cuchillo?

—No querrías saberlo —contesté. La abuela Malone se rio.

—De la bota —dijo Stacey, golpeándome en el hombro con una risita—. Ese primo tuyo es muy astuto.

—Ja —dijo ella—. Me he perdido esa parte. —Aplaudió más fuerte y gritó—: ¡Hazlo otra vez!

Mitch acababa de ayudar a Simon a levantarse del suelo —salieron del personaje solo un instante— y se giró al oír la voz de su prima. La fuerza de su sonrisa fue cegadora, y me quedé sin aliento. Respiraba con dificultad, con el pecho agitado por el esfuerzo de actuar bajo aquel sol, y le brillaba el sudor en la piel dorada. Me esforcé por no mirar, pero no estaba teniendo demasiado éxito.

El espectáculo terminó poco después, y Mitch recogió su espada del suelo antes de acercarse a nosotros.

—¡Abuelos! —Su voz era estruendosa y muy escocesa, y Lulu se partió de la risa al oírla.

La abuela Malone se puso en pie y sonrió ante la llegada de Mitch.

—Mitch, ha sido... —Antes de que pudiera terminar la frase, él la recogió en brazos y la levantó del suelo en un profuso pero cuidadoso abrazo que la hizo chillar—. ¿Qué haces? ¡Bájame! —Sin embargo, se reía como una niña cuando él la dejó de nuevo de pie. Le dio un golpecito en el pecho como reprendiéndolo—. Estás sudado.

Stacey chasqueó la lengua mientras intentaba no reírse.

—Mira que cargar a tu abuela como un saco de patatas..., ¿qué te pasa?

—Eso —dijo Lulu con una amplia sonrisa—. Qué grosero.

—Oh, tienes razón. —No dejó de impostar el acento—. Hay que respetar a la gente mayor. —Pero cuando Lulu fue a abrazarlo, él le hizo tres cuartos de lo mismo, y esa vez le dio hasta un par de vueltas. Se estaba pavoneando. Me encantaba.

Lulu graznó, encantada, y se llevó una mano a la cabeza para recolocarse la gorra mientras él la dejaba en el suelo.

—¡Ya basta! —Le golpeó el brazo—. Yo también soy mayor.

Él se burló.

—Cinco años. No cuenta.

Levanté una mano cuando se volvió hacia mí.

—No te atrevas...

—No se me ocurriría. —Su sonrisa era cálida y el brazo con el que me rodeó era más cálido aún. No me levantó ni me balanceó. Me abrazó acercándome a su costado y me plantó un beso en la sien. No era un beso para presumir, no era para demostrar nada. Era más sencillo que eso y, al mismo tiempo, más profundo: una cómoda declaración de que estábamos juntos. Y aunque estábamos entre la multitud, parecía íntimo. Yo lo sentí real.

Lo había echado de menos. Echaba de menos sentir que Mitch y yo éramos un frente unido contra..., bueno, contra cualquier cosa. Cada vez que fingíamos, nos salía un poquito mejor. Y cada vez que fingíamos, me costaba más recordar que todo se basaba en una mentira. Que, a fin de cuentas, aunque Mitch y yo pareciéramos una pareja perfecta el uno para el otro, pronto volveríamos a la normalidad. Y yo me iría a casa sola.

Estar sola había sido mi sueño antes, pero con el brazo de Mitch rodeándome así, prefería mil veces la mentira.

DIECISIETE

Lo de dejarme sola, sin embargo, ese día estaba descartadísimo.

Mitch se quedó con nosotros unos minutos, pero Simon no tardó en llamarlo. Por lo visto, allí no había descanso para piratas ni para escoceses. Hubo unos instantes de incómodo silencio después de que se marchara, mientras yo me preguntaba cómo podría largarme de ahí ahora que mi trabajo había terminado.

Sin embargo, la abuela Malone se volvió hacia mí. Hacia mí. ¿Por qué?

—¿Y ahora qué?

—¿Cómo? —Alarmada, enarqué las cejas hacia Stacey, que estaba disfrutando de lo lindo con todo eso.

—Pues ahora... —Se sacó el teléfono de una funda que llevaba en el cinturón y miró la hora—. Bueno, si les ha gustado la falda escocesa de Mitch, vengan conmigo. Nuestro próximo espectáculo está a punto de empezar, y por ahí hay una sombrita muy agradable. De camino podemos comprar agua.

—Buena idea. —Lulu enhebró el brazo con el mío—. Vámonos.

Dios. A ese paso no me iría nunca a casa.

Caminamos por el sendero y pasamos por la taberna para beber algo: unas sidras frías para Lulu y para mí, una cerveza aún más fría para el abuelo Malone, hidromiel dulce para la abuela y botellas de agua helada para llevarnos todos. Emily nos sirvió y nos dio el palique típico de tabernera, mientras descansábamos a la sombra, en una de las mesas, para refrescarnos un poco. Stacey nos dejó para acercarse al escenario Marlowe. Cuando fuimos a verla, ya había dejado preparada la parada con el *merchandising* de Duelo de Faldas y se había puesto detrás; nos saludó con la mano mientras yo acompañaba a los abuelos Malone para sentarnos a la sombra de unos árboles y me aseguraba de que tuvieran agua. En mi presencia, no se deshidrataría ningún abuelo. Asistir al espectáculo de Duelo de Faldas había sido una buena decisión. Hacía tiempo que no veía la actuación completa y no recordaba lo divertida que era. Sinceramente, el espectáculo bien valía el precio de la entrada: no tenía nada que ver con la participación de Stacey, pero sí un poquito con su talento y mucho con lo guapos que iban todos con aquellas faldas escocesas. La familia de Mitch parecía pasárselo en grande, pero cuando el espectáculo se acercaba a su fin, me invadió cierto pánico. ¿Qué haría después con ellos? ¿Y por qué tenía que ocuparme yo de que se divirtieran?

Cuando la mayoría del público empezó a desfilar, la abuela Malone se volvió hacia mí.

—Aquí hace mucho más fresquito. ¿Crees que les importará que nos quedemos un rato?

Me encogí de hombros.

—No, no creo que sea un problema. ¿Está segura? —Quedarme allí sentada me parecía bien. Hacía unos diez grados menos a la sombra y...

—Bien —dijo la abuela Malone—. Pues Lulu y tú id a divertíos. Venid a buscarnos más tarde.

—Ah. —Parpadeé y miré a Lulu—. Esto... —No había manera educada de salir de esa, ¿verdad?

—¿Seguro? —preguntó Lulu con una mirada preocupada, inclinada hacia ellos—. Hoy hace calor. Podemos volver al hotel si queréis.

—Todavía no. —La abuela Malone le dio un sorbito al agua—. Creo que, si me quedo aquí sentada y les doy pena, esos chicos con falda volverán a salir.

Casi eché el agua por la nariz, pero Lulu se limitó a poner los ojos en blanco y el abuelo Malone chasqueó la lengua.

—Oye, que estoy sentado a tu lado.

—¿Te crees que no lo sé? —exclamó la abuela Malone, aunque me miraba a mí y me guiñó un ojo. Me costó horrores mantenerme seria.

—Vamos. —Lulu me puso de pie, y me obligué a sonreír—. Enséñame la justa.

Bueno, eso parecía divertido. Ese año todavía no había ido por allí.

—Ahora mismo.

Al salir, pasamos por la parada del *merchandising* para despedirnos de Stacey. Estaba hablando con unos clientes y, mientras esperábamos, noté un ruidito a sus pies. Su gato blanco y negro, Benedick, llevaba un arnés con unas alitas de dragón, estaba atado a una pata de la mesa y se revolcaba en el suelo, atacando una hoja con intenciones asesinas. Todo el mundo se lo pasaba fantásticamente en la feria. Bueno, salvo esa hoja.

Por fin a solas, Stacey nos sonrió.

—Un gran espectáculo, ¿eh?

—Ya te digo. —Lulu sacudió la cabeza con asombro—. ¿Viajas con esos tipos? Vaya tela, nena.

Stacey suspiró dramáticamente.

—Lo sé. Es un fastidio. Sigo negociando con Daniel para que se ponga una falda, pero se niega.

—Espera, ¿ese quién es? —Lulu inclinó la cabeza, maravillada—. Todos llevan faldas escocesas.

—Ah, esos tipos sí. —Hizo un ademán con aire desdeñoso—. Pero yo estoy con su mánager, Daniel. Y no es muy fan de las faldas.

—En la vida no todo son faldas escocesas —tercié yo, lo que podría interpretarse como blasfemia en un lugar como ese, pero bueno.

—Tienes más razón que una santa —dijo Stacey—. También te digo que me lo compensa de otras maneras. —Esbozó una sonrisa pícara, y no quise saber nada más, la verdad. Había cosas de mis amigas que no quería ni imaginar.

Me aclaré la voz.

—Voy a llevar a Lulu a la justa. ¿Te parece bien que se queden aquí?

Stacey siguió mi mirada hacia los abuelos.

—Por supuesto. Tenemos un descanso de un par de horas, pero puedo echarles un ojo. ¿Están bien?

—Sí, sí —dijo Lulu—. Creo que se han acalorado un poco durante la partida de ajedrez.

Stacey asintió, comprensiva.

—Ya, allí hace calor. Con ese solazo...

Lulu miró a sus abuelos por encima del hombro.

—Me los llevaré de vuelta al hotel dentro de un rato. No quiero que pasen aquí mucho más.

—Vale. —Stacey hizo un ademán con la mano—. Le enviaré un mensaje a April si necesito hablar contigo, ¿te parece?

—Me parece. —Pero mientras observábamos a sus abuelos, los hombres de Duelo de Faldas volvieron al escenario y saltaron al suelo. Iban a tomarse un descanso. Pronto se agruparon alrededor de la abuela Malone, que parecía encantada. El abuelo Malone parecía... permisivo. Era un buen hombre.

—Sí. —Lulu volvió a poner los ojos en blanco—. Estarán bien. Vamos a buscar algo de comida frita en un palo o algo así.

—Oído cocina.

Pero unos pasos más adelante, Lulu volvió la cabeza para comprobar que sus abuelos no se hubieran movido de allí. En ese momento, se le borró la sonrisa, y hundió los hombros con un suspiro.

—¿Estás bien?

—Sí. —Se sacó el teléfono del bolsillo—. Lo siento. La abuela se pone como una fiera si miramos el móvil cuando estamos con ella.

Como si estuviera jugando al *Candy Crush* y no recibiendo setenta y cinco mensajes del trabajo.

—¿Un sábado? —Enarqué muchísimo las cejas.

—Sábado, domingo. A las once de un miércoles... —Lulu se encogió de hombros—. No hay paz para los impíos. Ni para los abogados. —Consultó el teléfono, frunció el ceño y se puso a contestar—. Lo siento —dijo mientras se guardaba el teléfono en el bolsillo—. Quizá no tendría que haber venido, pero la abuela estaba erre que erre con ver esto, y me preocupaba que se pasasen el día aquí metidos con este calor. No ha habido forma de disuadirla, así que aquí estoy. —Miró a su alrededor y me la imaginé evaluando la feria, preguntándose si merecía la pena.

—Oye... —No quería parecer una defensora a ultranza de la feria ni de Mitch, pero como representante de ambos tenía que decir algo—. Creo que a Mitch le ha encantado que hayan venido. Y que tú también estés aquí. Es importante para él.

—¡Ah, ya lo sé! —Me miró algo escarmentada—. No quería decir lo contrario, ¿eh? Lo que hace es genial, y entiendo a qué te refieres al decir que es magnético. —Una pequeña sonrisa se asomó a sus labios—. Parece feliz. Estoy orgullosa de él, de que haya encontrado esto. —Me dio un empujoncito en el hombro—. Seguro que tú tienes algo que ver con eso.

—¿Yo? No. —Negué con la cabeza—. Lleva haciendo esto de la feria mucho más tiempo del que lo conozco.

—Eso no. Me refiero a lo de ser feliz.

—Ah. —Me invadió la culpa, y solo pude encogerme de hombros y volver a la gran mentira—. Eh... Supongo.

—No te subestimes, anda. Parece muy feliz contigo. Con toda su vida. Me alegro de que vaya teniendo las cosas claras. Más que el resto de nosotros, creo. —Su suspiro fue melancólico, casi celoso. Me parecía extraño para alguien que estaba a punto de convertirse en socia de su bufete. Volví a fruncir el ceño. Ahí había gato encerrado. Lulu no era tan feliz y no tenía la vida tan encaminada como parecía pensar

Mitch... y quizá el resto de su familia. Y estábamos tan cerca de ser amigas que me sabía fatal. Quería ayudarla.

Si no podía ayudarla, podía hacer algo que se le parecía un poquitín: distraerla.

—Vamos. —La enganché por el brazo, como había hecho ella antes—. Otra sidra de camino a la justa. Y mira el móvil si te hace sentir mejor, tú misma. O apágalo si no es el caso.

Lulu sonrió un poquito más, y casi era la sonrisa radiante y patentada de los Malone.

—Me parece fenomenal.

No era ninguna experta en la feria medieval, pero sí sabía lo suficiente aunque fuera de forma indirecta como para conocer los lugares más destacados que debíamos visitar. Tras consultar el mapa, vimos que disponíamos de casi una hora antes de que empezara la justa. Tiempo de sobra para otra visita a la taberna. Emily nos pasó dos sidras más por la barra.

Metí un par de billetes en el tarro de las propinas y señalé a Emily con el dedo en señal de advertencia.

—Ni se te ocurra.

Sonrió aún más, agarró la campana y la hizo sonar agresivamente sin dejar de mirarme.

—¡Albricias por la propina generosa!

—Ay, madre. —Me tapé los ojos con una mano mientras los voluntarios coreaban «¡Albricias!»; oí también la risa de Lulu detrás de mí. Al parecer, se le había pasado un poco el mal humor..., y solo me había costado un poco de vergüenza.

Nos terminamos la sidra en la taberna antes de seguir adelante y, a mitad de camino hacia la justa, le presenté el puesto de limonada helada: el dulzor fresquito era perfecto para ese día de finales de julio. Como ya no llevaba la camiseta de voluntaria, me sentí de incógnito, y me encantaba. Era como pasar la tarde con una amiga. Una cuya amistad estaba totalmente basada en una farsa. Mmm. Tal vez no era la mejor manera de plantearlo.

—¡Ay, coronas de flores!

Lulu echó a correr hacia una mesa a la derecha del sendero, y yo la seguí. Muchas coronas de flores colgaban de ganchos, y las cintas flotaban en la ligera brisa como seres vivos perezosos. Alargué la mano y dejé que las cintas se deslizaran entre mis dedos. Compré una la primera vez que Emily y yo visitamos la feria. Habían cambiado muchísimas cosas desde aquel día, hacía ya tres años. Aquel día también había sido una farsa, ahora que lo pensaba; Caitlin me había pedido que la ayudara a convencer a Emily para que fuera a la feria conmigo ese día y que la llevara después cerca del campo de justas. Había sido una estratagema muy elaborada planeada por Simon para que Em regresara a su vida..., y al final la cosa había acabado bien para ambos. Esas coronas de flores y esas cintas me recordaban a aquel día.

No tenía ni idea de dónde había ido a parar la corona de flores que había comprado aquel día. Caitlin me la había pedido prestada en algún momento, y ya no volví a pensar en ella. Así que... ¡Qué demonios!, me vendría bien una nueva.

Lulu se quitó la gorra, sacudió la coleta y se la colgó al cuello.

—¿Qué te parece? —Levantó dos coronas diferentes, y subió y bajó una y otra, como la justicia con su balanza.

Señalé la que tenía en la mano derecha.

—¿Con tu pelo? Mejor la verde. Sí, de todas todas. —Yo elegí una corona hecha principalmente de margaritas con unas cintas amarillas, que resaltaría más sobre mi pelo oscuro. Las dos parecíamos unas ninfas del bosque, pero para eso eran las coronas de flores, ¿no? Pagamos a la tendera y nos colocamos bien el tocado. Me miré en un espejo que había en la mesa y me la recoloqué. Tenía las mejillas sonrosadas por el calor y el pelo un poco encrespado, pero lo que más me sorprendió fue lo feliz que me veía. Prácticamente resplandecía, y no estaba acostumbrada a verme en el espejo. Pero me lo estaba pasando bien, y mi expresión lo corroboraba.

En el otro extremo de la mesa, la chica de la parada había entablado conversación con un señor mayor. Había todo un despliegue de coronas entre nosotros, así que tuve que agacharme un poco entre las flores y las cintas para verlo bien. Por la larga barba y el rostro curtido, supuse que trabajaba en la feria. Llevaba una falda escocesa más larga y botas altas de cuero con grandes botones en los laterales. Su atuendo no me parecía un disfraz, como la ropa que llevaban Simon y Mitch. Más bien vestía como Stacey: era ropa de diario, solo que de otro siglo.

—¿Va bien la cosa? —preguntó con voz ronca, y la vendedora asintió enérgicamente.

—Son un buen recuerdo, la verdad. Siempre se venden bien. ¿Y tú qué? ¿Vendes mucha piel?

Soltó una carcajada.

—No mucho, pero era de esperar. Esto es muy pequeño. No veo a nadie por aquí rascándose demasiado los bolsillos para cosas más grandes.

Ella se rio.

—Oye, a lo mejor te sorprenden. Quizá haya algún mundano por aquí con ganas de comprarse un chaleco.

Se rio con la bromita, pero yo no le veía la gracia.

—Sí, claro. O unas botas, ¿no? No, a este sitio traigo cosas más pequeñas. Cuadernos, bolsitas. A los mundanos les entra mejor.

—Ya, tiene lógica. —Siguieron hablando, pero justo entonces apareció Lulu a mi lado.

—¿Estás lista? ¿A qué hora es la justa?

—Ah. —Me aparté de la mesa y, al hacerlo, vi que los dos tenderos me miraban, sorprendidos. No me habían visto—. La justa es por aquí —le indiqué—. Un poco más adelante. —Mientras me alejaba, la cara de asombro del vendedor de marroquinería se me quedó grabada a fuego. Sentí que había oído algo que no tendría que haber oído.

Aquella conversación con el marroquinero se repitió en mi cabeza durante toda la semana siguiente. «Mundano». Nunca había oído esa palabra y mucho menos en aquel contexto. Me recordó a cuando Caitlin estaba como loca con Harry Potter y llamaba *muggles* a la gente cuando no le caían bien. La palabra había sido despectiva, burlona. No me había gustado ni un pelo.

Lo peor de todo era que ponía en palabras —bueno, en una sola palabra— esa ligera sensación de insatisfacción que yo había estado sintiendo todo ese tiempo, al pasar el rato con Emily y Stacey en la feria. La sensación de que no pertenecía al grupo porque no llevaba un disfraz ni fingía ser otra persona. ¿También me miraban y pensaban que era «mundana»?

Intenté no pensar más en eso y centrarme en lo positivo. El sábado por la tarde, me lo había pasado muy bien con la familia de Mitch. Lulu me había dado su número, y yo lo había guardado en contactos, sintiéndome algo culpable, a sabiendas de que mi relación con Mitch no desembocaría en una amistad duradera con su prima. El domingo en la feria había transcurrido sin incidentes; algunos voluntarios se habían puesto insistentes con el hecho de «salir» con Mitch, pero la mayoría de los comentarios habían sido del tipo: «¿Cómo lo has mantenido en secreto y no te has pavoneado por todo el condado?». Si alguien había dicho algo sobre una voluntaria asaltacunas de mediana edad y un jovencito con falda, no me había enterado.

Así pues, cuando me levanté el sábado siguiente, me sentía bastante bien, salvo por aquella palabra, que era como un punto negro en mi psique.

«Mundana».

Estupendo. No eran ni las ocho de la mañana del sábado y ya me dolía la cabeza.

—¿Mamá? —me llamó Caitlin desde su habitación.

—¿Sí? —respondí, girándome para mirarme de reojo en el espejo. Me había comprado unos pantalones nuevos que me llegaban hasta las rodillas y que no me ayudaban precisamente a no parecer una madre de mediana edad, pero eran lo bastante largos como para cubrir la peor parte de la cicatriz, así que podía vivir con ello. Porque, básicamente, seguía siendo una madre de mediana edad. ¿Qué sentido tenía ocultarlo?

«Mundana».

«Basta ya».

—¿Sí, Cait? —pregunté de nuevo, mientras salía al pasillo, donde coincidí con mi hija. Iba ya con el camisón largo y las botas, que llevaría en el trayecto a la feria. Se había hecho dos trenzas, una a cada lado de la cabeza. Ya en el recinto, se pondría el vestido largo amarillo, un poquito de brillo de labios y lista.

—Se me ha olvidado comentártelo, pero Nina me ha invitado a su casa esta noche. ¿Te parece bien?

—Oh. —No debería haberme sorprendido. Caitlin y Nina eran amigas desde primaria. Incluso se habían apuntado juntas a la feria como voluntarias. Y al cabo de unas semanas estarían en diferentes universidades, conociendo a gente completamente nueva. Debía de darles miedo por fuerza. Era duro enfrentarse al futuro sin tu mejor amiga al lado.

Pero todavía no era el momento de pensar en que Caitlin se iba a la universidad. Solo era el primer fin de semana de agosto, aún teníamos tiempo. Me crucé de brazos y me apoyé en la puerta.

—Supongo que eso significa más comida china para mí.

—Guárdame algo agridulce. —Me sonrió y se metió en su habitación para terminar de arreglarse.

—¿Qué te hace pensar que pediré algo agridulce si no estás aquí para comértelo?

—Pero ¡si sabes que te gusta! —Capté una risita en su voz y negué con la cabeza, sin intentar ocultar la sonrisa.

—Qué va.

Aquella mañana la llevé a la feria, con el acuerdo de que luego se irían directo a casa de Nina en el coche de esta. Nos detuvimos en el aparcamiento, unos vehículos más allá del de Nina, para que Caitlin pudiera dejar la bolsa de viaje. Mientras me plantaba en mi puesto cuarenta y cinco minutos antes de que abrieran la puerta, preparada para mi turno, empecé a planificar mentalmente el resto del día. Un bañito caliente en lugar de una ducha rápida antes de que Cait llegara a casa. Cena tailandesa en lugar de china..., aunque tal vez podría pedir algo agridulce para que Caitlin cenara la noche siguiente. Había un documental que quería ver, pero no había encontrado la ocasión. Tal vez esa noche sería perfecta para eso.

Me vino una imagen a la cabeza, así de repente: otra tarde sola en el sofá con el mando a distancia en la mano. Me entraron ganas de echarme a llorar de frustración allí mismo, delante de una pirata escocesa ligerita de ropa agarrada del brazo de un hechicero. Por el amor de Dios, si era una mujer que besaba a hombres con falda en una feria medieval. ¿Pedir comida a domicilio y ver la tele era mi mejor plan? Seguro que podía hacer algo mejor.

Ay, Dios. Ahora sabía por qué las palabras del marroquinero me habían dolido tanto. Porque me habían descrito a la perfección: era mundana a más no poder. Tantos años sin involucrarme en nada. Solo mirando hacia delante. Criando a mi hija yo sola. Lo más apasionante que tenía en la vida era el dichoso club de lectura.

Incluso en ese momento, mi hermana, mi hija y mis amigos formaban parte de este mágico y extravagante acontecimiento, y lo único que hacía yo era vender entradas. No me había comprometido lo suficiente como para llevar un disfraz ni divertirme de verdad. No, me quedaba fuera mirando hacia dentro, apegada a mi rutina de siempre. Las rutinas eran seguras. Las rutinas te hacían sentir bien.

Pero las rutinas eran aburridas. Y yo también. Y no podía soportarlo ni un minuto más.

Pero tenía que hacerlo, así que me mordí el labio con fuerza y seguí vendiendo entradas. Sonreí y bromeé con Nancy hasta que terminó el turno, pero en lugar de irme directamente al coche, dejé las llaves en el bolsillo y me dirigí a las puertas de entrada de la feria.

Emily no estaba en la taberna, así que volví al escenario Marlowe, saltando impaciente de un pie a otro, esperando a que terminara la actuación de Duelo de Faldas.

—Oye, ¿estás bien? —Daniel me tocó el codo, y estaba tan tensa que casi pegué un brinco. Me miró, con el ceño fruncido—. Pareces...

—¿Atacada de los nervios? —Mi risa era casi frenética, y no entendía por qué. Pero ¿qué me pasaba?

Daniel me escudriñó el rostro.

—Iba a preguntarte si te habías pasado con los cafés. ¿Va todo bien?

—Claro. —Me obligué a inspirar hondo. Y luego otra vez—. Solo quiero hablar con Stacey, nada más.

—Vale, vamos a buscarla. Ya me ocupo yo del *merchandising.* —Me hizo pasar delante y nos abrimos paso entre la gente en dirección al puesto. Me quedé atrás mientras él hablaba con Stacey, que puso cara de preocupación. Intenté aparentar calma, pero ya hacía un rato la tranquilidad había saltado por la ventana.

—Hola, ¿qué tal? —preguntó Stacey con una despreocupación fingida.

—Stace... —No sabía qué quería preguntarle ni cómo formularlo. Por lo tanto, hice lo mejor que pude: respirar hondo y decirlo sin más—. ¿Soy mundana?

Enarcó las cejas y parpadeó.

—Bueno. No vas ataviada, así que... ¿sí? A ver, no es nada malo. Es solo que... —Se encogió de hombros—. Que es algo que no pasa desapercibido, vaya.

—Bueno, pues estoy harta. Quiero... —No sabía cómo articular qué quería exactamente ni cómo conseguirlo. Pero quería encajar. Quería estar al otro lado de ese abismo, con la gente a la que quería. Quería divertirme. Y ¡qué diablos! Quería ser divertida.

Respiré hondo.

—Stacey, ¿me ayudas? —Ni siquiera estaba segura de lo que le estaba pidiendo, pero confiaba en ella. Quería ponerme en sus manos y dejar que me transformara. Que me ayudara a no ser mundana.

Stacey sonrió aún más, casi a punto de ponerse a levitar. Me agarró las manos y me las apretó con fuerza.

—April —dijo—. Será un placer. Vámonos de compras.

DIECIOCHO

Stacey no me dio la oportunidad de cambiar de opinión, y eso demostraba lo bien que me conocía. A la que quise darme cuenta, me había arrastrado a un puesto de disfraces, y ya me había embutido y encorsetado en uno.

—Ay, madreee. —Intenté respirar hondo, pero pronto descubrí cuán poco iba a respirar lo que quedaba del día—. No sé si me convence...

—Yo sí. —Stacey se puso detrás de mí y le echó un vistazo a la parte posterior del vestido mientras me giraba a un lado y a otro frente al espejo—. Estás increíble. El rojo es tu color.

—Lo dudo. —Pasé las manos por el corpiño de brocado ceñido, por encima de las formas desconocidas que me marcaba el corsé. Solo veía rojo. Rojo carmín. El tono de rojo que te hace destacar entre la multitud. No era un color que usara nunca. No por elección, vaya. Parecía un semáforo, pero un semáforo elegante y con falda larga y vaporosa.

Eché las cuentas de todas las capas que llevaba puestas: un camisón blanco propio con los hombros al aire que me llegaba hasta las rodillas y unas enaguas debajo para darle volumen al conjunto. Por encima, una combinación verde bosque, seguida del brocado rojo, que era a la vez corpiño y sobrefalda, ceñido a la cintura y atado al torso.

—Sí, pero ¿y este verde? —Ladeé la cabeza y fruncí el ceño al ver mi reflejo en el espejo—. ¿No te parezco muy navideña?

—¡Qué va! ¡Accesorios! —canturreó Emily, todavía con el acento de la feria. No hacía mucho que había aparecido en la fiesta del disfraz como la ayudante de Stacey. Justo entraba por el otro lado de la carpa con los brazos llenos. Primero me ató una tela de tartán azul y verde a la cintura a modo de faja. Encima me plantó un cinturón de cuero marrón, del que colgaban varias cosas, así que costó un poco colocarlo todo en su sitio—. Vale, te he traído un saquito, que está aquí... —Le dio unas palmaditas a la bolsita de cuero con cordón que descansaba sobre mi cadera derecha—. Puedes meter ahí el móvil, las llaves, las tarjetas y cualquier otra cosa. Así no tienes que preocuparte por llevar bolso, ¿lo ves? —Casi ni esperó a que asintiera para continuar—: Y esto son unas cinchas para la falda, hay una a cada lado. Así te puedes subir los lados de la sobrefalda y se te verá la falda de debajo. Además, le da un poco de volumen a todo. ¿Ves?

—Ya lo veo. —Porque mientras Emily hablaba, Stacey y ella se afanaban a subirme los laterales de la sobrefalda y pasándolos por las cinchas, como si estuvieran colgando cortinas en una ventana. Pero aún no habían terminado. Me quedé ahí quieta, dejando que me movieran como a una muñeca gigante con la que estuvieran jugando a los disfraces, mientras ajustaban la tela y tiraban un poco más fuerte de las cuerdas del corsé; llegué a pensar que me caería tras un tirón inoportuno—. ¡Esperad! En algún momento tendré que respirar, ¿no?

Emily agitó una mano.

—Nah, para eso está la noche.

Stacey soltó una risita.

—Ya, eso dices ahora. —Me miró y sacudió la cabeza—. Deberías haberla oído quejarse la primera vez que le puse el atuendo entero.

Recordé aquellos días y me reí al rememorarlo.

—Ah, sí, también se quejó lo suyo en casa.

—Solo hay que acostumbrarse, pero nada más. —Emily tiró del escote del vestido interior y consiguió que cayera con un efecto muy bonito sobre mi escote, repentinamente realzado. Vaya. Desde luego, no era un conjuntito para ir a trabajar.

—¿Ya estoy? —Internamente, estaba llorando por el susto que le iba a dar a la tarjeta de crédito, pero en fin, a la mierda. Hacía mucho mucho tiempo que no me daba un capricho, y ya iba siendo hora. Decidí que parte de no ser mundana implicaba gastar una cantidad irresponsable de dinero y disfrutar hasta el último segundo. Y, dejando a un lado la falta de respiración y el ligero aplastamiento de los órganos internos, estaba disfrutando como una enana. Me volví hacia el espejo; de cuello para abajo no me reconocía. Mi cuerpo no lucía esa forma. Tenía los pechos juntos y levantados, se me veían bien redondeados sobre el volante blanco del vestido interior. Tenía la cintura ceñida y estrecha como antes del embarazo. Con las faldas rojas subidas y el fajín de cuadros alrededor de la cintura, el efecto semáforo había quedado muy bien atenuado. El azul de la tela escocesa me hacía parecer mucho menos navideña y mucho más...

—Un segundo... —Entrecerré los ojos en el espejo y me centré en los dos detrás de mí—. ¿Por qué queréis que vaya a juego?

—¿A juego con qué? —La mirada de Emily era toda inocencia, pero cuando le señalé la faja sonrió—. Vale, mira, ha sido sin querer. Quería suavizar un poco el rojo y realzar el verde. Y queda bien, así que ¡a callar!

Stacey asintió.

—Ha hecho un gran trabajo; estoy de acuerdo.

—¿Estás de acuerdo con qué? ¿Con que me calle?

La sonrisa de Stacey era igualita a la de Emily, y si no las quisiera tanto a las dos las odiaría.

—Más o menos.

—Bien. —Dejé caer el fajín y volví a mirarme en el espejo. Llevaban razón, estaba guapa—. Pero ¿y el pelo? Esta coleta estropea un poco el conjunto, ¿no? —Me quité la goma del pelo y me pasé las manos por el pelo. Había empezado a encresparse, y, si me lo dejaba suelto, la cosa iría a peor. Además, la melena me daba calor en la nuca.

Sin embargo, también me ofrecieron una solución para eso. No tardaron mucho en arrastrarme sendero abajo hasta donde unas mujeres le trenzaban el pelo a la gente.

—¿Qué es esto?, ¿el equivalente adulto de pintarrajearse la cara? —Me parecía un despilfarro arreglarme el pelo para las tres últimas horas del día.

—Pues mira, también podríamos hacer eso —dijo Stacey—. El puesto de pintar caras está cerca del torneo de justas. Podríamos ponerte un unicornio en...

—No, gracias. —La interrumpí porque no necesitaba un unicornio en ninguna parte de mi cuerpo, pero sí dejé que me sentaran en un taburete, porque yo sola no podía sentarme con toda esa ropa encima; mi cuerpo no se doblaba de forma natural. No obstante, sí podía sentarme ligeramente en el borde, así que me coloqué como pude, con la espalda erguida, y la mujer que tenía detrás empezó a ocuparse de mi pelo.

Stacey y Emily, sentadas en taburetes contiguos, me miraban mientras me trenzaba el pelo como si fuera la mayor atracción del pueblo.

—Mitch va a alucinar pepinillos. —Emily ya ni siquiera intentaba usar la jerga y el acento de la feria.

Stacey asintió enérgicamente.

—Qué ganas de ver la cara que pone. Va a...

—Esto no es... —Entrecerré los ojos y ni siquiera intentaron parecer culpables—. No estoy haciendo esto por él. —Bueno, una pequeña parte de mí sí, pero no pensaba reconocerlo en voz alta—. No es por él —insistí.

Emily levantó las manos con un gesto defensivo.

—No digo que lo hagas por él. No hay nada malo en arreglarse para una misma. Solo era un comentario.

Intenté sacudir la cabeza, pero la mujer de las trenzas me agarraba con demasiada fuerza, así que tenía unos dos centímetros de margen para moverme.

—Bueno, pues tu comentario es una ridiculez. Ya te lo dije, no hay nada entre nosotros.

Emily emitió un ruidito gutural.

—Eso dices tú. Aun así, os sigo viendo juntos.

—Y eres guapísima —añadió Stacey, que no me ayudaba lo más mínimo.

Resoplé, que era lo único que podía hacer en aquellas circunstancias.

—Primero, estoy segura de que no es verdad. Soy como diez años mayor que él, así que seguro que parece una ridiculez. Segundo... —Levanté una mano para cortar a Emily, que estaba a punto de interrumpirme—. Segundo, no necesito ser una más en la larga cola de mujeres con las que sale. A mi autoestima le viene fatal.

—Yo no estaría tan segura. —Stacey negó con la cabeza—. Con lo de la cola, quiero decir.

Chasqueé la lengua.

—Ya lo has visto en Jackson's. Conoces su *modus operandi*. Siempre está al acecho. —No les conté lo de la lista de mujeres que le había visto en la agenda. Eso no era asunto mío y menos aún de ellas.

—No. A ver, sí, ya lo sé. Pero... —Stacey frunció el ceño mientras pensaba—. Daniel y yo salimos con Mitch el finde pasado después de la feria, y no fue así para nada. Ya sabes que normalmente queda contigo y luego va a charlar con alguien que le llama la atención, ¿no? Pues se quedó en la mesa con nosotros todo el rato. Creo que ni siquiera miró a su alrededor. —Sacudió la cabeza con fuerza como para volver al presente—. No le había dado importancia hasta ahora. Vaya.

—Vaya —repetí. Tenía razón: era raro. Pero, claro, Mitch llevaba muchos años cazando en Jackson's. Creí recordar que hacía poco me había dicho que se había quedado sin gente con la que salir porque era un pueblo pequeño. Puede que eso tuviera algo que ver.

Mientras tanto, la mujer terminó la trenza y me tendió un espejo de mano.

—Dios mío. —No pude decir nada más. Estaba... estaba muy distinta, no parecía yo. Llevaba el pelo recogido en un trenzado intrincado que me llegaba hasta la nuca. Levanté una mano y palpé tímidamente el lugar donde me lo había trenzado en espiral. Era como si portara una corona hecha con mi propio pelo. Con las yemas rocé las perlitas de plástico que me había colocado aquí y allá. No era un recogido hecho de cualquier manera, no. Era una obra de arte. ¿Cuánto tardaría en quitármelo? ¿Una semana? ¿Dos? Bueno, el champú en seco hacía milagros.

Mientras le daba la tarjeta de crédito para pagar el peinado, oí una voz familiar desde detrás de nosotras.

—¿Ya os habéis cansado de mí tan pronto, *milady*?

Volví la cabeza y vi a Simon... No, en ese momento no podía pensar en él como mi cuñado, porque mi cuñado —con su recato y sus buenos modales, con esas camisas que llevaba siempre— nunca se pasearía por ahí con pantalones de piel, una camisa medio abierta bajo un chaleco de cuero negro, un sombrero con plumas de lo más ridículo y una amplia sonrisa. No, ese no era Simon. Era su *alter ego* en la feria, el capitán pirata Blackthorne.

Mientras la mujer de las trenzas y yo sonreíamos con complicidad, Emily se volvió hacia su marido con una reverencia.

—En absoluto, mi señor. ¿Por qué decís tal cosa?

Él cruzó los brazos sobre el pecho e hizo un intento de fulminarla con la mirada. Pero solo llevaban casados un año, y al pirata le era imposible ponerle mala cara a su esposa.

—Son más de las tres de la tarde, esposa, y no os he visto mientras luchaba.

—¡Oh! —Se tapó la boca con las manos y miró a su alrededor como si buscara un reloj. Pero, por supuesto, nadie llevaba reloj y los tres nos habíamos perdido la partida de ajedrez—. Os pido disculpas, mi amor. De verdad. Pero como podéis ver, mi amiga Beatrice y yo estábamos ocupadas. —Cuando terminó de hablar, yo ya había guardado la tarjeta de crédito en mi nueva funda de cuero y me había dado la vuelta. Simon tardó un ratito en percatarse de que era yo la que iba así vestida y abrió los ojos de par en par con la boca abierta.

—¡Benditos los ojos, *milady*! —Se me acercó y me tendió la mano, que tomé sin pensarlo. Se inclinó con gesto teatral sobre nuestras manos unidas, y el pequeño aleteo que noté en el corazón me dijo muchas cosas. Como, por ejemplo, por qué Emily le había prestado atención hacía tres años, aun siendo un auténtico imbécil. Ponle a un hombre unos pantalones de cuero y delineador de ojos, y muchos de los pecados acabarán perdonados.

Le sonreí mientras se enderezaba.

—Pero no pienso poner ese acento —le advertí.

La carcajada involuntaria que soltó me aligeró el alma. ¿Por qué no se reía así todo el año? Estaba tan guapo...

—No osaría imponéroslo, *milady*. —Me dio unas palmaditas en la mano con la otra, pero cuando pensé que iba a soltarme, me colocó una mano en su brazo—. Acompañadme. Alguien tiene que ver esto.

Bueno, eso era inevitable, ¿no?

Mientras Simon me llevaba, volví la cabeza hacia Emily y Stacey, tratando de pedirles ayuda con telepatía. Pero fue en vano, claro. Esas traidoras nos seguían dando saltitos prácticamente mientras nos abríamos paso entre la gente; la mayoría me miraba dos o hasta tres veces al pasar. Los nervios me hacían palpitar la sangre en las sienes, a lo que no ayudaban nada el sol abrasador y las dichosas capas de ropa que llevaba encima.

—¿Cómo puedes hacer esto todo el día? Ya estoy sudando.

—Bienvenida a la vida de la feria, *milady* —dijo Simon en voz baja, pero sin salirse del personaje, y casi me atraganté con una carcajada.

—Gracias, odio estar aquí.

No tardamos en llegar al campo de ajedrez. Simon tenía razón: la partida acababa de terminar. Algunas personas habían rodeado a los miembros del reparto, les hacían preguntas y les sacaban fotos.

Y... traté de respirar hondo antes de olvidar que me era imposible, así que el aire se me estancó en los pulmones cuando vi a Mitch más allá. Nunca me acostumbraría a verlo de esa forma. Me sequé las palmas de las manos, que de repente estaban sudorosas, en el fajín de cuadros escoceses que me ceñía la cintura. Un fajín que, ahora que me fijaba bien en la falda escocesa de Mitch, vi que no hacía juego del todo. Pero casi. Emily sabía lo que hacía.

Esperé a sentir esa habitual oleada de vergüenza, de negación. Todos los sentimientos que me invadían cada vez que Emily me echaba la bronca por lo que fuera que hubiera pasado entre Mitch y yo a lo largo de esas últimas semanas. Pero la oleada no llegó. Llevar ese vestido me ayudaba a ver las cosas más claras entre Mitch y yo. Y eran buenas. De repente, tenía muchísimas ganas de que me viera así vestida. Quería ser alguien que perteneciera a esa faceta de su vida.

Así pues, le hice un gesto a Simon con la cabeza y me levanté las faldas, sorteando los bancos del público y a dos niños vestidos de caballeros que se enfrentaban con espadas de madera, hasta llegar a mi objetivo. Fue justo cuando las personas con las que hablaba Mitch se marchaban, y este se volvió como si percibiera mi presencia. Entonces se quedó inmóvil. Puso unos ojos como platos.

—Hostia puta. —Así, sin acento. Y casi sin interés por retomar el personaje.

Intenté cruzarme de brazos, pero con las tetas levantadas de esa forma no podía, así que me conformé con poner los brazos en jarra.

—Dudo que ese lenguaje sea acorde a la época.

—Ahora sí. —Me dio un repaso integral y, aunque su mirada se detuvo demasiado tiempo en mi escote, no me importó lo más mínimo. Era la compensación por todas las veces en que yo me quedaba absorta mirándole los músculos de la espalda. Me tendió la mano y, cuando se la tomé, levantó los brazos y me animó a dar una vuelta lenta por debajo—. Estáis arrebatadora, *milady* —dijo retomando el acento; oír esas erres me produjo un escalofrío por la espalda.

—Gracias, amable caballero. —Enarqué las cejas—. Pero paso de poner acento. —Cuanto más lo dijera, más aceptable sería.

—No os preocupéis. No es necesario, mujer. —¿Estaba usando palabras con muchas erres para marcar el acento escocés o me lo parecía a mí? Porque me parecía un abuso—. ¿Puedo preguntar qué ha provocado esta... transformación?

Me encogí de hombros.

—Me parecía que podría ser divertido.

—¿Y bien? ¿Lo es?

—Bueno, nunca había valorado tanto poder respirar, pero aparte de eso... —Por una vez, me permití sonreír como quería—. Sí, está muy bien.

—Me alegro. —Volvió a recorrerme con la mirada; valía la pena no poder respirar hondo si seguía mirándome así.

—Siento haberme perdido tu espectáculo.

Se encogió de hombros y sonrió como yo.

—Ya lo habías visto. Pero tengo buenas noticias.

—¿Ah, sí? Dime.

—Ya no hay más espectáculos hoy.

—¿De verdad? ¿Has terminado por hoy? —La decepción hizo flaquear mi buen humor. Había invertido mucho tiempo, y no poco dinero, en arreglarme. ¿Cómo iba a ser una buena noticia que hubiera terminado ya? Mierda.

—Yo no he dicho eso. —Carraspeó y volvió a poner su voz normal, ya que no había gente alrededor—. He terminado aquí, pero ahora me pasearé por el recinto, me haré fotos con la gente...

—Ya, claro. —Quería poner los ojos en blanco, pero mi pique habitual con Mitch no estaba ahí. Mmm.

Siguió hablando como si yo no hubiera dicho nada.

—Iré a ver cómo van los voluntarios, sobre todo los críos. Me aseguraré de que todo el mundo esté donde tiene que estar... —Sacudió la cabeza—. No sabes cuántas veces he descubierto a los chicos escabulléndose al bosque para mirar el móvil. O cosas peores. —Enarcó las cejas y leí entre líneas.

—Estarás ocupado, entonces. Entendido. En ese caso, ¿cuál es la buena noticia exactamente?

—Lo bueno es que mi trabajo es pasear. Y me encantaría compañía. Si estás libre, claro.

Volvió a tenderme la mano, y no dudé en aceptarla.

—Acepto, mi señor —dije sin acento—. Estoy libre.

Salimos al sendero del brazo y me miró a los pies cuando me subí la falda unos centímetros.

—Bonitas zapatillas —dijo bajito.

Me bajé las faldas para que me taparan las Converse hechas polvo.

—Me he quedado sin dinero —murmuré—. Todos estos trapitos son caros. —Además, no quería darle dinero al del puesto de la piel que vendía botas.

Mitch se rio y volvió a poner acento.

—Dímelo a mí.

Lo miré de reojo.

—¿En serio? Pero si solo llevas medio traje.

—¿Te crees que las faldas escocesas son baratas? ¿Y estas botas? —Levantó una pierna y, mientras yo intentaba no pensar en cómo se le bajaba la tela de la falda escocesa por el muslo, me fijé en las botas que llevaba atadas a las pantorrillas. Se parecían a las que vendía el marroquinero: eran de un cuero negro resistente con botones de peltre del tamaño de un dólar de plata tachonados en un lateral.

—Son bonitas —dije.

—Son carísimas —puntualizó él—, pero duran. Este es el tercer año que las llevo.

—Mmm. —Bueno, tal vez ese imbécil pretencioso conociera bien su oficio. Aun así, no pensaba comprarle nada.

Mitch no lo había dicho en broma. Aunque el trabajo ya se limitaba a «pasear y estar guapo», seguía estando ocupado. La gente lo detenía para hacerse fotos, y yo misma me vi arrastrada a unas cuantas.

—Intenta parecer contenta —me dijo Mitch al oído, pero no se dio cuenta de que ya estaba sonriendo. Me sentía genial a su lado, sin hacer nada en particular, solo acompañarlo. Había cruzado al otro lado del abismo y me encantaba.

Nos detuvimos para tomar mi ya tradicional limonada helada, que me obligué a beber y no tirármela directamente por el vestido. Pasó a ver a los voluntarios que estaban delante, asegurándose de que bebieran agua y no estuvieran jugando con el móvil en lugar de estar repartiendo mapas o interactuando con la gente. Nos quedamos al fondo del público cuando salieron a cantar las Azucenas Doradas y me encantó ver a Caitlin con los ojos desorbitados al divisarme. Le hice una torpe reverencia antes de que terminara la actuación y luego nos fuimos. Emprendimos el tortuoso camino por la parte trasera del recinto, donde se celebraba la última justa del día.

No estaba lejos de allí cuando Emily nos hizo señas.

—Ay, gracias a Dios. Necesito vuestra ayuda.

—¿Qué ocurre? —Mitch la miró con expresión preocupada.

—Ah, no, no. Estoy bien. Solo necesito alguien para hacer bulto. —Nos llevó hacia el escenario Chaucer casi a rastras—. Hay poco público, porque la gente se está yendo al karaoke del bar. Pero a los chicos les queda un pase más, y hay como tres personas en el público. Venid y haced como que os gusta la actuación, ¿vale?

No me parecía ningún sacrificio.

—Pues no me va mal sentarme un ratito. ¿Qué tipo de espectáculo?

—Teatro —explicó Emily—. Son varias escenas de *Mucho ruido y pocas nueces* con algunos de los mejores alumnos de Simon. Les dan créditos extras el próximo otoño por sobrevivir a la experiencia.

Sonreí.

—Es lo mínimo.

Pero Mitch se quejó.

—Vamos, Park. Ya sabes que no me gusta el rollo de Shakespeare.

—Pues a mí sí. —Encabecé la marcha hacia el claro de árboles donde habían montado el escenario Chaucer. Detrás de mí, Mitch refunfuñó, pero me siguió hasta uno de los bancos del fondo. Elegí uno bajo un árbol donde la sombrita era agradable. Emily tenía razón: en ese último espectáculo del día, el público escaseaba. Por suerte, entre mis faldas y el enorme tamaño de Mitch ocupábamos bastante espacio.

A Caitlin nunca le había interesado demasiado el teatro. Había interpretado alguna escena de Shakespeare con Emily en una edición de la feria, pero por lo demás se había mantenido al margen. No me había dado cuenta hasta ese momento de lo afortunada que era, porque dolía ver a unos estudiantes de instituto asesinando a Shakespeare.

—¿Tenemos que verlo entero? —me preguntó Mitch al oído en voz baja, solo para que lo oyera yo.

Le di un codazo en las costillas e intenté no pensar en la oleada de calor que sentí al oírlo tan cerquita.

—Calla. Esto es arte.

—Esto es una mierda. —Eso le valió otro codazo, pero me agarró el brazo con una carcajada, apresándolo mientras me rodeaba los hombros con el otro, para evitar que le hiciera más daño. Sonreí y me relajé a su lado hasta tal punto que apoyé la cabeza en su hombro.

Ahora lo entendía. Entendía por qué Emily hacía eso todos los veranos y cómo se había convertido en parte de la vida de mis amigos. Vestida así, con el pelo trenzado y las faldas que escondían las zapatillas, envuelta en los brazos de un Highlander fornido con falda escocesa, no me sentía como una madre soltera de cuarenta y pico. No era mi yo introvertida de siempre. Era alguien que podía hacer esas cosas, que podía pasear entre los árboles con el chico que le gustaba, subsistir a base de limonada helada y churros, y vivir en un mundo en el que las espadas, las faldas escocesas y los caballeros a caballo eran algo normal. Sin vecinas chismosas ni madres criticonas. Sin listas de mujeres en la agenda del móvil. Sin diez años que nos separaran. Sin irme del pueblo.

Era alguien que estaba sentadita a la sombra, acurrucada junto a Mitch, cuyo corazón latía bajo mi oreja y cuyo pecho subía y bajaba contra mi mejilla. Sí, veía el atractivo que tenía todo eso. Lo de ser otra persona. Porque en ese momento solo quería ser esa mujer entre sus brazos.

En el escenario, los adolescentes Beatrice y Benedick habían dejado de discutir y se habían enamorado. La chica estaba sentada en un banco tosco y el chico, arrodillado a sus pies, le decía: «Nada quiero en este mundo sino a vos. ¿No es algo extraño?».

Las palabras me dieron de lleno en el pecho, donde sentí que algo se removía. Nunca había sentido tan precario ese muro que había erigido alrededor de mi corazón.

—¿No es algo extraño? —repetí en un susurro, secándome una lagrimilla que me había brotado en el rabillo del ojo.

—¿Mmm? —Mitch me miró, y se le suavizó la expresión al verme la cara.

Negué con la cabeza y le di unas palmaditas en el muslo, disfrutando del tacto del músculo bajo la falda a pesar de los exasperantes pantalones cortos de ciclista que llevaba puestos.

—Nada. —Dejé la mano donde estaba. Me rodeó con el brazo y recordé lo más maravilloso: Caitlin no iba a estar en casa aquella noche—. ¿Qué vas a hacer después de esto? —susurré, mirando aún al escenario.

—Salir, como siempre —dijo carente de entusiasmo. O tal vez solo estuviera siendo educado y no quisiera hablar mucho porque el espectáculo seguía en marcha—. ¿Por qué?

—No, por nada. Es que esta noche estoy sola en casa.

Se quedó inmóvil, con los músculos en tensión. Seguí hablando como si no me hubiera dado cuenta.

—Y he pensado que a lo mejor podríamos... —Dejé la frase a medias con el corazón latiéndome con fuerza en la garganta. ¿Podría hacerlo? Pero no era yo la que estaba invitando a Mitch, ¿verdad? Era la mujer que llevaba ese vestido. Y ella era mucho más divertida que yo.

—Ah —murmuró. A continuación, abrió los ojos de par en par—. Ah. Bueno. —Carraspeó y se removió en el banco. Sus dedos habían encontrado el trozo de piel entre mi vestido de hombros caídos y el corpiño, donde empezó a trazar círculos—. Salir tampoco es el no va más. Sobre todo si puedo estar contigo.

Me encogí ligeramente de hombros, como excusa para acurrucarme más contra él.

—No tengo pensado nada emocionante, la verdad. Podemos pedir comida a domicilio y...

—Seguro que se nos ocurre algo. —Seguía murmurándome al oído, pero había usado un tono algo más grave que sentí en lo más hondo de mi ser—. ¿Quizá algo con... accesorios?

Solté una carcajada que pretendía sonar escandalizada, pero aquella era una emoción para otra persona, no para la mujer de ese vestido. Así pues, en lugar de eso, le di un apretoncillo en el muslo.

—Creo que encontraré alguno.

En el escenario, la chica le estaba diciendo al chico: «Os amo tan de corazón que no me queda parte alguna para protestar». Y también sentí aquello en lo más hondo de mi ser.

DIECINUEVE

La magia de ser la mujer con aquel vestido se acabó a medio camino de casa. Supongo que porque tuve que desabrocharme el corpiño antes de sentarme al volante para poder conducir cómodamente, y eso hizo que se desbravara la magia. De todos modos, cuando llegamos al barrio estaba casi temblando de la tensión. Me imaginaba a Marjorie, a Caroline, a todas las del club de lectura, y a cualquiera que hubiese cotilleado alguna vez sobre la madre soltera que vivía en la manzana, asomadas a las ventanas, chasqueando la lengua por cómo iba vestida y enarcando las cejas al ver que la camioneta de color rojo intenso volvía a aparecer en el camino de entrada de mi casa. Y, si todo iba bien esa noche, al ver que estaba allí a la mañana siguiente.

Quizá hubiera sido una idea nefasta.

Accedí a mi calle y sopesé cuál era el menor de los males. Una vez tomada la decisión, abrí la puerta del garaje, pero aparqué en el extremo izquierdo del camino de entrada y me arriesgué a caminar con un vestido de cuento de hadas los treinta segundos que separaban el coche hasta la puerta principal. Una vez dentro, saqué el teléfono y le envíe un mensaje a Mitch.

> Te he dejado la puerta del garaje abierta.
> Si puedes, aparca dentro.

El mensaje apareció como leído casi de inmediato, pero no me respondió hasta un par de minutos después.

> Vale, pero hazme un favor: no pidas la cena todavía.

En cuanto a peticiones, esa era bastante inofensiva.

> Vale. ¿Todavía no has decidido lo que quieres?

> Sé lo que quiero. La comida puede esperar.

La insinuación fue evidente incluso a través de la pantalla, y sentí que se me calentaba la sangre en respuesta. Solté el teléfono sobre la mesa como si me hubiese quemado.

Al cabo de unos minutos, oí el murmullo del motor de una camioneta en el garaje. Cuando se apagó el motor, salí por la puerta de la cocina y le di al interruptor para bajar la puerta del garaje al mismo tiempo que Mitch salía de la camioneta. La puerta se cerró y quedamos sumidos en la penumbra, a salvo de miradas indiscretas.

Mitch me miró por encima del capó de la camioneta bajo la luz tenue del garaje, y se me cortó la respiración. Tenía un aire... depredador, y con cada paso que daba hacia mí, yo retrocedía, hasta que entramos en la cocina y Mitch cerró la puerta detrás de nosotros. Se me acercó aún más; me quedé atrapada contra la isla de la cocina, y se le oscurecieron los ojos cuando acortó el espacio que nos separaba. Levantó una mano y tocó con las yemas de los dedos el corpiño desabrochado del vestido.

—Te lo has desatado. —Su voz fluía grave y sensual entre ambos, con un murmullo suave que me oprimía el pecho—. Llevo toda la tarde pensando en hacerlo.

Desatarme el corpiño no me había ayudado mucho; apenas podía respirar de lo mucho que lo deseaba.

—Lo siento. Es que, si no, no podía conducir —le contesté en un hilo de voz. Su tacto era cálido, incluso a través de las capas de tela que todavía llevaba puestas, y cuando me acarició el pecho hasta el escote de la combinación tuve que apoyarme contra la isla para mantenerme derecha.

Sin embargo, a ese juego podíamos jugar los dos. Alargué una mano, agarré entre los dedos la tela de la falda escocesa que llevaba y la levanté para deslizar la mano por debajo y juguetear con el dobladillo. Rocé con los dedos un muslo bien tonificado, duro, cálido y muy muy desnudo.

—Espera —dije—. Antes llevabas unos pantalones cortos debajo.

—Sí. He pasado por casa cuando venía de camino.

Mientras hablaba, rebuscó en su bolsa, sacó un puñado de condones y los tiró sobre la encimera, a mi lado, como si fuese la mano ganadora de una partida de póker.

—Ah. Alguien tiene planes para esta noche. —Aunque el corazón me latía con fuerza en la garganta, intenté que el tono de mi voz y mi tacto siguiesen siendo seductores. Sin embargo, dejé claras mis intenciones al acariciarle el muslo, desde un cuádriceps dolorosamente definido hasta la cadera. Me moría de ganas de llevar la mano unos centímetros más allá, de tocárselo y agarrárselo con la mano, pero esa anticipación era una tortura deliciosa, y no podía permitir que terminase todavía.

Sin embargo, Mitch se había cansado de jugar. De esperar.

—Joder, pues claro —gruñó.

Ese gruñido fue el único aviso que recibí antes de sentir su boca sobre la mía. Había olvidado lo mucho que me gustaba besarlo. Que me hiciera suya. Me levantó como si yo no pesase nada y me sentó en la isla de la cocina antes de empezar a desabrocharme el resto del vestido. Liberada de sus ataduras, la combinación que llevaba debajo me resbaló por el hombro y Mitch colocó allí la boca para dejarme un reguero de besos sobre la piel desnuda hasta la garganta. Me agarré a sus hombros para intentar acercarlo más a mí, y nuestros besos se volvieron cada vez más desesperados. Las capas de tela que había entre nosotros fueron desapareciendo a medida que intentábamos llegar el uno al otro. Mitch me levantó la falda, más arriba de las rodillas, y me separó las piernas con sus grandes manos para colocarse entre ellas. Me bajó la ropa interior por las piernas hasta dejarla caer al suelo a la vez que yo buscaba a tientas un condón y abría el envoltorio antes de volver a meter las manos bajo su falda y apartarla de mi camino. Él no fue nada suave cuando arrastró mis caderas hasta el borde de la encimera y yo tampoco lo fui cuando le clavé las uñas en los hombros al sentir que empujaba dentro de mí.

No fue lento. Ni dulce. Fue duro, rápido e intenso. Con cada embestida, tirábamos el uno del otro e intentábamos acercarnos más, llegar más profundo, devorar al otro.

—Joder, cuánto lo he echado de menos. —Mitch me levantó una pierna, por lo que llegó más hondo, y esa nueva sensación me provocó un escalofrío.

—Te siento..., te necesito... —Más cerca. Lo necesitaba más cerca. Necesitaba más.

—Lo he echado de menos —repitió—. Y te he echado de menos, April. Te he echado mucho de menos.

Dicho eso, me besó en la boca y me metió una mano debajo de la falda para buscar el punto en el que se unían ambos cuerpos; me acarició con fuerza, y sentí chispas por todas partes. Las perseguí, me moví sobre él, me estremecí bajo sus caricias cuando el orgasmo me recorrió entera, y me tragué el grito que soltó cuando fue él quien se estremeció dentro de mí.

Nuestros cuerpos necesitaron varios minutos para calmarse. Mitch apoyó la frente sobre la mía y nuestros alientos se entremezclaron mientras los latidos se tranquilizaban, acompasados. A esa distancia tan corta, observé su rostro, le acaricié la mejilla y le toqué la oreja con los dedos.

—Yo también te he echado de menos. —Mi confesión resonó entre nosotros por encima del silencio en la cocina y la sonrisa de Mitch iluminó todo mi interior mientras se inclinaba mínimamente para besarme—. ¿Y bien? —pregunté cuando se deshizo del condón y logré hablar de nuevo—. ¿Ya puedo pedir la cena?

—No —contestó, animado. Extendió la mano para ayudarme a bajar de la isla e intenté mantenerme de pie a pesar del temblor de las piernas—. Es hora de esa tradición tan importante de la feria medieval: la ducha de después.

Me reí y dejé que me llevase al dormitorio y al baño principal.

—Me he duchado antes, ¿sabes? Siempre lo hago después de volver de mis turnos como voluntaria.

—Aaah, esto es diferente. Hoy te has pateado la feria conmigo. No te has dado cuenta, pero estás llenita de tierra. Seguramente hasta en lugares en los que llevas años sin pensar.

Abrió la ducha como si hubiese estado allí un millón de veces antes de volver al dormitorio para quitarse las botas. Después de las botas, se quitó los calcetines y me senté al borde de la cama para disfrutar del espectáculo mientras se desabrochaba la falda.

—Podrías cobrar entradas por esto, ¿sabes? —dije cuando la tela de cuadros cayó al suelo.

Soltó una carcajada.

—No. Mejor dejemos que siga siendo un espectáculo privado. —Sin una pizca de vergüenza por estar desnudo, me ofreció una mano. La acepté y dejé que tirase de mí hasta ponerme de pie antes de quitarme las capas del ya andrajoso vestido.

Me metí debajo del chorro y dejé que el agua caliente me cayera entre los omóplatos, y que me relajara músculos que no sabía que tenía tensos. Sin embargo, una tensión diferente y más satisfactoria se adueñó de mi cuerpo cuando Mitch entró conmigo en la ducha. Agarró el gel de baño y una esponja, y me movió de un lado a otro mientras me frotaba con las manos cubiertas de espuma. Le devolví el favor, le cubrí la piel con espirales de jabón y lo insté a darse la vuelta para poder explorar uno a unos todos los músculos de la espalda.

—Dios. —Miré hacia abajo, donde el agua caía por el desagüe y arrastraba la suciedad de nuestros cuerpos, prueba del día que habíamos pasado en el bosque—. Damos asquito.

Mitch se rio.

—Qué va, somos auténticos. O algo así. —Se volvió a apropiar de la esponja y me frotó la espalda con suavidad—. Hace un par de años, un chico me dijo que, si en la feria no acabas con los mocos negros, no lo estás haciendo bien.

La carcajada que solté rebotó en los azulejos de la ducha, y su risa se unió a ella.

—Maravilloso...

—Los adolescentes son fantásticos. —Me rodeó con los brazos y me abrazó mientras dejábamos que el chorro nos aclarase, y volví a tener esa sensación de presión en el pecho. Sin embargo, en esa ocasión no estaba en absoluto relacionada con el deseo. Esa vez no estaba ocurriendo nada en la ducha que significase sexo. Sus brazos bajaron por los míos hasta llegar a mis manos y entrelazamos los dedos con fuerza. Me sentía segura en sus brazos. Me sentía protegida. Como si nada pudiese volver a hacerme daño.

Me sentía tan bien con él que quería echarme a llorar. De hecho, estaba llorando; unas lágrimas silenciosas que me resbalaban por las mejillas y que, por suerte, se llevaba el agua de la ducha antes de que Mitch se percatara. Estar así con él era peligroso. Era temporal. Era falso, igual que todo lo demás que había entre nosotros. No obstante, parecía real..., y por eso era tan peligroso.

¿Y si le decía algo? ¿Y si pronunciaba esas palabras y le confesaba que ya no quería seguir fingiendo? ¿Y si abría un agujero en el muro que me rodeaba el corazón y le mostraba el camino para entrar? Quizá no le interesase. Quizá, con mucha delicadeza, me desengañaría y procuraría que entendiera que solo éramos amigos con derecho a roce. Debería dar gracias porque alguien como él le dedicase una mínima parte de su tiempo a alguien como yo...

Me esforcé para respirar contra el gemido que tenía atrapado en el pecho mientras ansiaba que esos sentimientos desapareciesen. Eran inapropiados. No los deseaba. Y menos aún en aquel momento, mientras todavía estaba allí conmigo. Ya tendría mucho tiempo para llorar después.

Sin embargo, debería haberlo sabido. Mitch se daba cuenta de todo cuando se trataba de mí, y era demasiado obvio lo agitada que estaba mi respiración, sobre todo con la espalda apoyada contra su torso.

—Oye. —Me dio la vuelta y me acunó la cara con las manos para que lo mirase—. ¿Qué pasa?

Negué con la cabeza con fuerza. No podía hacerlo. No cuando me miraba con esos ojos tan azules y tan abiertos, como si pudiese sostener el corazón entre las manos. Pero para mi espanto las palabras empezaron a salir antes de que pudiese detenerlas.

—Sé que esto no es real, pero no me importa. —Levanté las manos y le sujeté el rostro de la misma manera que él sujetaba el mío, como si eso pudiese conectarnos. Como si la realidad no pudiera inmiscuirse en lo que compartíamos en ese momento—. No me importa —repetí—. Solo quiero...

—No lo dirás en serio. —Me besó intensamente, empleándose a fondo, adueñándose de mi boca con la lengua mientras se apropiaba de mi cuerpo con las manos—. ¿Qué parte de todo esto te parece falsa? —Nos giró con cuidado, moviéndonos en un baile lento e íntimo hasta que quedé con la espalda apoyada en la pared de porcelana de la ducha—. ¿Sientes esto? —Me tomó la mano e hizo que le rodease el miembro, cálido y duro, cada vez más duro a medida que lo tocaba—. ¿Esto no te parece real? —Me alentó a acariciárselo a la vez que metía la mano entre mis piernas y me tocaba él mismo.

—Sí —dije en un susurro, y me moví contra su mano, incapaz de pensar.

—No estoy seguro. —Apenas podía oír su voz por encima del chorro de agua y de la neblina de placer que se había apoderado de mis sentidos—. Puede que no lo esté haciendo lo bastante bien para convencerte. —Apartó la mano, pero, antes de poder protestar, se arrodilló delante de mí y subió las manos por mis piernas hasta agarrarme por las caderas. Apoyé las manos contra la pared de la ducha mientras me dejaba claro con la boca, la lengua y los dedos, colocados en unos lugares muy correctos, lo real que era todo eso. En la ducha, me rompí en miles de piezas; las dudas se descontrolaron y desaparecieron, y más lágrimas se mezclaron con el agua, que estaba empezando a salir fría. Algo en mi corazón se rompió también y le dio un mazazo a aquel muro que había estado encerrándolo y manteniéndolo a salvo todos esos años, sin dejar nada más que polvo a su paso.

¿Cómo iba a recomponerlo?

Mucho más tarde, estaba acurrucada en el sofá con mis pantalones de yoga favoritos. Justo antes de que nos trajesen la cena, Mitch se había puesto unos pantalones de chándal grises que había sacado de una bolsa de lona que había metido con optimismo en la parte de atrás de la camioneta. Reconocí la bolsa del fin de semana que habíamos pasado fuera, y eso me reconfortó y me hizo sentir que compartíamos una historia que estábamos construyendo juntos. Condones, una bolsa de fin de semana... Estaba claro que había ido preparado.

Pero entonces, llena de fideos tailandeses picantes y con todos los músculos del cuerpo relajados, me di el gusto de estirarme completamente mientras Mitch zapeaba en busca de una película para fingir que la veíamos. Se me escapó un bostezo, largo, lánguido y completamente inesperado. Me tapé la boca con la mano al mismo tiempo que la vergüenza me teñía las mejillas. Sin embargo, Mitch se limitó a tirar de mí para que me acercase más a él, a darme un beso en la coronilla y a animarme a que me apoyase en su pecho. Con una mano me acarició el pelo suelto, una y otra vez, con un ritmo hipnotizante.

—Ha sido un día largo. —Oí a la vez que sentí su voz contra la oreja, y asentí con la cabeza.

—No hace falta que te quedes si quieres irte a casa. —Parpadeé con fuerza, avergonzada por estar quedándome prácticamente dormida en sus brazos. Dios, dame un par de orgasmos seguidos y unos cuantos carbohidratos, y dormiré como un tronco la noche entera. Así de emocionante era una cita conmigo.

—¿Qué? —Me miró y me apartó un mechón de pelo de la frente—. ¿No quieres que me quede?

—No, sí que quiero. Es solo que... —No sabía cómo decirlo. ¿Cómo iba a preguntarle cuándo quedaría con otra persona? ¿Cómo se llamaba la mujer que tenía apuntada en el teléfono para la mañana siguiente? ¿Y la del lunes? No tenía derecho a preguntárselo, pero no podía dejar de pensar en el tema—. ¿No tienes cosas que hacer mañana por la mañana? —Eso fue lo más obvio que me atreví a decir.

Lo negó con un ruido mientras con los dedos me dibujaba círculos perezosos en el brazo.

—No, mañana es domingo. Es día de feria. En verano no entreno los fines de semana. Las partidas de ajedrez son suficiente entrenamiento.

—¿Así lo llamáis hoy en día? ¿Un entrenamiento? —Intenté sonar relajada y despreocupada. Se suponía que esas palabras eran una broma, pero salieron de mi boca cubiertas de bilis. No pude evitarlo. Me imaginé mi nombre escrito en su teléfono como la cita de aquel día. ¿Introduciría los nombres de forma retroactiva?

Cuando levanté la mirada hacia él, vi que parpadeaba, confundido.

—¿Cómo quieres que lo llame si no?

A la mierda. Se me había pasado el sueño, así que me froté la cara con la mano y me incorporé. Frunció el ceño al ver que me apartaba, pero levanté una mano para que no hablase.

—Mira, vi tu móvil. Cuando fuimos a Virginia.

Mitch parecía perplejo.

—Eh... Vale. Creo que me acuerdo. Cuando buscaste la dirección del hotel, ¿no?

—Sí. Pero vi los nombres.

—Los nombres —repitió sin entender.

—Los nombres. —Empezaba a cabrearme. ¿Se estaba haciendo el tonto a propósito?—. En tu móvil. —Lo agarré de la mesita de café y lo agité delante de sus ojos—. Vi todas las mujeres con las que quedas. Por las mañanas.

Cuando me quitó el móvil de la mano, tenía el ceño fruncido por la confusión. Yo seguí hablando, cada vez más alto, y las palabras empezaban a parecerse sospechosamente a un balbuceo.

—No es asunto mío, lo sé, pero no quiero que pienses que tienes que quedarte aquí si tienes..., ya sabes..., otro compromiso. —¿«Compromiso»? ¿En quién me había convertido?, ¿en un personaje de una novela de Jane Austen? ¿Qué diablos...?

Mientras yo hablaba, Mitch miraba su móvil con expresión perpleja. Y se detuvo.

—Espera. —Tocó un par de veces más la pantalla—. ¿Te refieres a Fran, Cindy, Annie...?

—Supongo. —Pues claro. No debería recordarlos, pero se me habían quedado grabados a fuego en el cerebro y en el corazón. Me recordaban que el hombre que me prestaba atención también les prestaba atención a otras muchas mujeres. Yo no era especial.

—¿A Angie, Diane...?

Me tapé las orejas con las manos.

—No quiero oír todos los nombres.

Mitch me apartó las manos.

—Ven aquí. Por favor. —Quise resistirme, pero suspiré y dejé que me acercara a él. Me rodeó con los brazos y puso el teléfono delante de los dos—. Mira, son entrenamientos.

—Ya. —No miré el teléfono—. Eso ya lo has dicho. Y, sinceramente, me parece un poco misógino, la verdad. Referirte a acostarte con alguien como...

—Entrenamientos de CrossFit —dijo por encima de mí—. Mira...
—Abrió el navegador en el teléfono y buscó la página web de un gimnasio de aspecto industrial que parecía un garaje con pretensiones. La clase de lugar en los que ponen *heavy metal* veinticuatro horas al día—. Aquí es donde entreno, ¿ves? —Volvió a tocar la pantalla y abrió un horario—. A las seis de la mañana, para terminar antes de ir a trabajar durante el curso escolar. Ahora que me acuerdo, cuando fuimos a casa de mis abuelos, estábamos muy liados.

Negué con la cabeza.

—Eso no suena mejor.

Suspiró con frustración y volvió a tocar la pantalla.

—Vale. Mira. Esto es una lista. ¿Ves que todos son nombres de chicas? Son entrenamientos de referencia, para poder seguir los progresos a medida que se repiten. Este se llama Cindy. —Bajó hasta el nombre, escrito en grandes letras rojas en la página, y leyó la lista que había debajo—: Cinco dominadas, diez flexiones y quince sentadillas.

—Pues no... no parece demasiado horrible. —Me incliné hacia delante, centrada en el teléfono.

—Hay que repetir las series todas las veces que puedas durante veinte minutos.

—Ah. —Volví a echarme para atrás—. Olvídalo. Es una mierda.

Se rio.

—Sobre todo a las seis de la mañana. Fran es diferente: tienes que cronometrarte, así que el objetivo es mejorar el tiempo que hiciste la última vez. Si te hubieses metido en las entradas del calendario, habrías visto que llevo la cuenta de las repeticiones, los tiempos y ese tipo de cosas de los distintos entrenamientos.

—Ah. —Me quedé callada durante unos segundos mientras reordenaba mis pensamientos. Me imaginé haciendo *clic* en Fran y visualizándolo cronometrándose mientras... No, mejor no entrar en eso.

—Espera. —Se inclinó hacia delante, moviéndonos a los dos, para volver a dejar el móvil en la mesita de café—. ¿De verdad pensabas...?
—Me agarró de los hombros y me giró hacia él—. April... —La intensidad

de su voz y la seriedad de su rostro eran estremecedoras. Él no era así. No a menudo—. No ha habido nadie. No desde lo de Virginia. Dios, incluso antes de eso. Desde aquella noche en Jackson's, cuando espanté a ese tipo. Solo he estado contigo. Lo sabes, ¿verdad?

—Pues... —Era demasiado, no podía responder. Solo pude negar con la cabeza, con los ojos abiertos de par en par. Ni siquiera podía parpadear cuando me estaba mirando de esa forma.

—Mira. Sé que toda este rollo es difícil para ti. —Me colocó el pelo detrás de las orejas mientras hablaba—. Sé que todo este tiempo te las has apañado tú sola. No te gusta dejar entrar a las personas. Pero... estoy aquí, ¿vale? Para lo que necesites. Siempre que lo necesites.

—Necesito... —Pero no podía decirlo. No podía hablarle sobre mi corazón secreto, ese que había empezado a latir por primera vez en mucho tiempo. Ese que quería dejarlo entrar. No encontraba las palabras. Todavía no. Necesitaba tiempo. Necesitaba que lo entendiese.

Así que opté por besarlo, con la esperanza de poder expresarme de aquella manera. Y, por la forma en que me devolvió el beso, me colocó en su regazo y me abrazó con fuerza, sé que captó el mensaje.

Esa noche fue la primera vez que mi cama de matrimonio me resultó acogedora. Me encantó cómo me apretaba contra él mientras nos quedábamos dormidos, con un brazo alrededor de mi pecho. Me metía mano incluso dormido, pensé mientras empezaba a quedarme frita yo también. Típico.

No me di cuenta hasta el último segundo de conciencia antes de dormirme de que no me estaba metiendo mano. Me había colocado la mano en el pecho. Encima del corazón.

VEINTE

A la mañana siguiente, me desperté sola. Se me encogió el corazón y cerré los ojos ante la ola de decepción que me invadió. En un primer momento, apenas despierta, me pregunté si la noche anterior habría sido un sueño. Pero no: aunque la almohada del otro lado de la cama estaba fría, estaba claro que alguien había dormido sobre ella, y las sábanas de esa zona estaban arrugadas en el centro de la cama. Me puse boca arriba y solté un largo suspiro.

En ese momento, me llegó el olor a café.

La decepción se convirtió en una oleada de felicidad, y no solo por no tener que prepararme el café. Me levanté de la cama y, tras ponerme la camiseta de tirantes y el pantalón corto del pijama que no me había molestado en ponerme la noche anterior, me dirigí hacia la cocina. Al principio no dije nada; me limité a apoyarme en el marco de la puerta y a observar a Mitch, que estaba de espaldas a mí y no llevaba nada más que los pantalones de chándal grises que se había puesto la noche anterior, mientras servía el café en dos tazas. Se acercó a la nevera, sacó el bote de leche condensada de la puerta y echó un buen chorro en una de las tazas, y la ola de felicidad prendió una llama en mi pecho. Se acordaba de cómo tomaba el café.

Arrastré un pie por el suelo e hice notar mi presencia al entrar en la cocina, y Mitch se giró.

—Ah, estás despierta. —Me ofreció la taza en que había echado la leche condensada. No me preguntó si había acertado; lo sabía y ya. En cualquier otra persona, semejante confianza sería irritante. En Mitch, era... Mitch.

Le di las gracias, tomé ese maravilloso primer sorbo de café y dejé que la cafeína me corriera por las venas y me quitara las telarañas de las esquinitas del cerebro. Él apoyó una cadera en la encimera y le dio un sorbo al café; era todo como muy hogareño, nada forzado. Podría acostumbrarme.

¿Qué? No. Expulsé ese pensamiento de mi mente. Todavía no habíamos llegado a ese punto.

—¿Quieres desayunar? —preguntó, como si la invitada fuese yo. Se sentía como en su casa—. Normalmente compro algo de camino a la feria, pero...

Negué con la cabeza y levanté la taza.

—Con el café me vale, pero prepárate lo que quieras. —Señalé la nevera con la cabeza—. Hay huevos si quieres proteína. A ver, no soy Cindy, pero es como si ayer hubiera entrenado.

Mitch se estuvo riendo un buen rato, algo que en esa casa no pasaba a menudo, y su risa me hizo sonreír con ganas.

—Créeme, eres mucho más divertida que Cindy. —Me dio un beso de buenos días con sabor a café y yo me dejé llevar, aunque normalmente no me gustaba el café solo—. Deberías venir conmigo a hacer CrossFit algún día —dijo cuando se volvió a incorporar—. Puede que te guste.

—No, estoy bien así. —Le aparté el pelo revuelto de la frente con los dedos para suavizar un poco el rechazo de su propuesta—. Prefiero salir a correr. —Esa confesión me sorprendió incluso mientras la pronunciaba, porque llevaba mucho tiempo sin considerarme corredora.

—¿Ah, sí? —El interés le iluminó la mirada, por supuesto. A él le interesaba cualquier cosa que tuviese que ver con el deporte y el entrenamiento, y me supo mal decepcionarlo.

—Bueno, eso era antes. Salía a correr antes de... —Señalé hacia abajo, a mi pierna mala, y él siguió mi mano con los ojos. Bajó la mirada un instante y luego volvió a levantarla, desconcertado.

—¿Sufriste daños permanentes? —Frunció el ceño con preocupación—. ¿Te dijeron los médicos que no puedes correr?

—No. —Pero me tembló la voz. Porque era cierto. Recordaba la última sesión de fisioterapia y la última revisión con el cirujano. En ambas ocasiones me dijeron que todo estaba bien. Que debería estar como nueva. Pero no lo estaba.

—Han pasado..., ¿qué?, ¿tres años? Deberías poder retomarlo.

Negué con la cabeza y aparté la mirada mientras dejaba la taza sobre la encimera.

—Lo intenté una vez, pero... —Sentí que la frustración se me atascaba en el pecho, igual que durante aquel intento fallido de salir a correr. Mi cuerpo me había traicionado y no lo había superado.

—¿Lo has intentado últimamente? —Dio un paso hacia mí y habló con voz suave, como si creyese que iba a asustarme y que saldría corriendo—. Recuperar un nivel anterior de forma física puede ser difícil, pero no es imposible. Hay que empezar poco a poco.

Me acarició el brazo de arriba abajo con la mano y me sumí en el consuelo que me brindaba su tacto.

—¿Sí?

Su sonrisa era íntima y alentadora.

—Sí. Tienes que tomártelo con calma cuando llevas tiempo sin hacer nada y no exigirte demasiado. Si no, acabas tirando la toalla.

—Buen consejo. —Tenía la sensación de que ya no estábamos hablando solo de salir a correr, pero tampoco me atrevía a aclararlo. Eso sí que sería exigirme demasiado. Por lo tanto, volví al café. Mitch hizo lo mismo.

—Oye. —Mitch observó la cocina como si la estuviese viendo por primera vez—. Al final no has cambiado los armarios.

—¿Mmm?

—Los armarios. ¿Te acuerdas? Ibas a cambiar las puertas. Te envié una foto.

—Ya te dije que me lo pensaría. —Al menos tenía la esperanza de haber dicho eso; hasta ese momento, me había olvidado por completo de aquel mensaje. Había sido esa horrible noche en el club de lectura, con los *cupcakes* y... Menos mal que la noche anterior le había pedido que aparcara en el garaje. Observé los armarios—. Aunque no es mala idea. Un día de estos echaré un vistazo.

—Puedo hacerlo yo, si quieres. Esta semana no estoy muy ocupado. Puedo mandarte algunas fotos mientras estás en el trabajo.

—Eso... eso sería genial. Gracias. —Una sensación cálida se propagó en mi interior. Había echado de menos tener a Mitch cerca y que me ayudase con la casa. Tal vez mereciese la pena que los cotilleos corriesen por el barrio para que volviera por aquí.

O quizá podría pedirle que siguiese aparcando en el garaje. Eso les daría menos munición a las vecinas.

—Voy a pasar rápidamente por casa, ¿quieres que te lleve a la feria?

Mitch me arrebató la taza cuando me terminé el café y la dejó junto a la suya en el fregadero. Lo que yo decía: hogareño. Sin embargo, abrí los ojos de par en par ante la pregunta y la tensión borró todos esos sentimientos de hogar y ternura.

—¿Qué? No, no... Ya iré en mi coche.

El fin de semana anterior, en la feria había habido suficiente cotilleos. Ya se habían terminado gracias a un nuevo escándalo entre una de las acróbatas ambulantes y un chico del equipo de lucha en el lodo. No quería volver a copar las primeras páginas, por así decirlo, solo por haber llegado en el asiento del copiloto de la camioneta roja de Mitch.

Por suerte, Mitch no me leía la mente ni captaba la perturbación de mi interior.

—Vale. Pásate a saludarme después si quieres. —Se dirigió al comedor para recoger la bolsa de viaje, que había dejado sobre la mesa.

—¿Que me pase? —No pude evitar sonar alarmada. ¿Que me pase por dónde? ¿Por su casa? Nunca había estado allí antes.

—Sí, donde el ajedrez. ¿Hacia las dos de la tarde? Si te das una vuelta cuando acabes en la taquilla, ya sabes.

—Ah. Cierto. —Negué con la cabeza—. Creo que hoy me iré directo a casa. Alguien me ha tenido despierta hasta tarde.

Me obligué a bostezar, lo cual no fue demasiado difícil, sinceramente. No se lo decía en broma al comentar que me había hecho entrenar. Tal vez debiese probar el CrossFit, después de todo.

Mitch sonrió al captar la indirecta y tiró de mí para acercarme a él.

—Entonces, te llamo luego, ¿vale? —El beso de despedida fue corto pero placentero. Era un beso lleno de confianza que decía que eso era solo el principio.

¿El principio de qué? Le di vueltas a eso mientras cerraba la puerta del garaje después de que Mitch se fuese. Estaba completamente fuera de mi zona de confort y no tenía ni idea de qué hacer ni de cómo actuar. Llevaba casi dos décadas sin ser esposa de nadie, más incluso sin ser novia. Fingir serlo delante de la familia de Mitch o de mi exmarido era una cosa —corríamos poco riesgo y era algo limitado en el tiempo—, pero aquello era muy distinto. Ya no parecía una actuación y no tenía directrices que seguir. ¿De verdad íbamos a estar juntos en público, donde todo el mundo pudiese vernos? ¿Donde todo el mundo pudiese hacer comentarios sobre Mitch y su novia, mucho más mayor que él? No estaba preparada para eso.

¿No me estaría precipitando? Sí, la noche anterior había sido genial, pero a la luz del día todo lo que nos habíamos dicho parecía parte de un sueño. El día anterior llevaba un traje medieval de falda vaporosa y el pelo trenzado. Ese día me iba a poner la camiseta de voluntaria, me haría una coleta y volvería a vender entradas. Iba a volver a ser solo yo.

Iba a volver a ser mundana.

Y si de algo estaba segura era de que Mitch no era un chico mundano.

La semana siguiente pasó relativamente sin complicaciones. Iba a trabajar y después cenaba con Caitlin al llegar a casa. Últimamente, mi hermana había estado echando horas extras en la librería; Emily había sentido la repentina necesidad de hacer inventario de los libros y reclutó a Cait para ayudarla. A mí me daba la sensación de que no tenía tanto que ver con el inventario como con darle algo de dinero extra a mi hija ahora que el verano llegaba a su fin y tenía que empezar a hacer las maletas para la universidad.

Durante la semana, como me había prometido, Mitch me envió fotos de puertas para los armarios, y a ambos nos gustó un juego de color verde pálido que era lo bastante discreto como para no saturar, pero sí lo bastante distinto como para no ser un color neutro más. Hice el pedido y Mitch se ofreció a recogerlas el viernes.

> Deja la puerta del garaje abierta y lo descargamos allí.

Al leer el mensaje, suspiré con alivio. Que dejase la furgoneta en el garaje significaba que habría menos vecinas metiéndose en mis asuntos. Todo ventajas.

Aparqué fuera cuando llegué a casa el viernes y dejé la puerta del garaje abierta. Mientras, me cambié la ropa de trabajo por unos vaqueros y una camiseta. Volví al garaje recogiéndome el pelo en una coleta justo cuando llegaba Mitch. Entró dando marcha atrás, lo cual era todo un acto de valentía teniendo en cuenta la cantidad de trastos que tenía por allí.

—¿Son las mías? —Me puse de puntillas para echar un vistazo al maletero de la camioneta.

—No. —El portazo que dio enfatizó su respuesta—. Si te parece, son de otra persona. Estoy haciendo reparto. —Puso los ojos en blanco y una sonrisa, y yo le di un puñetazo suave en el brazo.

—Ja, ja. Qué gracioso. —Esperé a que abriera la puerta trasera mientras daba saltitos de un pie a otro como una niña la mañana de Navidad, y después agarré uno de los paquetes envueltos en plástico y tiré de él—. Uy, cómo pesan.

Mitch recogió uno de los paquetes como si no pesasen nada. Qué sorpresa.

—¿Ves? Por eso me necesitas —dijo picarón, así que no le di pábulo a la afirmación. Me señaló los paquetes más pequeños y me peleé con ellos para meterlos en casa mientras él descargaba los más grandes. Al poco, vi mi cocina empantanada con las puertas de armarios, colocados en fila a lo largo de la pared como si fuesen leña.

—No está mal. —Sin embargo, tenía la respiración acelerada; no había planeado hacer ejercicio tan pronto después del trabajo.

—No está nada mal —asintió él—. No tardaremos mucho en cambiarlas. Todavía queda un fin de semana de feria, pero ¿qué tal el finde que viene? ¿Lo dedicamos a cambiar las puertas?

Negué con la cabeza.

—Las semanas siguientes tras la feria las dedicaremos por completo a preparar la mudanza a la universidad.

—Aaah, es verdad. ¿Está nerviosa?

—¿Nerviosa? Decir eso es quedarse muy corto.

—¿Y tú qué, mami? ¿Estás nerviosa? —Sin embargo, parecía que ya conocía la respuesta, porque me rodeó con un brazo y me dio un beso en la sien antes de que pudiese formular una respuesta.

—No estoy segura de que «nerviosa» sea la palabra correcta. —Acepté su abrazo e incluso me incliné hacia él y le pasé un brazo por la espalda—. ¿Hay una palabra para cuando estás llena de miedo y a la vez orgullosa y a la vez preocupada, y tienes la sensación de que no vas a dormir bien hasta volver a verla en Acción de Gracias?

—Sí, seguramente en alemán exista una de esas tan largas. —Me soltó y abrió la nevera a la vez que me vibraba el móvil sobre la isla de la cocina—. ¡Nooo! ¿No quedan cervezas?

—Oye, ya sabes las normas —tercié con suavidad mientras agarraba el teléfono—. En esta casa, cada cual se trae lo suyo.

—Vaaale —dijo con un suspiro exagerado, y en su lugar agarró un refresco y cerró la puerta con el codo. Se sacó el móvil del bolsillo trasero y los dos leímos el mensaje que habíamos recibido al mismo tiempo de parte de Emily.

> ¿Cerveza y *pizza* en Jackson's dentro una hora? ¡Vamos a darles una buena despedida a Stacey y Daniel antes de que se vayan!

—¿Stacey se va ya? —Miré a Mitch, que negaba con la cabeza, confundido.

—No debería. Queda un fin de semana de feria. —Se encogió de hombros—. Pero va a ser un finde ajetreado y después se irán al siguiente festival, ¿no? Tal vez quieran despedirse con tiempo.

Me lo planteé un momento.

—Vale. ¿Qué opinas? ¿Quieres ir?

—Sí. ¿Por qué no? —Miró el refresco que tenía en la mano—. Al menos en Jackson's tienen cerveza.

Le di un golpe en el brazo con el hombro y me respondió con una risita. Nos inclinamos sobre los teléfonos y, mientras yo le mandaba a Caitlin, que estaba en la librería, un mensaje rápido (¿Te parece bien si salgo esta noche? Prohibidas las fiestas salvajes mientras estoy fuera), la respuesta de Mitch llegó al grupo: Nos apuntamos. Os vemos dentro de un rato.

Un escalofrío me erizó la piel.

—¿Nos? —Miré a Mitch, alarmada. Tenía la sensación de que había anunciado algo sin consultarme primero.

—Sí. Un momento. Has dicho que ibas a ir, ¿verdad?

—Sí.

Sin embargo, bajé la vista al móvil, donde las palabras «Nos apuntamos» parecían parpadear en color rojo.

A mi lado, Mitch no percibió mi incomodidad.

—¿Quieres que conduzca yo?

—No —me apresuré a negar. El mensaje que había enviado ya era lo bastante malo: había respondido por los dos como si fuésemos una

pareja. Si aparecíamos juntos, en un pueblo como ese sería como cerrar un trato—. No —repetí—. Cait todavía no me ha respondido. Llevaré mi coche por si me necesita.

Mitch se rio.

—Tiene dieciocho años y es viernes por la noche. Ya te digo yo que
no te va a necesitar.

—Casi dieciocho. —Le sonreí ligeramente—. Dame el gusto, anda.

Necesitaba un poco de distancia mientras me recomponía. Necesitaba mantener la calma y no pasarme la noche colgada de él en
Jackson's como... como si fuese su novia o algo. Mi corazón secreto
deseaba que ese fuera el destino final, pero de momento todo era
demasiado reciente. Él no había hecho ninguna declaración y yo tampoco. Era imposible retirar esas palabras, una vez dichas. No estaba
preparada para dar ese salto, y mucho menos para hacerlo en público.
Ni siquiera con las personas con las que tenía una relación más estrecha. Por natural que me pareciese que me abrazara por la cintura o
me besara en el pelo.

No, debía mantener el control. De mí misma. No de Mitch.

VEINTIUNO

Las noches que iba a Jackson's con mi hermana, solíamos ocupar un reservado al fondo, así podíamos hablar en voz baja mientras la gente desafinaba en el karaoke de delante. Sin embargo, como aquella noche éramos seis, y teniendo en cuenta los hombros anchos de Mitch y las piernas largas de Daniel, era imposible que cupiésemos todos en el reservado. Cuando llegué, Simon y Daniel habían juntado dos mesas y ayudé a Emily a reunir sillas y ponerlas a su alrededor. Mitch y Stacey volvieron de agarrar las cartas, como si no nos la supiésemos ya de memoria. Después de la pelea habitual por los ingredientes de las *pizzas* —Stacey y Emily eran amantes de la piña y Mitch y yo estábamos totalmente en contra, mientras que Daniel y Simon se mantenían sabiamente neutrales—, pedimos un par de *pizzas*, demasiados palitos de *mozzarella* y una ronda de bebidas.

—No me puedo creer que os vayáis ya —comentó Emily mientras estrechaba a Stacey con un solo brazo—. ¿No acabáis de llegar?

—A mí también me da esa sensación —dijo Stacey—. Pero no nos vamos a ningún lado.

—¿No? —pregunté—. Este es el último fin de semana de feria, ¿verdad? ¿La siguiente no es la feria medieval de Maryland, en la costa?

—Sí —asintió Daniel—, pero no está tan lejos. Los padres de Stacey nos han ofrecido su casa, así no tendremos que buscar hotel, *camping* ni nada de eso.

—Espera —saltó Simon—. ¿«Nos»? ¿No estarás diciendo que...?

—Sí. —Daniel enarcó las cejas con una sonrisa y recogió la pinta de Guinness que le acababan de servir. Mientras le daba un sorbo, Stacey terminó la frase por él.

—Todo el grupo se va a quedar en mi casa —dijo, casi con cara seria—. Los chicos en las habitaciones de invitados y Daniel y yo en mi antiguo dormitorio encima del garaje. Mi madre nos lo ofreció y no aceptó un no por respuesta. Creo que las faldas escocesas la han fascinado.

—Dios. Por favor. —Daniel puso una mueca y cerró los ojos—. Que estás hablando de mis primos. No quiero pensar en tu madre mirándolos de ninguna manera.

—Pues eso. —Stacey soltó una risita—. Por suerte para Dex, mis padres se deshicieron de mi cama rosa con dosel, y me he pasado la semana eliminando de mi antigua habitación cualquier prueba incriminatoria de cuando era adolescente.

Me reí y le di un sorbo a la sidra.

—¿Eso significa que os quedáis hasta cuándo? ¿Octubre?

Daniel asintió con la cabeza.

—Y ya llevamos aquí un mes, así que Willow Creek va a ser nuestra sede durante un tiempo. Eso son..., ¿cuántos? —Miró a Stacey—. ¿Casi cuatro meses en el mismo sitio? Para nosotros, eso es prácticamente echar raíces.

—Vale. Entonces, supongo que esto no es una despedida. —Emily fingió que refunfuñaba, pero los palitos de *mozzarella* llegaron justo para levantarle el ánimo.

Alcé mi vaso.

—En ese caso, es solo un viernes por la noche. Que tampoco tiene nada de malo, ¿eh?

—Sí... —Emily miró alrededor de la mesa, y se le dibujó una sonrisa en la cara—. ¡Fijaos! ¡Estamos en una cita triple!

Me atraganté con la sidra mientras el corazón me retumbaba en el pecho. Fijé la mirada en la cesta de los palitos de *mozzarella* y evité intencionadamente mirar a Mitch al otro lado de la mesa. No podía.

—Hablando de eso... —Stacey apoyó la barbilla en la mano y me dedicó una sonrisa—. Estos días habéis estado encantadores en la feria.

«Maldita sea, Stacey». Me mordí el labio inferior para evitar fruncir el ceño. Mitch se rio, pero antes de que pudiese responder, dije:

—Gracias. —Solté una carcajada que me salió un poco demasiado fuerte—. Creo que tus abuelos se lo tragaron, ¿verdad? —Miré a Mitch al otro lado de la mesa, cuya sonrisa vaciló un poco, pero se repuso.

—Ya te digo. Les indignó un poco que no fueses a cenar esa noche, ¿sabes?

—¡Ay, no! —Abrí los ojos de par en par—. No sabía que tenía que...

Hizo un gesto con la mano y me interrumpió.

—Les dije que tenías planes con Caitlin. No te preocupes.

—¿De qué iba el tema, entonces? —preguntó Stacey—. ¿Estabais fingiendo por ellos o qué? Está claro que me he perdido algo.

Respiré hondo y me encontré con la mirada de Mitch, que se encogió de hombros, como diciendo: «Adelante».

—Resumiendo mucho —dije—, Mitch me ayudó en la graduación de Caitlin cuando apareció mi ex...

—Nooo. —Stacey puso unos ojos como platos y miró a Emily, que asintió con la cabeza en señal de confirmación.

—Sí. Y Mitch me había contado que su familia no dejaba de darle lata por seguir soltero. Así que cuando sus abuelos fueron a la feria, le devolví el favor. Y ya está.

Terminé el relato truncado con un firme asentimiento de cabeza, sin dejar margen a preguntas. Omití tantos detalles del acontecimiento original como pude, porque no me correspondía a mí contar que Mitch me había llevado a casa de su familia. Con suerte, me lo agradecería. La mirada que lancé al otro lado de la mesa no fue concluyente; Mitch me estaba mirando con el ceño fruncido, que se le borró cuando vio que lo miraba.

—Sí —dijo—. Y ya está.

Había cierta falsedad en su voz que me dio que pensar, pero nadie pareció darse cuenta. En ese momento, nos trajeron las *pizzas* y fuimos yendo de un tema a otro mientras llenábamos y pasábamos los platos. Por suerte, con otras cinco personas en la mesa, dejé de ser el tema de conversación y pude comer *pizza*, beber sidra y robarle un palito de *mozzarella* a Emily del plato cuando no estaba mirando.

Sin embargo, la cosa no duró mucho así.

—April, ¿cómo vas con la casa? —preguntó Simon, justo cuando me metía un palito de *mozzarella* en la boca, claro.

—Bien. —Mastiqué el queso frito y sentí cómo se me endurecían las arterias, pero me dio igual. Mastiqué y tragué rápidamente—. Estoy a punto de cambiar las puertas de los armarios de la cocina, y creo que entonces habré terminado.

Al otro lado de la mesa, el rostro de Mitch se volvió pétreo durante un segundo antes de que su habitual expresión afable y simpática volviese a aparecer como una máscara. Enarqué las cejas hacia él en forma de pregunta, pero evitó mi mirada.

—Estoy impresionada —dijo Emily—. Has hecho muchas cosas.

Me encogí de hombros.

—No lo he hecho sola. He tenido ayuda. —No expliqué nada más y nadie me preguntó. Me vibró el teléfono con un mensaje de Caitlin: había salido con sus amigos, pero ya estaba en casa. Sonreí con alivio.

—¿Todo bien? —preguntó Mitch desde el otro lado de la mesa, y le sonreí.

—Sí. —Agité el teléfono como demostración—. Cait ya está en casa.

Mitch asintió en señal de comprensión y Emily nos miró a los dos con una sonrisa amplia y entrometida.

—Esto..., ¿qué más está pasando aquí, hermanita? —Habló en voz tan baja que tuve que inclinarme para poder oírla—. ¿Ya te has metido debajo de esa falda?

—¡Em! —Lo dije más alto de lo que pretendía, y ella se echó a reír. Mitch entrecerró los ojos y frunció el ceño un momento antes de girarse hacia Daniel con una expresión alegre de nuevo.

—¿De verdad vais a conducir dos horas al día hasta octubre? ¿Estáis seguros de que ese trasto de camioneta vuestra va a poder soportarlo?

—¡Oye! —La risa de Stacey contradijo el tono ofendido que intentaba usar, pero Daniel se limitó a sonreír sin inmutarse.

—Puede que esa camioneta tenga la misma edad que yo, pero nunca me ha dejado tirado.

Stacey suspiró y sonrió.

—Esa camioneta es su mejor amiga.

—No diría mi «mejor» amiga. —Puso un brazo alrededor de Stacey y le dio un beso en el pelo. La mirada que compartieron hizo que se me hinchase el corazón. Me encantaba lo felices que eran. Emily y yo nos miramos, y supe que ella pensaba lo mismo.

En ese caso, ¿por qué me vinieron lágrimas? Parpadeé con fuerza y me aclaré la voz.

—Tengo que irme a casa.

Simon miró el móvil.

—Nosotros también. El despertador no tardará en sonar.

Emily puso los ojos en blanco.

—Pero si son las nueve. —Sin embargo, besó a su marido en la mejilla cuando él se puso en pie para buscar a nuestro camarero y pedirle la cuenta. Me despedí de las chicas con un abrazo y le dije adiós a Mitch con la mano de forma exageradamente casual antes de salir por la puerta.

Tenía la esperanza de hacer una salida limpia, pero Mitch me alcanzó en el aparcamiento.

—¿A qué ha venido todo eso?

—¿A qué ha venido todo eso?

El corazón casi me dio un vuelco cuando me giré, pero no iba a dejar que él se percatase. Mantuve la expresión más neutra que pude, pero Mitch me ganaba por goleada: parecía tener la cara de piedra.

—Eso... —Señaló por encima del hombro al edificio del que acabábamos de salir—. A todas esas absurdeces que has dicho.

—No sé a qué te refieres. —En el fondo sí lo sabía, solo que no quería entrar en ese tema. No en aquel momento. Busqué las llaves en el bolso hasta que Mitch se acercó y puso una mano sobre la mía para detener mis movimientos.

—Me estás ocultando, April. Haces como si no te hubiese ayudado con la casa. Le sigues diciendo a la gente que... —Vaciló y levanté la vista, alarmada. La expresión de piedra de su rostro había empezado a partirse, y la decepción y el dolor se estaban abriendo paso—. Sabes que ya no estamos fingiendo, ¿verdad? Yo dejé de fingir hace mucho tiempo.

—Es que... —Me quedé en blanco. No estaba preparada para eso.

Entrelazó los dedos con los míos y se llevó nuestras manos a la boca para darme un suave beso en los nudillos.

—¿Quieres que me pase luego por tu casa? —Ahí estaba esa voz de nuevo, la que me hacía entrar en calor y querer prometerle cualquier cosa.

—Esta noche no —respondí en un susurro mientras desaparecía el recelo que sentía—. Caitlin está en casa.

—Es verdad. —Asintió con la cabeza mientras seguía mirándome a los ojos—. ¿Y cuando se vaya a la universidad? ¿Qué opinas? ¿Podré ir por las noches? ¿Y los fines de semana?

Su voz era hipnótica y lo que prometía, emocionante. Tragué saliva con fuerza y asentí con la cabeza, incapaz de apartar la mirada de esos ojos tan azules.

—¿Tendré que aparcar en el garaje para que la gente no se entere?

Asentí otra vez y me recorrió una ola de alivio. Lo entendía. Me entendía. Dios, tenía tanta suerte. Yo...

—No. —Me soltó la mano y dio un paso atrás, y sentí la repentina pérdida de su calidez como una bofetada. Su rostro volvía a tener una expresión pétrea—. De verdad quieres ocultar esto, ¿no? Quieres esconder lo nuestro. ¿Por qué?

—Porque... —Por muchas razones. Todas ellas me daban vueltas en la cabeza y competían por conseguir mi atención, pero ninguna tendría sentido si la expresaba en voz alta. Me agarré a la última, que seguramente era la más insignificante, y eso solo hizo que me irritara todavía más—. ¡Porque tu camioneta es demasiado vistosa! Parece una baliza. Ya puestos, es como si colgara una pancarta en la fachada que anunciase que me estoy tirando al profe de Gimnasia.

—Por dentro, me avergoncé en cuanto dije aquello. Eso no era lo que quería decir. O, peor, era exactamente lo que quería decir.

—¡Es que te estás tirando al profe de Gimnasia! —Retrocedió un paso más, con los brazos abiertos a ambos lados y una mueca en la cara—. Lo siento, cariño. Eso es lo que soy. Pensaba que mi familia te lo había dejado claro. —Su voz era áspera, y me dolía oírlo hablar así. Su familia lo hacía sentirse como una mierda, aunque nunca lo demostraba. Y yo estaba haciendo lo mismo. No se lo merecía. No conmigo. Ni con nadie.

—Joder. —Me pellizqué el puente de la nariz—. No quería decir eso.

—No, eso es exactamente lo que querías decir. —Se alejó otro paso y se pasó una mano por el pelo—. Mira, April, sé que no me necesitas. Eres la mujer más fuerte que conozco. No necesitas a nadie, ¿eh? Pero pensaba que... —Se giró hacia mí con los labios apretados en una fina línea. La expresión de su rostro hizo que quisiese llorar porque sabía que yo la había provocado—. Pensaba que querías estar conmigo. Pero no es así, ¿verdad?

—Y quiero estar contigo. Eso no es... —Pero no podía hablar. No sabía lo que quería decir y mucho menos cómo decirlo.

—No lo suficiente. No lo suficiente como para decirlo en voz alta delante de tu hermana. —Se metió las manos en los bolsillos de los vaqueros y suspiró—. Fingir que te quería ha sido lo más fácil que he hecho en mi vida, pero no puedo seguir fingiendo. Y no puedo seguir viviendo a escondidas. No puedo mentirles a nuestros amigos. No quiero ser el secretito de nadie. Ni siquiera tuyo.

—No te estoy pidiendo que... —Pero eso era exactamente lo que le estaba pidiendo, ¿verdad?

—¿Me quieres, April?

La fuerza de la pregunta me impactó en el pecho y me arrancó todo el aire de los pulmones. «No, no me preguntes eso». Levanté una mano y me apoyé en mi todoterreno.

—Mitch... —murmuré con un hilillo de voz—. No...

—¿Me quieres? —Dio un paso hacia mí, después otro. Lo único que podía ver eran sus ojos, bien abiertos y sinceros. Veía su corazón en su mirada y cómo se lo estaba rompiendo en tiempo real—. Es una pregunta muy sencilla, April. Porque yo te quiero. Puede que no quieras oírlo, pero a estas alturas tienes que saberlo.

Negué con la cabeza, histérica. Mitch lo había hecho; había dado el salto y me había dicho «esas» palabras. Sin embargo, yo no sabía cómo seguirlo y dar el salto también. Algo se quebró en mi interior. Era imposible que se me estuviera declarando. No en ese momento. No a mí.

—No es tan fácil. —Me temblaba tanto la voz que apenas podía articular palabra. Dios, esa era la conversación más importante de mi vida y la estaba teniendo en el aparcamiento de un bar. Y, encima, lo estaba haciendo fatal.

—Claro que sí —insistió—. O me quieres o no me quieres. O estamos juntos o no lo estamos.

En ese momento, me invadió la rabia. Si de verdad me quisiese, no me presionaría de esa forma. Me daría el tiempo que necesitase. Me entendería. Pero no, no me entendía. Y yo no sabía cómo explicárselo.

—Vale —le espeté—, pues entonces no lo estamos. —No lo podía hacer peor.

Mitch no se lo esperaba. Cerró la boca con un chasquido y se le borró toda expresión del rostro.

—¿Qué?

—Que no estamos juntos. —Me dolió pronunciar esas palabras; me destrozaban el corazón que tanto tiempo había protegido—. Si esas son las dos opciones que tengo, esa es la que escojo. —Tomé aire y sentí un temblor en la garganta—. Creo que tal vez..., las veces que hemos fingido estar juntos..., hemos mezclado cosas. —La siguiente respiración fue un poco más firme—. Es lo mejor —dije convenciéndome a mí mientras intentaba convencer a Mitch—. De todas formas, la casa ya está casi terminada. Gracias por todo. No podría haberlo hecho sin tu ayuda. —Le estaba dando las gracias por ayudarme con la casa, pero en realidad le estaba agradeciendo muchas otras cosas. Por ayudarme en la graduación de Caitlin. Por hacerme sentir que formaba parte de su familia. Por hacerme sentir que era alguien que merecía amor. Para variar, había sido algo bueno, pero no estábamos destinados a durar. Lo sabía.

Me miró sin ninguna expresión.

—¿Y todavía quieres mudarte?

Eso me sorprendió.

—Pues claro. En septiembre pondré la casa en venta. Mis planes no han cambiado. —Mis planes eran lo único que me quedaba.

—Ya. —Mitch sonrió con amargura y negó con la cabeza, con la mirada clavada en sus zapatos—. Tus planes. —Suspiró una vez más mientras miraba al suelo, y después levantó la vista hacia mí. Las luces del aparcamiento hacían que le brillaran los ojos, y a mí se me cortó la respiración; las lágrimas amenazaban con desbordarse. Todo estaba mal. No quería que lo nuestro terminase así.

Pero no sabía qué decir, así que Mitch rompió el silencio al cabo de unos instantes y golpeó con los nudillos el capó de mi todoterreno dos veces.

—Cuídate, April.

Mientras se alejaba de mí, supe que seguramente había cometido el error más grande de mi vida. Sin embargo, no era capaz de encontrar las palabras para pedirle que volviese. Para prometerle que sería la persona que él quería que fuese. La persona que seguramente se merecía.

En cualquier caso, Mitch se merecía algo mejor que yo. Se merecía a alguien más joven, con más energía. Alguien que algún día pudiese darle una familia. No una mujer de mediana edad que pronto acabaría con el nido vacío.

—Es lo mejor —susurré de nuevo mientras veía cómo se subía a su camioneta.

Estuve a punto de creérmelo.

El último fin de semana de la feria no tuvo nada de mágico para mí. Los dos días me presenté a mi turno, vendí las entradas de rigor y volví a casa en cuanto terminé. No me atreví a cruzar la verja. Ya había tenido suficiente. Se acabó la magia. Se acabaron las faldas escocesas, los besos y las reverencias.

A la semana siguiente, llevé el vestido que había comprado a la tintorería con todas las prendas de Cait y, tras recogerlo, lo guardé en el fondo del armario sin quitarle la funda de plástico. La mujer de ese vestido ya no existía. Se había desvanecido como un sueño a medio recordar en el aparcamiento de Jackson's, y tuve la sensación de que nunca regresaría.

VEINTIDÓS

Sabía que no iba a ser fácil olvidar a Mitch y que una parte de mí nunca lo haría. Pero el final de la feria medieval también significaba que el final del verano estaba cerca, y yo tenía una hija a punto de irse a la universidad que merecía toda mi atención. Mis días y mis noches estaban muy ocupados: viajes para compras de última hora después del trabajo, hacer las maletas, más viajes de última hora planeados para el fin de semana... Cuantas más listas de cosas por hacer redactábamos Caitlin y yo, más cosas nos dábamos cuenta que nos habíamos dejado fuera de las listas. Las dos semanas previas al momento de llevarla al otro lado del Estado para que comenzase la carrera universitaria fueron, como mínimo, caóticas. Echar de menos a un hombre que nunca había sido mío debería haber estado todo lo lejos de mi mente que fuese posible.

Sin embargo, al caos se le sumaba el dichoso montón de puertas de armarios. Al principio estaban en la cocina, pero poco a poco las fui trasladando al comedor. Y cada vez que las veía recordaba a Mitch en la cocina, ofreciéndome una taza perfecta de café, quejándose de buen rollo de la falta de cervezas en la nevera, subiéndome la falda y quitándomela, besándome intensamente mientras me echaba un polvo sobre la isla de la cocina. Ese último recuerdo me provocó un escalofrío, e intenté con todas mis fuerzas alejarlo de mi mente. Alejarlo a él de mi mente.

Era algo que había estado posponiendo hasta septiembre, pero la tercera vez que me di en el dedo gordo del pie contra las malditas puertas de los armarios, supe que debía hacer algo al respecto.

Cambiarlas era un trabajo para dos personas y, por mucho que quisiera pedírselo a Caitlin, ella ya tenía bastantes cosas que hacer. Cuando no estaba haciendo las maletas, estaba dándolo todo en las últimas noches con sus amigos del instituto, y no quería privarla de esos últimos recuerdos de la adolescencia. Así que una noche después del trabajo escribí a mi hermana y le pedí que fuese a mi casa el sábado por la tarde con una caja de herramientas. Hizo algo mejor y se trajo a su marido y el destornillador eléctrico.

—No sabéis cuánto os lo agradezco. —Me subí a la encimera de la cocina para sujetar la puerta del armario mientras Simon se ocupaba de las bisagras—. Ni siquiera tengo herramientas eléctricas.

—De nada, mujer. —Simon tenía la mirada fija en lo que estaba haciendo, pero me dirigió una sonrisa—. El fin de semana pasado te echamos de menos, por cierto.

—¿Qué? —pregunté al mismo tiempo que Emily musitaba algo desde el comedor y ambos nos giramos hacia donde estaba, con una puerta en las manos y sacudiendo frenéticamente con la cabeza hacia Simon.

—¿Qué? —le preguntó Simon, después pareció darse cuenta de algo y parpadeó—. Ah —dijo, mirándome—. Mierda.

—¿Qué está pasando? —insistí, y Emily suspiró exageradamente.

—El fin de semana pasado, quedamos. En Jackson's.

—Ah. —Tardé un segundo en asimilarlo; no sabía si me entristecía que no me hubieran invitado. No era muy fan de los planes, sinceramente, y me encantaba cuando podía rechazarlos, pero me dolía que no me hubieran dicho nada. No tenía ningún sentido, pero no podía explicarlo.

—Sí, era... —Emily miró al suelo, a los lados y a la puerta del armario que tenía en las manos.

En ese momento, fue Simon quien suspiró.

—Era el cumpleaños de Mitch. —Me miró a los ojos mientras hablaba, y agradecí su sinceridad—. Nos juntamos unos cuantos.

—Ah —repetí. Ni siquiera sabía cuándo era el cumpleaños de Mitch ni que me lo había perdido. ¿Le habría escrito para desearle feliz cumpleaños a pesar de que ya no éramos amigos? ¿Habría salido con el grupo y me habría tomado una copa en el bar mientras lo miraba desde el otro lado de la sala, deseando tener el derecho de estar a su alrededor? Ni siquiera podía estar enfadada con él, no me había echado de su vida. Había sido yo solita—. Bueno, espero que os lo pasarais bien.

Simon quitó el último tornillo y tiré de la puerta para dársela a Emily, que me pasó la nueva.

Simon se encogió de hombros mientras forcejeábamos con la puerta para colocarla en su lugar.

—Bueno, una noche de fin de semana en Jackson's, te lo puedes imaginar. —Nos miramos a los ojos porque sí, me lo imaginaba. A Simon le gustaba salir tanto como a mí, pero estaba con Emily y a veces no le quedaba más remedio.

—Sí —asintió Emily—. Estuvo bien. Aunque el karaoke se descontroló un poco.

—Ay, Dios —dije—. ¿Fue peor de lo habitual?

—Uy, sí —respondió Simon. Enarcó una ceja, aunque no se distrajo de lo que estaba haciendo—. A no ser que hayas visto antes a Mitch cantar en el karaoke.

Se me escapó una carcajada horrorizada; no lo pude evitar.

—Pues... no. —Pero sí lo había escuchado cantar en el viaje a Virginia, y había sido bastante horrible. La idea de que se subiese alegremente al escenario y sometiese al público a escucharlo era..., en fin, era típico de Mitch. No sabía si ese pensamiento me hacía querer reír o llorar.

—Cantó *Mr. Brightside* —confirmó Emily intentando sonar solemne—, pero enfadado.

Ah. Tachemos la parte de «subir alegremente al escenario», pues.

—Esa es una canción de rabia.

—Bueno, también es un poco triste. —Emily se estremeció al recordarlo—. No estuvo muy bien.

—Sí, se estaba sacando algo de dentro —añadió Simon.

Solo pude responder con una mueca. No quería pensar en Mitch y en lo que podría haber estado pensando o no mientras cantaba una canción enfadada y triste en su cumpleaños. Ya no era asunto mío, ¿verdad?

Me esforcé por cambiar de tema porque no quería seguir pensando en Mitch, punto.

—¿Cómo va lo del perro? Seguís en ello, ¿no?

Emily había dicho tiempo atrás que estaban pensando en adoptar un perro en otoño, pero no había vuelto a hablar del tema desde entonces. Puede que hubiesen cambiado de parecer. Emily y Simon contestaron al mismo tiempo:

—Bien —dijo Emily.

—Fatal —comentó Simon.

Los dos suspiraron.

—Seguimos mirando refugios en internet, pero esta de aquí —Simon señaló a su mujer con la cabeza— quiere enviar una solicitud para todos los perros que vemos. Nuestra casa no es tan grande.

—Además, creo que, por alguna ordenanza municipal, hay un número máximo de perros que se pueden tener en una casa —rezongó Emily—. Pero pronto reduciremos las opciones.

—También podéis mudaros a un sitio más grande. —Me bajé de la encimera de un salto mientras Emily me miraba, horrorizada.

—Ni de broma. Nos acabamos de mudar. No quiero volver a pasar por eso nunca más.

—Estoy de acuerdo. —Simon apretó los últimos tornillos de las bisagras con un fuerte ruido del destornillador—. Guardarlo todo en cajas es una tortura.

Gemí al vislumbrar mi futuro: había muchas cajas en él.

—Ni siquiera he pensado en eso todavía.

—No te preocupes. Podemos ayudarte también con eso. —Simon se dirigió con nosotras al comedor y observamos el progreso que habíamos hecho en la cocina.

—Gracias —musité. Las puertas de los armarios quedaban estupendas, pero al verlas no sentí alegría alguna. Pensaba que tenerlas montadas me haría sentir mejor, pero solo conseguían que pensase en Mitch. Como todo últimamente.

Debía vender la casa y salir de ahí pitando.

Pudimos meter en mi todoterreno todo lo que Caitlin quería llevarse a la universidad, pero por los pelos. Emily y su Jeep estaban como refuerzo, pero mi hija y yo fuimos capaces de hacer el viaje las dos solas, como habíamos hecho casi todo desde que nació. Parecía lo más adecuado.

Tras el torbellino de formularios de inscripción, la recogida de llaves y varias veces subiendo y bajando los dos tramos de escaleras, ya había hecho el cardio de todo el mes y mi hija estaba instalada en su nueva habitación de la residencia.

—¿Mamá? —Caitlin estaba admirando las vistas que había desde la ventana, pero en ese momento se giró hacia mí y dijo en voz baja—: Gracias.

—De nada. ¿Creías que iba a dejar que te mudases a la residencia tú sola?

Me puse las manos en las caderas y observé lo que habíamos conseguido ya. Habíamos deshecho el noventa por ciento de las maletas y cajas, la ropa estaba en el armario y habíamos hecho la cama con esas sábanas especiales extralargas para las residencias. Eso no había cambiado desde mis días universitarios. Los libros y los objetos varios se amontonaban en el escritorio; nos ocuparíamos de ellos más tarde. Habíamos ahuecado las almohadas y su fiel conejo de peluche estaba tumbado entre una y otra.

Lo del conejo fue el acabose. Había perdido la cuenta de las veces que Cait había lanzado al señor Orejas fuera del cochecito cuando era niña. La de paseos que habíamos dado con él en su regazo. Se le había desgastado el pelaje y había dejado de ser peludín hacía años, pero todavía le encantaba. Caitlin se había hecho mayor, pero mi niña todavía estaba por alguna parte. Y la iba a dejar allí, sola. No me gustaba esa idea. Quería meterla en el coche y salir corriendo de ahí.

—No, no me refiero a eso. Bueno, sí, y gracias. Pero... —Se apretó la coleta—. Gracias por todo. Por... todo. —Cruzó la habitación y me envolvió en un abrazo tan fuerte que me exprimió las lágrimas que amenazaban con salir.

—Oye. —La abracé con fuerza, un último gran abrazo de mamá antes de empezar la universidad. Mi pequeña lo lograría. Y yo también—. Estoy muy orgullosa de ti, cariño. Ya lo sabes.

Asintió contra mi hombro, pero no me soltó.

—Eres mi madre favorita.

Me reí con los ojos llenos de lágrimas, pero no quería llorar delante de mi hija, maldita sea. No necesitaba ver así a su madre. No cuando su vida estaba a punto de comenzar.

—Y tú, mi hija favorita. Desde siempre.

Le di dos besos en la mejilla, y me soltó y se pasó los dedos por debajo de los ojos para limpiarse las lágrimas.

—Oye —volví a decir—. No te preocupes, ¿vale? Te irá genial.

Asintió, se sorbió los mocos y sonrió.

—Y a ti también.

—¿A mí? —Negué con la cabeza—. Ya me conoces, no voy a hacer gran cosa.

—Pues deberías. Quiero que seas feliz, ¿vale, mamá?

—Ay, cielo. Lo soy. —Pero fue una respuesta automática y mi hija ya no era una niña.

Caitlin resopló.

—Ya lo sé. Me refiero a... feliz de verdad. No soy tonta, ¿vale? Sé que has renunciado a muchas cosas por mí. Durante toda mi vida.

—Eso hacen las madres, ¿sabes? —Levanté una mano y le apreté la coleta mientras intentaba darle un tono gracioso al tema—. Anteponen siempre sus hijos. Es parte del trabajo.

Pero Cait no se dejaba distraer tan fácilmente.

—Pues ahora quiero que te antepongas tú. Y si para eso tienes que vender la casa y mudarte a la ciudad, pues vale. Pero... —Respiró hondo y me miró indecisa—. Pero sé que últimamente has sido feliz. Más feliz de lo que te he visto nunca. Solo... piensa en eso, ¿vale?

No quería pensar en eso. De hecho, pensar en eso era lo último que quería hacer. Porque tenía razón. Había sido feliz. Y después lo había tirado todo por el retrete porque me daba demasiado miedo dejar que fuese real. Sin embargo, me obligué a sonreír y contesté como si tal cosa:

—Lo haré, cariño. Te lo prometo.

Le di un último abrazo de despedida y la dejé a su aire. Conseguí recorrer todo el camino de vuelta al coche antes de que se me empezasen a caer las lágrimas y me las sequé de un manotazo mientras encendía el motor y salía del aparcamiento. Nadie debía ver eso. Tenía que aguantar hasta llegar a casa.

La casa estaba vacía y, cuando apagué el motor, a salvo en el garaje, apoyé la cabeza en el volante y lloré. Fue una llantina de las buenas, de esas en las que lloras tanto y con tanta fuerza que se te corre el maquillaje, te entra dolor de cabeza y acabas deshidratada. Cuando terminé, agarré el teléfono. Con el pulgar busqué inmediatamente el nombre de Mitch, pero mi cerebro se puso en marcha antes de que pudiese pulsarlo. El mayor consuelo en el que podía pensar era notar sus brazos a mi alrededor. Solo habían pasado un par de semanas, pero ya echaba de menos la forma en que me hacía sentir completa.

Sin embargo, ya no tenía derecho a eso. Por mucho que lo echase de menos, no debía mirar atrás. Caitlin estaba empezando un nuevo capítulo en su vida y ya era hora de que yo hiciese lo mismo.

Busqué el nombre de Emily y le di al botón de llamada.

—¡Hola! —respondió con tono alegre mientras yo me preguntaba si volvería a sonreír—. ¿Todo bien con Caitlin?

—Sí. Acabo de llegar a casa. —Carraspeé con fuerza, pero hablaba con voz ronca, y mi hermana pequeña no tenía un pelo de tonta.

—Oye, no te preocupes. Le irá superbién. Tiene dieciocho años, ya es mayorcita.

—No hasta la semana que viene. —Se me escapó otro sollozo—. Me voy a perder su cumpleaños. Me voy a perder todos sus cumpleaños a partir de ahora, ¿verdad? —Esa revelación fue como otra puñalada en el corazón. Todo eso del nido vacío estaba sobrevalorado.

—Vale, no te muevas de ahí. Voy a pedir una *pizza* y a sacar la botella de vino que guardaba para esta ocasión. Llego dentro de nada.

—No hace falta que...

—Cállate, anda. Pues claro que sí. ¿Quieres que invite a Stacey también? Ya debería estar llegando a casa de la feria.

—No... —Pero me arrepentí en cuanto lo dije. Estaba acostumbrada a decir que no y a no querer que la gente se metiera en mis asuntos, en mis sentimientos. Pero Stacey no era solo «gente». Era una amiga. Una buena amiga. Era el optimismo personificado, y un abrazo suyo era como un chute de serotonina.

Además, lo de ocultar los sentimientos a los amigos también estaba sobrevalorado. Así había perdido a Mitch, ¿no? Quizá era una costumbre de la que debía deshacerme.

Por lo tanto, inspiré hondo, algo temblorosa, y dije:

—Sí. Pregúntale a Stacey si quiere venir.

—Hecho. Tú espera ahí.

Colgó antes de que pudiera protestar. Miré fijamente a través del parabrisas la pared trasera del garaje. Después de llorar a mares por las emociones, me sentía entumecida. Durante muchos años, había dejado mi vida en pausa para criar a Caitlin, y me había quedado sola. Era la clase de soledad que no se solucionaba con vino, *pizza* y un ratito con las chicas, pero era un detalle que Emily lo intentase.

Al final, entré a casa como pude y me limpié los restos de maquillaje antes de que Emily viera los chorretones de máscara de pestañas que me surcaban las mejillas. Me pasaría la noche ahogando las penas con ella y con Stacey, pero a la mañana siguiente tenía que volver a trabajar. Tenía que terminar un proyecto y poner la casa en venta.

Estuve ocupada unos cuantos fines de semana, pero antes de que pudiera darme cuenta, llegó el día. El día para el que había estado trabajando durante todo el verano, por no hablar la mayor parte de mi vida adulta.

El nido estaba vacío.

La casa estaba terminada.

Una mañana de sábado de finales de septiembre, me senté en la mesa del comedor de mi casa vacía con una taza de café. Todo estaba en silencio. Aunque Caitlin ya no estaba en casa, su presencia seguía por allí, en una mochila que se había dejado en el sofá o en los libros que no había recogido de la mesa. Sin embargo, incluso eso había desaparecido y, por primera vez en mi vida, vivía sola de verdad. Algo que había deseado durante años.

Y no me gustaba nada.

Era por la casa, me decía a mí misma. Después de pintar las paredes de colores neutros y cambiar la moqueta y las puertas de los armarios, el interior había cambiado tanto que apenas lo reconocía. Todos los recuerdos que habíamos creado mi hija y yo en ese lugar se habían esfumado. Ese había sido el objetivo, a fin de cuentas: pintar sobre los recuerdos, pintar sobre la personalidad, convertir ese lugar en un lienzo en blanco para la próxima familia que se mudara. Allí podrían crear sus recuerdos, mientras yo empezaba en otro sitio.

Pero ese lienzo en blanco tenía grabados sus propios recuerdos. Las paredes del salón me recordaban a esa semana de junio en la que Mitch y yo las habíamos pintado juntos. «Me tienes a mí», había dicho mientras traía la escalera del garaje a primera hora y la cena del restaurante tailandés por la noche. Habíamos visto películas de superhéroes y nos habíamos acostado en el suelo del salón. La pintura de color cáscara de huevo me recordaba a cómo se la había justificado a Mitch: «Bien», le había dicho. «Está bien». Había sonado tan derrotada entonces... Pero en ese momento, mientras observaba las paredes, me vi a mí misma mirando a lo alto de la escalera, donde Mitch se ocupaba de los bordes del techo. Se estaba riendo de algo que había dicho él mismo —siempre se reía más de sus propias bromas—, y su alegría me había hecho reír más que el chiste en sí.

Agarré la taza de café y me dirigí a la parte de atrás de la casa. Pasé por la habitación de Caitlin, de la que ya había recogido y guardado los restos de su infancia. La habitación de invitados volvía a ser anónima; para mí había sido la habitación de Emily durante mucho tiempo, pero a partir de ese día podría ser de cualquiera. Las medallas que había ganado en mis competiciones estaban guardadas.

Pero la habitación, ese pasillo... Cuando cerraba los ojos, veía a Mitch ayudándome a cargar con la moqueta enrollada y guardada en bolsas de basura enormes. Recordaba estar esperando a que alguien del barrio llamase a la comunidad de propietarios y me denunciase por ser una asesina en serie. El recuerdo me hizo sonreír, y volví a la cocina para servirme más café.

No tenía la intención de mandarle un mensaje a Mitch, pero la casa estaba demasiado vacía y demasiado silenciosa, y echaba de menos la forma en que ocupaba espacio en mi vida. Antes de que pudiese pensar, ya tenía el teléfono en la mano y estaba escribiendo un mensaje.

> Hola. Gracias otra vez por ayudarme a pintar.
> La casa ha quedado genial.

Había estado tan absorta en los recuerdos del verano que mi cerebro había vuelto a esa época y no fue hasta que le di a «Enviar» cuando recordé que no podía hacer eso. Mitch ya no formaba parte de mi vida y yo no formaba parte de la suya.

Unos minutos más tarde, después de meter la taza del café en el lavavajillas y pasar un paño por las encimeras, me vibró el teléfono. Lo agarré con demasiada impaciencia y el corazón me latió demasiado rápido cuando vi que Mitch me había respondido.

De nada.

Vale, eso no daba pie a mucho. Sin embargo, ¿podría ser un comienzo? ¿Tal vez podríamos volver a hablar? Merecía la pena intentarlo.

¿Qué tal el equipo de fútbol americano de este año? ¿Son algo mejores o qué? ¿Tienes a alguien que sepa lanzar?

Esa pregunta me devolvió a la tarde que pasamos en casa de sus abuelos, cuando me había puesto de su lado y lo había defendido delante de todo el clan Malone. Los echaba de menos. Joder, incluso al imbécil de su primo.

Me llegó otro mensaje. Aunque el corazón se me disparó al oír la notificación inmediata, unos segundos después se me volvió a hundir al leer la respuesta.

Sí, no me quejo.

Sí, me había respondido, pero como si no lo hubiese hecho. Ese no era un intercambio de mensajes de alguien con quien estaba reconectando. Me daba la sensación de que quería quitarme de encima.

Era un rechazo que me merecía completamente. Le había roto el corazón aquella noche en el aparcamiento de Jackson's —me lo había roto a mí misma también—, y escribirle de repente como si no hubiese pasado nada no era la manera de recuperarlo.

¿Recuperarlo? Negué con la cabeza, y la risa burlona que solté reverberó en la cocina vacía. No. Era hora de seguir adelante y no mirar atrás. La tarjeta de visitas de la agente inmobiliaria estaba encima de la isla. La agarré y di golpecitos con el borde contra la encimera. Era hora de llamarla. Era hora de poner la casa en venta y seguir con mi vida.

Levanté el teléfono y la pantalla se iluminó con el último mensaje que había recibido de Mitch. Una parte de mí tenía la esperanza de que me enviase otro mensaje y que la conversación continuase, pero no lo había hecho. Y no iba a hacerlo. Se me cayó el alma a los pies y la idea de llamar a la agente desapareció. Volví a dejar la tarjeta sobre la encimera. Tal vez no era el momento todavía.

—¿Qué ocurre?

Emily me pasó el *latte* de vainilla y me llevó a una de las mesitas que había junto a la ventana. Su jefa, Chris, me había visto la cara cuando llegué a Lee & Calla y le había dicho a Emily que se tomase un descanso para hablar conmigo.

—Nada. —Miré fijamente la taza. Los dibujos que hacía Emily en el café seguían siendo bastante malos, pero estaba mejorando. Casi se parecía a una hoja. Casi. Suspiré—. Todo.

—Vale —dijo en un tono neutro y agradable. Le dio un sorbo a su café y miró por la ventana como si tuviera toda la tarde para estar conmigo allí sentada hasta que resolviese mis problemas. No tenía el valor de decirle que entonces se quedaría ahí sentada para siempre.

—Es solo que... —Suspiré—. Es hora de poner la casa en venta. —No habría podido sonar menos entusiasmada ni aunque lo hubiese intentado.

—Pero eso es bueno, ¿no? —contestó ella suavemente—. Es para lo que has estado trabajando todo este tiempo.

—Sí, pero ahora que ha llegado el momento... No quiero pasar por ello.

—Vale —repitió—. Entonces, ¿qué quieres?

«A Mitch». No. No podía decir eso. Además, no era solo a Mitch, ¿verdad?

—Creo que me he dado cuenta de una cosa. —Miré a mi hermana y deseé que pudiera intervenir y ayudarme, pero se limitó a enarcar las cejas y a esperar. Vale. Debía hacerlo yo sola—. Creo que Willow Creek es mi hogar. Siempre lo ha sido. —Soné muy tristona al decirlo en voz alta.

—Vale... —Seguía hablando en un tono neutro—. Pero ¿por qué lo dices como si fuese algo malo?

—Es que... mi plan inicial había sido irme de este pueblo. No me he integrado en el barrio ni en la escuela de Caitlin. Lo único en lo que pensaba era en criar a Cait, ¿sabes? En que se haría mayor y yo me marcharía de aquí. Y ahora que ha crecido, es hora de marcharme y...

—¿Y ahora no quieres irte? —preguntó Emily con tacto.

—A ver, tengo los clubes de lectura, ¿sabes? —Exhalé una risa tan apurada como la bromita que había soltado, pero Emily me sonrió, empática, y me siguió la corriente—. Y... cuando Robert se presentó en la graduación de Cait, sentí que todo el pueblo me cubría las espaldas. Gente a la que ni siquiera conocía. Y estáis Simon y tú. Vosotros sois mi familia, y eso significa algo. Y luego está... —Se me cerró la garganta, y Emily se estiró por encima de la mesa para tomarme la mano.

—Está Mitch. —Su voz tranquila y firme me estaba guiando durante toda la conversación, y me aferré a ella como a una cuerda que me conducía a la salida de ese laberinto de emociones.

—Sí, joder. Mitch es... —Respiré entrecortadamente y parpadeé con fuerza. ¿Cómo explicaba lo que significaba él para mí, lo que había hecho por mí? Pero era Emily con quien estaba hablando. Tenía la sensación de que ella ya lo sabía—. Bueno, es Mitch, ¿no?

Emily esbozó una sonrisa.

—El mejor chico al que conozco. Sin contar a mi marido, claro.

Esa vez, me reí con un poco más de fuerza. Me limpié de las mejillas unas lágrimas que no había percibido hasta el momento.

—Mierda —mascullé—. Me quiere de verdad. —En ese momento, me vino un pensamiento horrible—. O me quería, vaya.

Emily me apretó la mano.

—No me parece la clase de persona que cambia de opinión tan rápidamente. Lo amas, ¿verdad?

—Sí. —De repente, me fue facilísimo de reconocer. ¿Por qué diablos había tardado tanto?—. Pero ¿qué pasa con mis planes? —Era el peor argumento de la historia, y lo supe en cuanto lo esgrimí.

—Mmm. —Emily pensó en ello o, al menos, fingió que lo pensaba—. ¿Ya has puesto la casa en venta?

Negué con la cabeza.

—Estaba a punto de hacerlo, pero...

—Ya. —Le dio otro sorbo al café—. ¿Has empezado a buscar una nueva casa? Habías dicho que querías mirar cerca del trabajo, ¿verdad?

—Verdad. Y no. —Siempre había querido empezar a buscar, pero no me había puesto a ello.

—Me lo imaginaba. Muy bien... —Dejó la taza sobre la mesa—. Creo que esos planes eran geniales para la April de hace diez años. Tal vez para la April de hace cinco años. Pero los planes pueden cambiar. Las personas pueden cambiar. —Me sonrió con los ojos empañados por las lágrimas—. Eso me lo enseñaste tú, ¿sabes?

Mierda, tenía razón. Tres años antes yo le había dado el mismo consejo. Y ahora me lo estaba lanzando a la cara. Menuda hermana estaba hecha. Era la mejor.

—La he cagado con él.

Emily se encogió de hombros, despreocupada.

—Seguro que puedes arreglarlo. —Parecía tan convencida que casi le creí.

Mientras bebía un poco de café, a mi hermana se le iluminaron los ojos.

—Oye, si te vas a quedar aquí un rato más, ¿me harías un favor?

—Claro. —Sin embargo, entrecerré los ojos mientras me preguntaba en qué me estaba metiendo.

Emily sacó el móvil y lo desbloqueó.

—He recibido un correo de uno de los refugios. Ya sabes, por lo de la adopción del perro. Acaban de recibir varios cachorros y Simon y yo queremos ir a verlos mañana. ¿Te importaría acompañarnos? Creo que nos vendría bien tener un voto de desempate. —Me dio su teléfono y fui pasando las fotografías de los cachorros, cada uno más adorable que el anterior. Todo va bien cuando miras fotos de cachorritos.

—Siempre y cuando el voto de desempate esté de acuerdo contigo, ¿no? —Enarqué las cejas mientras le devolvía el teléfono y Emily se rio.

—Pues eso me iría bien, sí. Eres mi hermana, deberías estar de mi lado.

Cuando se guardó el móvil, el mío vibró sobre la mesa entre nosotras y le di la vuelta. Desde que Cait estaba en la universidad, llevaba el teléfono conmigo como si fuera una cuerda salvavidas, por si me necesitaba. Todavía no lo había hecho. No me atrevía a tener la esperanza de que fuese Mitch.

No era ninguno de los dos, solo la notificación de que me había entrado un correo. Reprimí un suspiro y lo abrí de todos modos.

—¿Pasa algo?

—No. —Pasé el dedo por la pantalla y fui borrando—. Solo es correo basura. —Detuve el dedo sobre el boletín de noticias de la pequeña ferretería del centro. Me había enganchado a esa en particular porque todos los proyectos que sugería me inspiraban mientras Mitch y yo estábamos transformando la casa. Al final no habíamos montado las estanterías. Entorné los ojos al ver el encabezado del asunto—. Mmm —dije—. Hay rebajas en la sección de pintura.

Emily se rio y agarró la taza de café.

—Eso es lo último que necesitas ahora mismo.

—Ya.

Sin embargo, la cabeza me iba a mil por hora mientras bloqueaba el teléfono y lo dejaba sobre la mesa, porque se me acababa de ocurrir algo. Una manera de demostrarle a Mitch cuánto deseaba tenerlo en mi vida. Esa vez de verdad. Y la pintura podía ser la manera de conseguirlo.

VEINTITRÉS

Me llevó un par de semanas dejarlo todo como yo quería, sobre todo porque en esa ocasión no tenía ayuda, pero al final lo conseguí. Tras una parada rápida de camino a casa un viernes por la tarde, entré en el garaje y le envié un mensaje a Mitch.

> ¿Puedes venir? Te necesito.

La verdad de esas dos últimas palabras hizo que se me quedase la respiración atascada en el pecho; esperaba que Mitch percibiese a través de la magia de la mensajería instantánea que lo decía muy en serio. Antes de poder acobardarme, le di a «Enviar».

No tenía ni idea de cuánto tiempo debería esperar para recibir una respuesta. Nuestra última conversación no había ido muy bien. Tal vez había bloqueado mi número, y no lo habría culpado. Me guardé el móvil bajo la axila mientras entraba en casa y, cuando sonó, noté la vibración por todo el brazo.

> No puedo hacerlo, April. Ya te lo dije. No quiero seguir escondiéndome.

Ahí estaba la magia de la mensajería: el daño que le había causado latía en cada palabra que aparecía en la pantalla. Joder, la había cagado hasta el fondo. Solo esperaba que me dejase intentar arreglarlo.

Guardé la compra en la nevera y después me apoyé contra la isla de la cocina para responder a su mensaje.

> No te escondas. He dejado el coche en el garaje para que puedas aparcar en el camino de entrada. Por favor. No tardaremos mucho. Solo necesito tu opinión con un asuntillo.

No me respondió al momento y se me encogió el corazón. Observé las palabras que acababa de escribir. ¿Parecían demasiado desesperadas? ¿El «por favor» hacía que diese la impresión de que estaba suplicando? *Uf.* Como al observar fijamente el teléfono no conseguí que me contestara, lo dejé sobre la mesa y me apreté las palmas de las manos contra los ojos. Ya tenía mi respuesta. Y no lo culpaba.

Bueno, había merecido la pena intentarlo.

Saqué una sidra de la nevera y la abrí antes de dirigirme al salón, donde mi nuevo compañero de piso roncaba ligeramente sobre un montón de mantas en el sofá. Me senté a su lado y le acaricié la cabeza con suavidad, con la esperanza de no asustarlo. No oía demasiado bien y todavía se estaba acostumbrando a vivir conmigo.

—¿Ya te ha sacado Emily a pasear, Murray? —Me frotó la mano con el hocico y agitó la cola a modo de respuesta. Había ido al albergue con Emily y Simon, como le había prometido. Mientras ellos se enamoraban de un cachorro de labrador negro que no se quedaba quieto (y sin que hubiera necesidad de que yo desempatara), me llamó la atención un jack russell blanco y negro ya mayor que se estaba echando una siesta en una perrera cercana. La trabajadora del refugio me había dicho que tenía casi diez años y que estaba allí porque su antiguo dueño había muerto. Negó con la cabeza con compasión porque ¿quién iba a adoptar a un perro tan viejo?

Yo, al parecer. Yo adopté a ese perro tan viejo. Emily estaba entusiasmada y prometió que iría por las tardes para sacarlo a pasear mientras yo estaba en el trabajo. Le había puesto el nombre de nuestro abuelo, otro viejo que no oía demasiado bien y al que le encantaba echarse la siesta, y nos habíamos instalado en una feliz coexistencia. A Murray le gustaba tener muchas mantas en su lado del sofá, comer zanahorias y acurrucarse contra mi cadera cuando yo leía o veía la televisión. Por las tardes y los fines de semana dábamos paseos lentos y contemplativos en los que yo pensaba mucho y él olisqueaba todavía más. Era un comienzo prometedor para una relación, y la casa no parecía tan vacía desde que Murray vivía allí conmigo.

Le rasqué la cabeza y me recosté en el sofá mientras me bebía la sidra y observaba las paredes recién pintadas. ¿Había sido buena idea? Cuanto más tiempo pasaba, más dudaba de mí misma.

Todos mis sentidos se pusieron en alerta máxima cuando, entre diez minutos y tres años más tarde, unos faros delanteros se filtraron por la ventana del salón y una camioneta roja gigantesca estacionó en el camino de entrada. Se me contrajeron todos los músculos del cuerpo cuando el motor se apagó y, un instante después, lo hicieron los faros.

—Allá vamos, Murray —susurré, pero él ya volvía a estar dormido. Menudo compañero me había agenciado.

El corazón me latía con fuerza y la sidra de repente me sabía rancia en la boca, pero me obligué a tragarla. El ruido que hizo la puerta de la camioneta al cerrarse fue fuerte, pero apenas pude oírlo por encima de la tensión acumulada en mis oídos, y cuando sonó el timbre di un respingo.

Ahí estaba. Mitch me estaba dando una oportunidad. Lo único que debía hacer yo era no meter la pata. Respiré de una forma profunda y purificadora mientras abría la puerta principal.

—Hola. —Mitch tenía las manos metidas en los bolsillos delanteros de los vaqueros y me miró a los ojos brevemente antes de apartar la mirada y observar el quicio de la puerta, y después la luz del porche.

—Hola. —No me moví durante un buen rato. Me alegraba tanto de verlo que había olvidado por qué le había escrito. Solo quería observarlo, ahí en la puerta. Quería observarlo todos los días.

Se aclaró la voz y me miró a los ojos.

—Bueno, ¿qué necesitabas?

—Ah, sí. —Di un paso atrás, lo invité a entrar con un gesto de la mano y cerré la puerta detrás de él. Joder, había olvidado cuánto espacio ocupaba. Su presencia debería agobiarme, a mí, la persona que siempre quería estar sola. Sin embargo, en ese momento era lo último que quería. Y ya era hora de hacérselo saber.

Respiré hondo.

—Como te he dicho, quería que me dieses tu opinión sobre algo.

—Vale. —Enarcó las cejas—. ¿Sobre qué?

—Ven a verlo. —Lo hice pasar al salón, pero se detuvo en seco en la puerta.

—Tienes un perro.

—Sí. —Observé cómo se miraban Mitch y Murray durante un largo rato, como si se estuvieran tomando la medida. Murray llegó rápidamente a la conclusión de que Mitch no le había traído una zanahoria y volvió a bajar la cabeza con un largo suspiro—. Aunque no te he pedido que vinieras por eso. He vuelto a pintar. ¿Qué te parece? —Di un paso más hacia el centro de la habitación y esperé que me siguiese.

Lo hizo.

—A ver si lo adivino: has cambiado de opinión sobre la cáscara de huevo. —No respondí, simplemente esperé a que viese por sí mismo lo que había hecho—. En serio, mientras sea un aburrido color neutro, no les va a importar... —Se calló de golpe y me giré para mirarlo. Tenía los ojos y la boca abiertos de par en par—. April —dijo en un susurro.

—¿Qué te parece? —Me moví para colocarme a su lado y crucé los brazos sobre el pecho. Ambos contemplamos la pared que me había pasado toda la semana pintando de azul. No era nada parecido a un azul neutro. No era el azul intenso de sus ojos ni el azul oscuro de los míos. Era un término medio entre los dos. La mezcla perfecta. Justo lo que quería que fuésemos nosotros.

—¿Qué...? —Carraspeó—. ¿Por qué has hecho eso? —Me miró, y me mordí el labio con fuerza. No lo estaba entendiendo. Debería haber ensayado algo para decirle en ese momento.

—Porque... —Pero me falló la voz. Quería decir muchas cosas y no sabía cómo decir ninguna. Sin embargo, tenía otra cosa que enseñarle, además de la pared. Tal vez bastara con eso—. Ven. ¿Quieres beber algo? —Estiré un brazo para tomarle la mano, pero me lo pensé mejor. Tal vez no quería que lo tocase. No lo culparía. Sin embargo, me siguió hasta la cocina. Seguía allí. Todavía tenía una oportunidad.

—¡Has cambiado las puertas! Quedan genial. —Soltó una carcajada—. Supongo que al final no me necesitabas. —Intentaba dar con un tono ligero, que las palabras fueran jocosas, pero su voz estaba cargada de dolor.

Ese era un buen lugar por el que empezar.

—Tal vez no —dije con tacto—. Tenías razón con lo que dijiste. Que no necesito a nadie. Creo que eso es lo que pasa cuando crías a una hija tú sola. Te acostumbras a no apoyarte en nadie. Pero ¿sabes qué? Alguien me dijo no hace mucho que puedes querer algo sin necesitarlo.

El fantasma de una sonrisa le iluminó los ojos.

—Lo recuerdo.

—Esto no es fácil para mí. Necesito que lo sepas. —Respiré hondo para calmar los nervios—. ¿Sabes cuánto tiempo ha pasado desde que alguien me dijo que... me quería? —No pude seguir conteniéndolas más, y las lágrimas salieron junto a las palabras. Quizá no necesitaba contenerlas. No con él.

—Sí —contestó con la voz un poco ronca—. Hace un par de meses. En el aparcamiento de Jackson's —dijo mientras extendía los brazos a los lados, como diciendo: «Aquí estoy». Una sonrisa burlona se asomó a sus labios, y le respondí con una risa que fue poco más que un suspiro.

—Antes de eso, me refiero. Casi veinte años. —Me llevé una mano a la frente, que de pronto notaba caliente. Tenía el pulso acelerado y sentía la sangre palpitándome en las sienes—. Ni siquiera sé cómo decirlo a estas alturas. Durante mucho tiempo hemos sido mi hija y yo contra el mundo. Y hay muchas razones por las que no deberías quererme.

—Dime una. —Mitch clavó los ojos, esos ojos azules perfectos en los que quería perderme para siempre, en los míos, y eso me dio la valentía para hablar.

—Soy demasiado mayor para ti, y lo sabes. Sé que vas a decir que eso no importa, pero...

—Tienes razón. Eso no importa. Yo...

—Pero importará. Importará mucho dentro de cinco años o así, cuando decidas que quieres tener hijos. Apenas has cumplido treinta. Yo tengo cuarenta. —Me señalé alrededor de la tripa con una mano—. Esta fábrica está cerrada. Ya pasé por eso... Y ahora la he mandado a la universidad.

Mitch me miró, incrédulo.

—Los niños me dan igual.

—Pero te gustan.

—Pues claro. Me gustan los niños a los que doy clase y a los que entreno. Los hijos de mis primos, a los que puedo atiborrar de azúcar y después devolvérselos a sus padres. —Se encogió de hombros—. Eso no significa que quiera hijos propios.

Se me desmoronó el argumento; no me esperaba que dijese eso.

—Pero tu madre... —balbucí—. Está deseando que tengas hijos. Me dijo que...

—Mi madre dice muchas tonterías. —Se apoyó las manos en las caderas y se alejó de mí, dio una vuelta por la cocina y volvió conmigo—. Quiere nietos como el resto de la familia. Le he dicho mil veces que eso no va a pasar. Joder, April, me paso cinco días a la semana con niños, y más durante los fines de semana de la feria medieval. Con eso ya tengo bastante. Además, conociste a mi familia y viste a todos esos niños correteando por allí. Hay mucho ADN Malone por el mundo, no me hace falta contribuir al patrimonio genético.

Parecía tan seguro que se me dibujó una media sonrisa en los labios. Sin embargo, en mi interior seguía agitada, como si estuviese en una montaña rusa.

—No sé cómo hacer esto —confesé al final.

—¿Hacer el qué? ¿Querer a alguien? ¿Tener una relación?

Asentí con la cabeza.

—Sí. Todo eso. Pero nunca he sido más feliz de lo que he sido este verano contigo. Y siento que tuvieses que alejarte de mí aquella noche para que me diese cuenta. —Señalé el salón con un gesto—. Pinté esa pared porque esta casa es mi hogar. Willow Creek es mi hogar. No voy a marcharme a ninguna parte. —Se me atragantó la respiración cuando tomé aire, y esas lágrimas que creía tener bajo control empezaron a nublarme la visión, pero no me importó. Me daba igual. Disponía de una única oportunidad para solucionarlo todo. Necesitaba que me entendiese—. Tú eres mi hogar.

Mitch tomó aire con fuerza y cerró la boca de golpe.

—Espera —me adelanté—. Voy a darte algo de beber. —Me giré hacia la nevera.

Se le escapó una risita.

—Sigo sin querer beber ese zumo de manzana que te gusta tanto... —Cuando abrí la puerta de la nevera con un chirrido, fue él a quien le falló la voz. Junto a la leche, había seis botellines verdes de cristal. Su cerveza favorita, que había comprado de camino a casa.

Saqué un botellín y se lo puse en la mano.

—Se acabó lo de escondernos —dije—. Se acabó fingir. Quiero... —Joder, tendría que haber pensado en eso antes, porque lo único que se me ocurrió fue—: Quiero tus cervezas en mi nevera. Te quiero en mi vida. Conmigo. Esta vez de verdad.

Mitch miró la cerveza que sujetaba con la mano como si nunca hubiese visto una. Sin embargo, cuando levantó la mirada hacia mí, tenía una expresión insegura en el rostro, inesperadamente vulnerable.

—Eso dices ahora. Cuando estás sola y Caitlin no está en casa. ¿Qué pasará en noviembre, cuando vuelva a casa por Acción de Gracias? ¿Me encerrarás en una habitación y echarás el cerrojo?

—No. —Pero parecía escéptico, y ¿quién podía culparlo? Últimamente había sido una idiota—. Sigues pensando que... Vale. Espera. —Agarré el teléfono de la encimera y llamé a Caitlin. Dio tono dos veces y esperé que mi hija no se hubiese ido de fiesta todavía. Necesitaba su ayuda. (Sí, debería haberlo planeado todo mejor).

Caitlin respondió al tercer tono.

—¡Hola, mamá!

—Hola, cariño. Te voy a poner en altavoz, ¿vale? —Le di al botón y solté el teléfono. Mitch y yo estábamos ahí plantados, hombro con hombro, con el teléfono delante de nosotros.

—Claro. ¿Qué pasa? ¿Quién está contigo?

—He estado pensando... —Seguía hablando con Caitlin, pero mientras lo hacía miraba fijamente a Mitch—. Voy a salir con el entrenador Malone. ¿Te parece bien?

El bufido de Caitlin se oyó alto y claro a través del teléfono.

—Ya era hora. ¿Está ahora contigo?

—Sí —dijo Mitch con voz ronca, y se llevó el puño a la boca para toser—. Sí, estoy aquí. —No apartó la vista de mí.

—Pórtate bien con mi madre, ¿vale? —Intentaba aparentar seriedad, pero se percibía la sonrisa de su voz.

Me sequé esas dichosas lágrimas, que no se iban ni a la de tres, y, cuando miré a Mitch, vi que él también parpadeaba con rapidez.

—Por supuesto. —A su favor tenía que decir que su voz sonaba totalmente normal, como mucho un pelín apagada.

—Muy bien.

Después de colgar, pulsé sobre el número de Emily, y Mitch gimió.

—Vale, ya lo me lo has demostrado, no tienes que...

—¡Hola, April! ¿Qué pasa?

—No mucho —dije—. Solo quería contarte que Mitch y yo estamos...

Ni siquiera pude terminar la frase antes de que mi hermana empezase a gritar entusiasmada.

—¡Por fin! Porque como tenga que oír a Mitch cantar otra canción triste en el karaoke, me voy a...

—Adiós, Emily. —Mitch pulsó el botón de colgar.

Cuando se terminó la llamada y el eco de la risa de Emily desapareció, el silencio que pendía entre ambos se me antojó denso. Ya había dicho todo lo que tenía que decir, pero Mitch aún no había expresado sus sentimientos. No podía soportarlo más.

—¿En qué estás pensando?

Mitch me miró durante un buen rato, después negó con la cabeza y se dio la vuelta. Sin embargo, antes de que el alma se me cayera a los pies, agarró el abrebotellas de la puerta de la nevera y se abrió la cerveza.

—Estoy pensando en que nos pasamos casi una semana pintando ese salón para que tú vayas y lo deshagas solo para demostrar algo. —Volvió a dejar el abridor en la puerta y negó con la cabeza de nuevo antes de echarle un trago a la cerveza. Me miró a los ojos mientras tragaba, algo que no había visto en mucho tiempo.

Sentí que algo se aflojaba en mi pecho y, al desaparecer la tensión, noté una cierta embriaguez.

—Oye —protesté—. Me gusta el azul. —Por primera vez en semanas, el suelo estaba firme bajo mis pies.

Mitch sonrió con satisfacción, pero no lo rebatió. Dejó la cerveza sobre la encimera.

—Estoy pensando... —Se giró hacia mí, y la expresión de sus ojos hizo que se me cortase la respiración—. Estoy pensando en que llevo unos cien años sin besarte.

Me colocó un mechón de pelo detrás de la oreja y lo único que pude decir antes de que su boca rozase la mía fue un «Oh». Toda la tensión que quedaba en mi cuerpo desapareció; nada en el mundo me había hecho sentir mejor que besar a ese hombre en la cocina.

Me acarició los hombros con las manos y fue bajando por mi cuerpo hasta llegar a la cintura y las caderas antes de levantarme para sentarme en la isla de la cocina. Mis piernas lo rodearon como si supiesen que habían llegado a casa, y el gruñido que soltó Mitch desde el fondo de la garganta me dijo más de lo que habría podido expresar cualquier palabra.

Tras unos minutos lentos y deliciosos, lo empujé suavemente por el pecho y él dio un paso atrás.

—Vamos. —Me bajé de la encimera de un salto, lo que me dejó muy cerca de él. Con la respiración entrecortada, pensé seriamente en dejar a un lado el resto de los planes que tenía para aquella tarde y llevármelo a la cama. Pero no había terminado de demostrarle lo que estaba dispuesta a hacer, así que me guardé el móvil en el bolsillo y agarré el bolso.

—¿A dónde vamos? —Mitch seguía un poco aturdido, pero me tomó la mano y supe que estaba dispuesto a ir conmigo a cualquier parte.

—Quieres que nos vean en público, y no se me ocurre un lugar mejor para hacerlo que en Jackson's un viernes por la tarde.

Me dirigí hacia la puerta principal, pero me detuve en seco cuando Mitch se negó a moverse.

—No.

—¿Qué quieres decir con «no»? —Me di la vuelta al mismo tiempo que él tiraba de mí para acercarme a él.

—Quiero decir que ya me lo has demostrado. Y esta noche no quiero compartirte. Con nadie. Podemos ir a Jackson's mañana por la noche. —Me rodeó con los brazos, me estrechó con fuerza contra él y se acabaron los demás argumentos que podría haberle esgrimido.

Sin embargo, volví a intentarlo.

—¿Estás seguro? No tenemos por qué quedarnos en casa. —Le rodeé el cuello con los brazos y le toqueteé el pelo de la nuca.

—No tenemos por qué, pero me apetece. Son dos cosas distintas, ¿recuerdas? —Sonrió, y le puse una mano en la mejilla. Su hoyuelo apareció bajo mi dedo pulgar, lo acaricié y sonreí.

Había una cosa que todavía no le había dicho, y era el momento de dar el salto. Se lo merecía.

—Mitch, te... —Me quedé totalmente sin aliento. Llevaba tanto tiempo sin decir esas palabras que me bloqueé. Había olvidado lo aterrador que era ofrecerle todo tu corazón a alguien. Pero necesitaba decírselo. Merecía saberlo.

Mitch no parecía preocupado. Se le suavizó la expresión y me puso una mano en la mejilla.

—Tú puedes —murmuró.

Miré aquellos ojos tan azules y di el salto.

—Te quiero. —Las lágrimas me resbalaron por las mejillas, y Mitch me las recogió.

—Lo has hecho. —Me dedicó una sonrisa pequeña y privada, no era su sonrisa radiante habitual; era solo para mí—. April. —Se inclinó y me dio un beso, suave y pausado—. Me enamoré de ti hace meses. Desde que le gritaste a mi abuela.

Me reí contra sus labios.

—Nunca le he gritado a tu abuela.

Se encogió de hombros.

—Quizá técnicamente no. Venga, vamos. —Tiró de mí hacia el pasillo—. Me han entrado ganas de comer esos fideos tailandeses que tanto te gustan. Vamos a pedir unos cuantos y a jugar con algún accesorio mientras esperamos a que nos los traigan.

Joder. Dicho así, ¿por qué salía la gente de casa?

Antes de abandonar la cocina, me fijé en el rinconcito de la encimera donde estaban la harina, el azúcar y la vainilla. Los huevos y la mantequilla estaban en la nevera. Se acercaba el club de lectura, e iba a llevar *cupcakes* como que me llamaba April.

EPÍLOGO

—No sé si puedo hacerlo. —Me costaba respirar.

—Claro que sí. Tú puedes, lo sé. —La voz de Mitch, que prácticamente me jadeaba al oído y tenía la respiración casi tan agitada como la mía, me llegó desde detrás—. ¿Te duele?

—No. —Sin embargo, ni siquiera a mí me pareció convincente.

—Ya sabes que podemos ir más despacio si no estás bien.

—¡No! —respondí un poco demasiado rápido—. Tienes razón. Estoy bien.

—Esa es mi chica —dijo—. Una cabezota.

—Ya me conoces.

Me sorprendió lo bien que me sentía. Pensaba que me dolería mucho más, pero habíamos entrenado a fondo para eso. Al colocarnos en la línea de salida para la carrera de cinco kilómetros de la mañana de Acción de Gracias, habíamos estado de acuerdo en tomárnoslo con calma. Era mi primera carrera desde el accidente, y no pretendía batir ningún récord de velocidad. Ese era el objetivo de Simon; de hecho, seguramente ya habría terminado la carrera. A ese hombre se le había metido entre ceja y ceja subirse al podio. Yo solo quería trotar un poco con mi novio antes de ponernos ciegos en la cena de Acción de Gracias.

La pierna no me dolía, lo cual era sorprendente. Habíamos empezado poco a poco, entrenando los fines de semana. Durante un par de semanas, me limité a caminar y luego fui añadiendo algunos tramos corriendo. La semana anterior había conseguido recorrer más de tres kilómetros sin parar. Sin embargo, nos acercábamos a los cinco kilómetros y, ahora que había empezado a sentir las piernas como si fueran de gelatina, me lo estaba cuestionando todo.

Pero Mitch estaba justo detrás de mí; seguía mi ritmo y me ayudaba a terminar la carrera en unos respetables treinta y cinco minutos. Me daba la sensación de que si lo hubiese dejado correr solo, también habría terminado ya y estaría esperando en la línea de meta junto a Simon. Sin embargo, me había dicho que estaría conmigo en cada paso del camino, y lo decía de forma literal.

—¿Todavía vas bien?

—Sí. Sí, creo que sí. —Me ardían los pulmones y era evidente que me temblaban las piernas, pero por lo demás estaba bien. Me arriesgué a mirar a Mitch por encima del hombro e intercambiamos una sonrisa.

—Bien. —Señaló con la cabeza hacia delante—. Porque mira eso.

Volví a mirar al frente y vi la pancarta de la línea de meta colgada sobre la carretera delante de nosotros, a menos de quince metros. La adrenalina se apoderó de mí y eché a correr a toda velocidad, forzando la tracción de las piernas y sin preocuparme de respirar hasta que crucé la meta, con Mitch riéndose unos metros por detrás de mí.

—Joder. —Fui aminorando la velocidad hasta detenerme por completo. Me doblé hacia delante, me apoyé las manos en las rodillas y respiré hondo—. Lo he conseguido. —Me incorporé y me giré hacia Mitch—. ¡Lo he conseguido!

—¡Claro que sí! —Me rodeó con los brazos y me levantó del suelo sin que le importase lo sudada que estaba. Claro que él también lo estaba, así que daba igual. Nuestros sudores se mezclaban mucho últimamente.

—¡Lo has conseguido! —gritó Emily detrás de mí, y me giré para saludarla. Simon estaba a su lado, con una sonrisa en la cara y una botella de agua y un plátano en las manos. Me ofreció las dos cosas.

—Buena carrera, April —me felicitó.

Resoplé.

—No quiero oír el tiempo. Te ha sobrado para ir a casa y ducharte mientras me esperabais, ¿verdad?

Se rio, lo que para Simon fue una respiración más entusiasta, pero aun así me emocionó verlo.

—No exactamente. Y deberías estar muy orgullosa. ¿Cómo os ha ido? —Le dirigió la pregunta a Mitch, consciente de que era él quien tenía el cronómetro.

Mitch se miró la muñeca, y una sonrisa se le dibujó en el rostro.

—Treinta y cuatro minutos, cuarenta y siete segundos. ¡Nada mal! —Levantó una mano y chocamos los cinco. Sí, éramos esa clase de pareja. No, no me importaba.

Me giré hacia Emily.

—¿Y vosotros qué tal?

Emily y el cachorro habían participado en la carrera perruna de kilómetro y medio, por la cual había estado a punto de abandonar mi propia carrera. Porque un perro era un perro. El mío estaba en casa, acurrucado en el sofá. Murray era el más inteligente de todos nosotros.

Emily se rio y negó con la cabeza.

—Lord Byron estaba mucho más interesado en olisquear y hacer pis por todos lados. Me parece que nuestro tiempo no ha sido tan impresionante.

Mientras nos encaminábamos hacia el aparcamiento, llamé a Caitlin.

—¿Has metido el pavo en el horno?

—¡Sí! Todo está preparado, mamá.

—Genial. Gracias, cariño. —Colgué mientras Mitch se sacaba las llaves del bolsillo—. ¿Nos vemos dentro de un rato?

Emily asintió mientras metía al cachorrillo de patas largas en la parte de atrás de su Jeep.

—Llegaremos sobre las dos. ¿Estás segura de que no quieres que lleve nada?

Negué con la cabeza.

—Está todo listo. Venid vosotros y el perro. Traed vino, quizá.

La abuela de Mitch me había pasado por correo la receta de los macarrones con queso, y estaba deseando que los probasen.

Hablando de eso... Me giré hacia Mitch después de sentarme en el asiento del copiloto de su camioneta.

—¿De verdad te parece bien que no celebremos Acción de Gracias con tu familia? Sé que adoras a tus abuelos.

—Y así es. —Asintió con la cabeza y arrancó la furgoneta.

—Y tu prima Lulu es un encanto. No me importaría volver a verla.

—Qué bien. Creo que te costará librarte de ella. —Esbozó una sonrisa mientras nos incorporábamos a la carretera—. Pero no. Hoy va a ser genial. Un día de Acción de Gracias con la familia de Willow Creek. Podemos reservarnos el caos de verdad para Navidad.

—Me muero de ganas —dije con indiferencia. Pero lo que él no sabía era que yo ya había estado pensando en las Navidades. Tenía su regalo envuelto y guardado en una cajita blanca dentro del cajón de los calcetines: un llavero de una casita de plata con una copia de las llaves de mi casa. Iba a pedirle que se mudase conmigo. Me había ayudado a hacer de mi casa un hogar, así que lo correcto era que la compartiese conmigo y dejase de renovar el contrato de alquiler cada mes de febrero.

Suspiré y le di un mordisco al plátano.

—Ha sido divertido.

—Me alegro. Podemos convertirlo en una tradición.

—Pero... —Me separé la camiseta del cuerpo con una mueca—. Doy asco. Y estoy bastante segura de que apesto.

—Nos daremos una ducha al llegar a casa. —Me miró con una sonrisa traviesa—. Eso también puede ser una tradición.

Enarqué las cejas.

—Me da la sensación de que muchas tradiciones tuyas implican una ducha.

—¿Te estás quejando, *cupcake*?

Mi nuevo apodo. En ese momento, fui yo quien esbozó una sonrisa traviesa.

—No.

Por supuesto, aún quedaba algo de la antigua April en el fondo; una April que pensaba: «Mierda, Caitlin está en casa, ¡aborta la ducha sensual!». Pero cuando Mitch me agarró la mano y me llevó hasta casa, no me costó olvidar a esa April. Caitlin tenía dieciocho años. Lo soportaría.

Además, todo lo que quería, necesitaba y amaba estaba en esa camioneta o en casa esperándome. Y la nueva April no tenía problema alguno con que lo supiese todo el mundo.

AGRADECIMIENTOS

La mayor parte de este libro se escribió en el año 2020, algo sin precedentes por muchos motivos. Fue todo un reto escribir una comedia romántica —sobre todo una comedia romántica con tantísimas quedadas y reuniones en público— en plena pandemia. Sin embargo, en muchos sentidos fue una vía de escape. Pasar tiempo en Willow Creek con mis personajes era muy reconfortante en un momento en el que no podía salir ni quedar con nadie.

Con cada libro, me doy cuenta de la suerte que tengo por contar con un gran grupo de personas que me cubren las espaldas: mi agente, Taylor Haggerty, y mis compañeras de crítica, Gwynne Jackson y Vivien Jackson, son mis grandes pilares. Sin vosotras, yo estaría dando tumbos por ahí. Tuve un grupo maravilloso de lectoras alfa que básicamente pertenecen el club de *fans* de Mitch: Annette Christie, Jenny Howe, Cass Scotka, Courtney Kaericher y Lindsay Landgraf Hess. ¡En su corazón hay sitio para todas vosotras!

Jenny Howe, gracias por prestarme a Murray. Me reconforta saber que Gambit y él están juntos en este libro para siempre, y espero que también te reconforte a ti.

ReLynn Vaughn, ¡gracias por el bombardeo de inspiración, como siempre!

Me quedo corta al contaros lo bien que me lo paso trabajando en estos libros con Kerry Donovan como editora. Es un auténtico placer que alguien quiera y entienda a mis personajes tanto como yo. Muchísimas gracias, como siempre, al resto del equipo de Berkley: Jessica Mangicaro, Jessica Brock, Mary Geren, Mary Baker y Angelina Krahn. ¡Un agradecimiento especial a Colleen Reinhart por otra cubierta maravillosa!

Gracias también a Lyssa Kay Adams y a los participantes del proyecto *Borrador de 30 días*, que me ayudaron a escribir buena parte de este libro. Gracias por todas las reuniones y charlas por Zoom. Y gracias, como siempre, a mis lectoras beta: Brighton, Ellis, Esher, Ann, Melly, Helen, Laura, Elizabeth y Suzanne, por los Zooms de mañana con café, los Zooms de noche con algunas copas y los Zooms ocasionales de escritura. Muchos muchos Zooms.

Morgan, te mereces toda la cerveza de la nevera. No hay nadie con quien prefiera cruzar el país en un todoterreno alquilado con tres gatos picajosos. Te quiero.

Me solidarizo enormemente —aún ahora— con las ferias medievales de todo el país que se vieron obligadas a cerrar durante 2020 y gran parte de 2021. Muchos artistas y artesanos perdieron su medio de vida y han intentado mantenerlo en línea en la medida de lo posible. Echad un vistazo a www.digitalrenfaire.com para disfrutar de las actuaciones virtuales y al grupo de Facebook «Faire Relief 2020» para consultar aquellos vendedores de artesanía que tienen tienda virtual. Espero que cuando se publique este libro nos volvamos a ver en persona. Espero brindar con mi jarra de cerveza con todos vosotros algún día en un karaoke en el pub. ¡Albricias!

Un último y vigoroso GRACIAS a los lectores. Muchos os habéis puesto en contacto conmigo durante esta época de locura y me habéis contado que estos libros han sido una vía de escape, una oportunidad para asistir a una feria medieval ficticia cuando las de verdad estaban cerradas. Estoy muy emocionada y agradecida por la oportunidad de distraeros y entreteneros. Gracias también a los autores y blogueros, a los libreros y bibliotecarios que han incluido mis libros en sus plataformas. Estos tiempos han sido muy difíciles y os lo agradezco de corazón. Gracias a todos.